미지의 우주 저 너머에

미지의 우주 저 너머에 5

김성훈 판타지 장편 소설

초판 1쇄 찍은 날 § 2004년 8월 17일
초판 1쇄 펴낸 날 § 2004년 8월 27일

지은이 § 김성훈
펴낸이 § 서경석

편집장 § 문혜영
편집책임 § 김희정
편집 § 장상수 · 유경화 · 서지현
마케팅 § 정필 · 강양원 · 이선구 · 김규진 · 홍현경

펴낸곳 § 도서출판 청어람
등록번호 § 제1081-1-89호
등록일자 § 1999. 5. 31
어람번호 § 제1-0529호

주소 § 경기도 부천시 원미구 심곡1동 350-1 남성B/D 3F (우) 420-011
전화 § 032-656-4452 팩스 § 032-656-4453
http://www.chungeoram.com
E-mail § eoram99@chollian.net

ⓒ김성훈, 2004

ISBN 89-5831-210-6 04810
ISBN 89-5831-028-6 (SET)

김성훈 판타지 장편 소설 **5** 완결

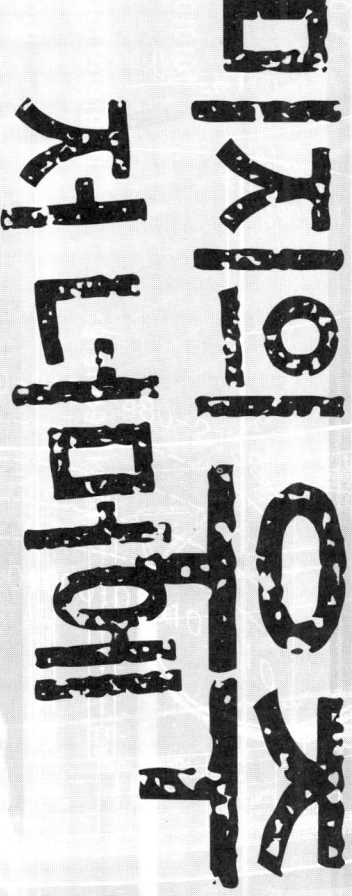

마지막 정문헌

도서출판

청어람

목차

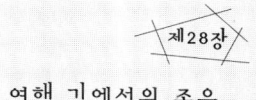

제28장

여행 길에서의 조우

여 행 길 에 서 의 조 우

날이 어두워지고 있다. 뜨거움을 쏟아내던 태양은 이미 자취를 감춘 지 오래고 그 빈자리를 차가운 밤이 대신 차지했다. 울창하게 우거진 숲의 한가운데 몇백 년은 묵은 것 같은 아름드리 나무들이 팔을 하늘 높이 들고 있고, 제멋대로 우거진 풀밭 사이에서는 가끔씩 들짐승이 움직이는 기척이 느껴진다. 민가가 있음을 상징하는 불빛은 사방 아무 데서도 보이지 않고 덕분에 홀로 남은 진한 어두움만이 공간을 잠식한 채 짙게 드리워 있다. 숲 속의 적막을 뚫고 사납게 귓가를 파고드는 부엉부엉 하는 소리들이 을씨년스럽다. 밤의 숲은 으레 이런 법이니 별 상관은 없지만 신경 쓰이는 것은 이런 곳에서 야영을 하게 될 것 같다는 데 있다. 어두워질 때쯤 해서 묵어갈 마을에 도착한다는 식으로 일정을 잡아뒀을 줄 알았는데, 산에서 빠져나오기는커녕 점점 더 깊어지는 걸 보니 오늘은 아무래도 침대에서 편히 자긴 힘들 것 같다. 야영은 취향이 아닌데 말이지.

내 생각을 증명하기라도 하듯 마부가 마차를 멈추고 램프에 불을 밝혔다.

"이쯤에서 쉬도록 하죠."

"역시 노숙입니까?"

"예. 이 지역은 에다 이외엔 다른 마을이 없습니다. 보통 여행이라면 거기로라도 가서 쉬는 게 당연하겠습니다만 이번은 예외죠."

소녀들을 위해 마차 문을 열어주면서 관리관이 말했다. 지친 소녀들이 마차에서 다 내리자 마부는 짐칸에서 침구를 꺼내어 그들에게 나눠주기 시작했다.

"에다는 또 뭡니까?"

"드워프의 집단 거주 지역입니다."

으음… 예비 신부들을 드워프들과 만나지 않도록 하기 위해 노숙을 한다는 것 같다. 전에 프레이져의 말도 그렇고 관리관의 설명도 그렇고, 지크프리드라고 개명한 아돌프는 드워프들을 무척이나 싫어하는 모양이다. 꿩 대신 닭이라고 유대인 대신 드워프인가. 어디 가나 싫어하는 민족을 하나 콕 집어서 괴롭히는 게 취미인 것 같은데… 뭐, 나와는 상관없는 이야기다. 군이 신경 쓸 필요는 없겠지.

관리관은 천을 깔고 그 위에 간단한 천막 비슷한 것을 설치하기 시작했다. 사방이 막힌 텐트 같은 것은 아니고 잘 봐줘야 바람막이 수준의 허름한 물건이다. 저런 난민 캠프 비슷한 것에서 잘 바에는 마차 안이 더 낫지 않을까.

이런 생각을 하고 있는데 내 눈앞에 도끼가 불쑥 나타났다. 마부가 내민 그것은 여기저기 이가 빠져 있는 낡아빠진, 좋게 말하면 역사와

전통을 자랑하는 도끼였다.

"이게 뭐죠?"

"세상엔 공짜란 없는 법입니다."

무심코 도끼를 받아 들자 마부는 마차에서 큼지막한 냄비와 기타 음식 재료로 추정되는 통을 꺼냈다. 굳이 말하지 않아도 무슨 소린지 알겠다. 취사 및 보온을 위해 불을 피워야 하니 연료로 사용할 땔감을 구해오란 말이겠지. 으음… 이래 뵈도 한 나라의 왕인데 나무꾼 노릇을 해도 괜찮은 걸까? 모르겠다. 뭐, 왕은 나무꾼의 고유 영역을 침범해선 안 된다는 법이 있는 것도 아니니까 이 정도쯤은 해도 상관없겠지.

부실한 도끼를 사용하다 부러지기라도 하면 물어내란 소릴 들을까 봐 현철중검을 사용하기로 했다. 근처의 나무를 향해 현철중검을 휘두른 후 발로 한 번 툭 차니 아름드리 나무가 힘없이 쓰러진다. 캠프를 향해서~

"넘어간다!"

고개를 돌린 소녀들이 자신들의 머리를 향해 떨어져 내리는 거목을 보고 지르는 비명 소리를 얌전히 감상하던 나는 파목식을 시전하며 앞으로 달려나갔다.

허공에 뿌려지는 휘황한 빛줄기. 한 초식에서 다른 초식으로 순식간에 연속적으로 바뀌며 흐르는 물처럼 끊임없이 이어지는 검초의 파도 앞에 반항 한 번, 비명 한 번 질러보지 못하고 쪼개져 나가는 통나무들. 그 주검이 열이 되고 백이 되어 그 수를 불려 나가는 것으로 나를 압박하지만, 아무리 그들이 늘어난다 해도 순간에서 순간으로 이어지는 내 검초가 그들 모두를 전멸시키는 데에는 결코 일순간, 그 이상의 시간은 필요치 않다. 내려치는 검에는 망설임이 없으며, 휘두르는 검에는 하늘이라도 쪼개 버릴 듯한 강렬한 기백이 충만하니 그 누가 당할쏜가.

허공에 떠 있던 악의 통나무들의 주검은 내가 발을 멈추고 중검을 검집에 집어넣는 순간, 나의 뒤로 후두둑 하는 소리와 함께 피라미드 형태로 잘 쌓인 장작더미가 되어 지상에 강림했다. 힘든 싸움이었다. 하지만 이것으로 끝났다. 남은 일은 패배자인 그들을 고이 화장시켜 주는 것뿐이다. 이것 또한 한 사람의 무사로서 패자에게 베풀어야 마땅한 도리일지니.

아아 이 얼마나 고독하고 잔혹한 일이란 말인가, 장작 패기란 것은.

'오버가 너무 심하신 거 아닙니까? 오버의 제왕 수준입니다요.'

'지니, 모처럼 주인님께서 기분 풀이하고 계시는 데 초 치지 말고 찌 그러져 있어.'

여하간 장작 패기는 끝났다. 전혀 피곤하지는 않았지만 괜히 팔을 주물럭거리고 있는 나에게 마부가 다가오더니 감탄성을 연발했다.

"오오 정말 검을 잘 쓰시는군요."

"하하하. 뭐, 제가 칼 좀 쓰긴 하죠."

겸손하게 겸양의 말을 하고 있는데 마부가 뭔가를 내밀었다.

"그게 뭡니까?"

그가 내민 것은 모포를 둥글게 갠 것처럼 둘둘 말려 있는 커다란 붉은 덩어리.

"소고기입니다."

"아니, 그건 알겠는데 그걸 왜 저한테……?"

"칼 잘 쓰시잖아요?"

당연하다는 어투로 말을 마친 마부는 뒤도 안 돌아보고 가더니 냄비에다 뭔가를 넣으면서 섞고 있다. 아마도 양념장을 만드는 것 같다.

가만… 뭔가 이상하잖아. '님처럼 대단한 검사 분께 이런 잡일을 시킬 순 없지요. 자자, 제게 몽땅 맡기시고 편히 푹 쉬십시오' 라고 하는 게 일반적인 반응일 텐데.

어휴… 어쩔 수 없다. 선비는 선비를 알아본다는 말이 있다. 바꿔 말하면 검사가 아닌 마부는 나의 진정한 가치를 알아볼 수 없다는 의미가 된다. 이런 이유로 검사가 아닌 마부는 나를 단지 '저놈 쓸 만하니까 더 부려먹어야지' 정도로만 생각하는 거겠지.

열심히 일해서 남보다 일찍 일을 끝내놓은 부하 직원의 노고를 가상히 여겨 월급을 더 주지는 못할망정 남은 시간에 또 다른 일을 하라고 연달아 업무를 부담시키는 악덕 상사의 성격이 저 마부의 그것과 동급이 아닐까 싶다. 이럴 경우에는 면전에다가 사표 던지고 '나 안 해!' 라고 하는 게 당연하겠지만 지금의 나는 공짜로 푸아루에 참가하고 있으니 그렇게 할 만한 처지도 아니고, 발퀴레들에게서 털어온 돈을 지불하면 약간은 더 당당해질 수 있겠으나 투철한 나의 경제 관념이 그런 불필요한 지출을 용납칠 않는다.

"하는 수밖에 없나."

내 손에 주어진 붉은 고깃덩어리는 열다섯 근 정도 되어 보인다. 이걸 나더러 손질하라 이 말인데… 흐음… 대체 나의 어떤 점이 사람들의 눈에 나를 요리사 비슷한 존재로 보이도록 만드는 것인지 모르겠네. 칼 잘 쓴다고 해서 요리도 잘한다는 보장은 없을 텐데. 이거, 설마 개츠비의 저주인 건 아니겠지?

한숨을 내쉬며 다시 검을 뽑아 든 내 앞에 초롱초롱한 눈빛들이 보였다. 예쁘장한 소녀들이 집단으로 기대 어린 눈빛들을 보내고 있다. 절대 막을 수 없는 사악한 폭력. 아이어택이다. 높은 정신 수양의 경지에 오른 나라지만 무시할 수 있는 수준이 아니다.

"뭘 봐!"

"아저씨 칼."

한 소녀가 말했다. 역시 아이들은 당돌하다. 그게 아니면… 음… 나의 빼어남 지수가 너무 하이 레벨이라서 그런 건지도 모른다. 하지만 아무 근거 없이 잘생긴 사람은 무조건 성격 좋은 놈이라고 착각하는 건 좀 곤란한데. 뭐, 그렇다고 해서 내 성격에 문제가 있다는 건 절대 아니지만.

"모두들, 속으면 안 돼. 저 아저씨는 흉악한 마법사야. 어제도 나랑 오빠를 달팽이로 만들었어. 위험하니까 다들 떨어져!"

샤미니가 주의를 주었지만 세상 물정 모르는 아이들은 오히려 더욱 흥미진진해하는 것 같았다.

"마법사래."

"어머, 마법사? 정말? 멋지다. 저기요, 마법사님. 저는 유리구두가 가지고 싶어요."

"저는요, 음… 새하얀 새 드레스가 가지고 싶어요. 어깨가 볼록한 최신 디자인으로요."

마법사를 무슨 자선 사업가쯤으로 여기나 보다. 대체 이 나라 아이들은 왜 이렇게 공짜를 밝히는지 모르겠다. 공짜가 만연하면 상공업이 쇠퇴하고 상공업이 쇠퇴하면 나라 경제가 무너진다는 간단한 상식도 배우지 못했더란 말이더냐.

대꾸할 가치를 못 느낀 나는 그들의 요구를 무시하고 묵묵히 고기를 잘랐다. 좀 더 있었으면 좋았겠는데 검 다루는 데 익숙한 나의 실력에 의해 10초 만에 잘게 분쇄된 고깃조각들은 나에게 더 이상의 일감을 제공해 주지 않았고 덕분에 할 일이 없게 된 나는 당돌한 소녀들의 '이거 줘, 저거 줘' 공세에 시달려야만 했다.

"그만! 너희들 자꾸 이러면 전원 달팽이로 만들 테다."

으름장을 놓았지만 하룻강아지 범 무서운 줄 모른다고 철없는 아이들은 아예 내 옷자락에 매달려서 칭얼대기 시작했다.

"와 재미있겠다."

"어서 해줘봐요."

역효과인 것 같다. 더 거세게 달려드는 아이들의 기세에 옷이 버텨내지 못할 것 같아 걱정이다. 궁리 끝에 한 가지 생각을 떠올린 나는 손을 번쩍 들었다.

"알았다, 알았어. 좋아, 그럼 조건이 있다. 저기 저거 보이지?"

내 말에 아이들의 눈길이 내 손가락을 따라 이동했다. 거기에는 근래 들어 땅 파는 재미에 시간 가는 줄 모르는 뉴튼이 있었다. 뉴튼을 보던 아이들의 눈이 다시 나를 향하자 나는 헛기침을 한 번 하고 나서 말을 이었다.

"저 녀석을 잡아오는 사람에게만 선물을 주겠다. 레디, 고!"

"와아 "

소녀들은 좋아라 하며 뉴튼을 잡으러 달려갔고 난데없는 꼬마 사냥꾼들의 외침에 놀란 뉴튼은 열심히 도망갔다. 비록 다리가 짧긴 하지만 인간의 다리보다 두 배나 많으니만큼 발발거리면서도 잘도 피해 다닌다. 당분간은 녀석이 잡힐 걱정은 없을 것 같다.

미안, 뉴튼. 이 잘난 주인님을 부디 용서해 다오. 휴~ 여하간 이걸로 좀 쉴 수 있겠다, 했는데 한 녀석이 남아서 빤히 쳐다본다.

"아저씨, 정말 나쁜 마법사예요?"

샤미니였다.

"아저씨가 아니야. 딱 보면 알잖아? 오빠라고 불러, 오빠라고. 그건 그렇고 너는 선물이 필요없니? 서두르지 않으면 못 잡을 텐데."

샤미니가 좌우로 살짝 고개를 흔들었다.

"저는 딱히 바라는 게 없어요. 선물은 가지고 싶은 게 있는 사람이 가지면 된다고 생각해요."

"바라는 게 없다고?"

"사실 전혀 없는 건 아니지만 아저씨가 들어줄 수 있는 소원이 아니거든요."

쓸쓸한 표정으로 말하는 샤미니를 보고 있자니 왠지 측은지심이 든다.

"대체 뭔데? 어디 말이나 한번 해봐. 그리고 아저씨가 아니라 오빠다, 오빠."

"제 소원은 가족들과 함께 있는 거예요. 사실 지크님이 훌륭한 왕이시긴 하지만 한 번도 본 적 없는 사람에게 시집을 간다는 건 좀 그래요. 엄마, 아빠는 영광으로 알라고 하셨지만… 왠지 싫어요, 아저씨."

크악! 끝끝내 아저씨냐. 한마디 해주고 싶었지만 무릎 사이에 고개를 묻고 있는 샤미니를 보니 차마 입이 떨어지지 않는다. 뭐, 일단은 그냥 넘어가 주는 걸로 하고.

"가기 싫으면 안 가면 되잖아?"

"그게, 엄마랑 아빠도 기대하고 계시고 오빠도 내심 자랑스러워하는 것 같아서 차마 말하지 못했어요. 그리고 푸아루가 없는 마을은 가난해진대요."

"가난해진다고?"

"국가에서 지원을 안 해준다던가, 어려운 말은 잘 모르겠지만 장로님이 그러시는데 푸아루로 뽑힌다는 건 대단히 영광스러운 일이고 마을을 위해서도 꼭 해야만 하는 일이래요."

허! 이건이건 좀, 아니, 무지 열받잖아! 강요가 아니라고 하지만 강제나 다름없다. 대체 아돌프, 아니, 지크라 이름 바꾼 그 녀석은 무슨 생각을 하고 있는 거야? 아무리 아리안 혈통을 이 별에 전파하고 싶다고 해도 그렇지, 이건 너무하잖아!

"화났어요? 쓸데없는 소릴 해서?"

나도 모르게 무서운 표정을 지었나 보다, 샤미니가 저만치 떨어지면서 말하는 걸 보니.

그런데 왜 내가 열받는 거지, 남의 일인데? 어디까지나 남의 일인데?

"아냐, 화 안 났어. 이리 와."

샤미니가 다시 다가왔다. 나는 잠시 침묵을 지키다가 물어보았다.

"왜 나한테 이런 말을 하지? 내가 무섭지 않아?"

"글쎄요… 아저씨는 천성이 나쁜 것 같지는 않아요. 지금은 어딘가 뒤틀려 있는 것 같지만 원래는 좋은 사람인 것 같아요. 제가 사람 보는 눈은 좀 있거든요. 헤헤."

거짓말. 나더러 식인귀니 도깨비니 해놓고선. 여하간 좋은 사람 소릴 들으니 기분 나쁘지는 않다. 뒤틀려 있다라는 말은… 그럴지도 모르지. 나는 어차피 태어나면서부터 제대로 된 인간이 아니었을지도 모른다. 에트나가 떠올랐다. 그녀를 그런 몸으로 만든 것은 나의 헛된 우월 의식 때문이다. 명백한 내 잘못이다. 그러나 나는 오히려 그녀에게 화를 냈다. 나를 이해해 주기만을 바랐다. 에트나가 어떤 마음으로 나에게 그런 말을 했었는가 하는 문제는 생각해 보지도 않았다. 나는……

"왜 그래요?"

샤미니가 걱정스런 눈빛으로 물었다. 그때였다. 다급한 비명 소리가 들리는가 싶더니 소녀들이 허겁지겁 달려오는 모습이 보였다.

무슨 일이 있나 싶어 자리에서 일어서서 다가가 보니 소녀들의 뒤쪽에는 세 명의 낯선 사람이 있었다. 그들은 하나같이 작은 키에 헝겊으로 된 둥근 빵모자를 눌러쓰고 있었는데 지친 기색이 역력해 보였다. 셋 중에 둥근 주걱코를 단 자가 있었는데 한 손에는 나이프를, 다른 한 손에는 주황 머리칼을 가진 한 소녀를 들고 있는 것이었다.

"드워프?"

샤미니의 말대로 드워프였다. 전에 본 핸드베르커나 프레이져의 당당하던 모습과는 달리 꾀죄죄하긴 했지만 틀림없는 드워프의 얼굴이다. 그런데 드워프가 어째서 인질극을 벌이고 있는 거지?

"놀랄 필요는 없다. 반항하지만 않는다면 해칠 생각은 없어."

선두에 선 드워프가 말했다. 뾰족한 코가 툭 튀어나와 있는 모습이 피노키오를 연상시켰다.

"무슨 짓이냐, 드워프! 어서 아이를 내려놔."

성난 마부가 외쳤다.

"아이를 어떻게 할 생각은 없다. 우리가 원하는 것은 마차다. 마차만 넘겨주면 그냥 물러가겠다."

리더로 보이는 코주부 드워프가 말했다.

"어림없는 소리. 누가 네놈들 따위의 말을!"

마부는 그의 말을 순순히 따를 생각이 없는 것 같았다.

"순순히 응하는 게 신상에 좋을 거다."

단순한 협박은 아닌 것 같다. 눈에 띤 흉흉한 기운은 틀림없는 살기.

필요하다면 망설이지 않겠다는 기색이 명백하다. 그것을 느꼈는지 당당하던 마부가 약간 움찔했다.

마부는 내 쪽으로 시선을 돌렸다. '칼 잘 쓰는 네가 나서야지, 뭐 하고 있냐'는 의미일 것이다. 이래저래 피곤하군. 나는 머리를 긁적이며 앞으로 나섰다.

"마차를 가지고 뭘 하려고?"

"넌 뭐야?"

"진정해, 하겐마기. 이 녀석은 외국인 같아."

리더 드워프는 화내는 동료를 제지했다. 리더의 말에 하겐마기라 불린 드워프는 못마땅하다는 눈으로 나를 노려보았지만 별다른 움직임은 보이지 않았다. 성질은 급하지만 그런대로 분별력은 있는 것 같다.

"마차를 가지고 가봐야 하늘을 나는 발퀴레들의 이목까지 속일 순 없잖아? 뭔가 대책이라도 생각해 둔 거야?"

"우리를 걱정해 주는 건가?"

"설마."

나는 고개를 저었다.

"단지 일단 마차를 얻으면 어떻게든 되겠지 하는 낙천적인 생각으로 이런 짓을 벌이는 거라면 관두는 게 좋지 않을까 싶어서. 당신들, 무슨 죄라도 짓고 도망치는 모양인데 그렇다면 마차를 이용하기보다는 걸어가라구. 위에서 본다면 이 마차는 너무 눈에 띄잖아."

"확실히 그렇긴 하지."

리더가 중얼거리듯 말했다.

"그렇지? 마차를 훔쳐 봐야 그쪽에겐 아무런 이득이 없어. 그리고 나야 상관없지만 긴 도보 여행이 무리인 이 아이들에게는 마차가 꼭 필요하단 말이지. 자, 그럼 결론이 났지? 여기 이 애들을 일부러 괴롭히려는 목적이 아니라면 그냥 조용히 사라지라구. 드워프 족에게는 약간의 빚도 있고 하니 가능하면 거칠게 다루고 싶진 않아."

"건방진 놈!"

하겐마기가 성을 냈다. 내 딴에는 아주 친절하게 지금 행위의 무익함을 차근차근 충분히 알아듣게 설명했다고 생각했는데 그에게는 그렇게 들리지 않았나 보다.

"아무려면 우리가 그런 것도 고려하지 않고 이런 짓을 한다 여기는 게냐? 그리고 뭐? 거칠게 다루고 싶지 않다고? 이 젖비린내 나는 애송이 녀석이! 본때를 보여주마!!"

"하겐마기!"

리더가 만류했지만 하겐마기는 나에게 달려들었다. 다리가 짧은 만큼 내 앞에 도착하기까지 시간이 많이 걸릴 것 같았기에 나 역시 선뜻 앞으로 나섰다.

하겐마기가 휘두르는 도끼는 그다지 위협적이지 않았다. 도끼는 그 형태적 특성상 동작도 단조롭고 검 같은 날카로운 찌르기도 불가능하다. 그러니 그저 휘두르는 동작에 맞춰 살짝살짝 물러나 주기만 하면 그걸로 끝이다. 얼마간 놀아주었더니 하겐마기의 숨소리는 점점 거칠어지고 동작도 둔해져 갔다.

"본때라는 걸 보려면 얼마나 더 기다려야 하는 거야?"

"제길! 도망 다니는 것만큼은 잘하는구나!"

시근덕거리면서도 말은 잘한다. 나는 스피드를 올렸다. 나의 경신술은 이미 예술의 경지에 올랐다 해도 과언이 아니다. 내 눈으로 확인하면서 나 자신의 속도에 경탄을 보내지 못하는 것이 심히 유감스러울

뿐이다.

"뭐, 뭐야. 어, 어디 갔어?"

나의 모습을 놓친 하겐마기는 당황스러운 듯 소리를 질렀다.

"여기야."

알고 싶어하면 알려주는 게 인지상정. 친절한 나는 그의 어깨를 그의 등 뒤에서 두드려 주었다.

"젠장할 놈."

몸을 돌린 하겐마기의 도끼가 반원을 그렸다. 나는 순식간에 그의 등 뒤로 다시 돌았다. 왼쪽에서 오른쪽으로, 오른쪽에서 다시 왼쪽으로. 그가 아무리 용을 써봐도 나를 따라잡는 것은 무리였다. 역량의 차이다.

결국 여러 번의 헛손질 끝에 기력이 다했는지 더 이상 달려들지 않았다.

"졌다, 이 자식아. 맘대로 해라."

하겐마기는 아예 자리를 잡고 앉아버렸다.

"대단하군."

리더 드워프가 다가오면서 말했다.

"상대가 약했을 뿐이야."

너무 겸손을 떠는 것은 아닌가 하는 생각이 드는데. 뭐, 사실 내가 좀 많이 겸손하긴 하지.

리더 드워프는 고개를 좌우로 흔들었다.

"그만한 실력이라면 이쪽에선 더 이상 억지를 부릴 수 없겠지. 마비노기, 그 앨 놔줘."

드워프의 손 안에서 풀려난 소녀는 새파랗게 질린 얼굴로 다른 아이들의 무리 속으로 뛰어갔다. 어지간히 놀란 모양이다. 무리도 아니지.

"가자. 마비노기, 하겐마기."

"알았어, 데미커슨."

리더 드워프의 이름은 데미커슨인 것 같다.

"뭐, 어쩔 수 없지."

앉은 자세 그대로 하겐마기가 고개를 흔들었다.

"앞으로 어떻게 할 셈이야?"

"다른 마차를 노려봐야지."

데미커슨이 말했다.

"어디로 갈 생각인데?"

"그건 대답하기 곤란한 질문이군."

그는 마부와 관리관 쪽을 힐끔 보면서 말했다.

"별다른 비밀도 아닐 텐데. 이 길을 쭉 따라가면 국경선이 나오고 거길 지나서 나올 나라라면 뻔하잖아?"

"알고 있으면 묻지 말라구."

데미커슨은 씁쓸한 미소를 지었다.

"여행자! 당신, 이것들을 그냥 놔줄 셈입니까? 이들은 범죄자입니다. 어쩔 수 없다면 모르되 당신 실력이라면 충분히 이들을 억류할 수 있잖습니까?"

마부 뒤에 숨어 있던 관리관이 나섰다.

"그렇게 나쁜 녀석들도 아닌 것 같고 뭐, 괜찮을 것 같은데요."

"상대는 드워프요! 존재 그 자체가 죄악인 것들이란 말이오!"

이 사람이 아까까지만 해도 그냥 멍청히 서 있기만 하던 그 사람이 맞나? 왜 정의파로 변신하고 난리야.

"실력있으면 당신이 직접 하든지 하슈. 난 가만히 있을 테니까."

관리관은 인상만 쓸 뿐 아무런 대꾸도 하지 못했다. 상황 파악이 빠른 사람이다. 이런 사람이 장수하는 법이다. 장가가긴 힘들지도 모르겠지만.

"자식, 생긴 것과는 상관없이 괜찮은 녀석이잖아."

하겐마기가 내 등을 툭 치면서 말했다.

'생긴 것과는 상관없이'라니! 기분 나쁘다. 이 별의 미학은 깊이도 없고, 섬세함이라고는 전무한, 그야말로 미개하기 짝이 없는 수준이다. 내 예술적 외모가 제대로 된 평가를 받을 시대는 지금부터 대략 100만 3천 2백 70년하고 53일 22시간 후 정도가 되지 않을까 싶다. 천재인 내가 내린 판단이니 절대 틀림없다.

자고로 시대를 너무 앞서 간 예술은 당대에는 무시받기 쉽다. 피카소가 그랬고, 고흐가 그랬다. 빼어난 자일수록 시기, 질투, 중상모략에 늘 시달린다는 것은 불변의 진리다. 누구를 탓하겠는가. 다 내가 시대를 초월하여 너무나도 뛰어나게 생겼기 때문이거늘.

이런 이유로 나의 고상한 외모에 대한 무지의 소치가 넘실대는 망언은 그냥 넘어가 주도록 해야겠다. 으음… 이거 너무 성격 좋은 게 아닌지 모르겠네.

세 명의 드워프와 저녁을 함께했다. 다들 괜찮은 녀석들이었다. 성격이 급하긴 하지만 좋게 말하면 호탕하다고 봐줄 만한 수준이었다. 그들의 말에 따르면 지크프리드가 왕이 된 후 말칸토스의 민족주의 정책에 큰 변화가 있었다고 한다. 그 첫 번째로 시행한 정책이 드워프의 지위 변화였다. 세 명의 드워프는 단지 드워프라는 이유만으로 재산을 몰수당하고 무보수 노동을 억압적으로 강요하는 지크프리드의 정책에 대해 끝없는 불만을 토로했다. 내가 보기엔 어느 정도 타당성이 있는 정책이라고 생각한다. 효율성이라는 점만 보자면 그렇다는 말이다.

농업과 달리 상공업은 필수적이지는 않다. 일단 식량의 자급화에 주력한다는 측면에서 일시적인 상공업의 억압은 바람직할 수도 있다. 무역을 통한 타국으로부터의 대량의 식량 유입이 가능하지 못하다면 더욱 그렇다. 먹고살기도 힘든데 비싼 반지, 귀고리 따위가 다 무슨 소용인가. 그런 곳에 들어갈 국부를 모두 농업에 집중 투자하는 게 바람직하다.

재산 몰수라는 측면에서 보자면 전란이나 혁명 직후 부족한 재원의 확보를 위해서 부유한 자들의 호주머니를 터는 일은 흔한 일이다. 100명의 가난뱅이의 곳간을 터는 것보다 부자 한 명의 지갑을 빼앗는 편이 더 돈이 되고, 징수하기도 편하다.

그러나 모든 부자에게 부를 일률적으로 빼앗을 수는 없다. 모든 혁명이나 정변에는 자금이 필요하고 모든 자금은 마찬가지 이유로 부자들에게서 나올 수밖에 없다. 그러나 신정부의 입장에서는 그간 자신을 지지해 온 부자들을 털 수는 없다. 그러니 그들을 제외한 나머지 부자들을 털 수밖에 없을 것이다. 하지만 강제 집행의 강도가 너무 강하면 반대파가 다시 재집결하는 계기가 될 수 있다. 정권이 취약한 상황에서 너무 무리한 집행으로 인해 새로운 반란이 우려되는 상황이 재현되는 모험은 피하고 싶었을 터이니 보다 손쉬운 수탈 대상을 찾는 것은 당연하다고 본다.

따라서 권력에 집착하지 않고, 뇌물 수수 정도는 했을지도 모르겠지만, 타고난 손재주를 바탕으로 직접 제조, 직접 판매, 직접 유통을 해온 드워프들을 봉으로 삼은 것은 충분히 이해할 수 있는 일이다. 드워프들은 상대적으로 소수 민족인 데다가 철저한 상인 정신을 바탕으로 자신들의 부만을 중시해 가난한 민중의 눈에 결코 곱게 보이지 않았을 터, 그들을 동정하기보다는 오히려 통쾌하게 여기는 자들이 더 많았을 것이다.

타닥타닥.

모닥불이 타 들어간다. 불 위에 올려놓은 항아리에선 물이 끓고 있다. 청정한 숲 속의 공기와 더불어 별이 총총한 하늘 아래 앉아 있으니 캠핑이라도 나온 것 같은 느낌이다.

샤미니가 내 어깨에 기댄 채로 꾸벅꾸벅 졸고 있다. 그녀에겐 드워프들의 신세 한탄이 무척이나 지루했나 보다. 사실 나도 약간은 지루하다고 생각했다.

일련의 사태가 있은 후 여자 아이들 사이에서의 나의 인기도는 대폭 상승했고, 샤미니 역시 예외는 아니었다. 꽃밭이라서 좋을 것 같지만 전혀 그렇지 않다. 로리도 아닌데 여자 아이들에게 인기있는 게 뭐가 기쁘겠는가. 지니 녀석은 '진정한 로리는 미인이 될 성싶은 떡잎을 선별하여 애정으로 키워 나가는 과정에서 진정한 즐거움을 찾는 것이다'라고 주장하는데 나는 이 의견에 전혀 동의할 수 없다. 다 자란 꽃도 많은데 뭐가 아쉬워서 그런 짓을 해야 하는지 원. 그나저나 지니 녀석은 분명히 내 인격을 바탕으로 만들었는데 어째서 로리 취향인 걸까. 의문이 아닐 수 없다.

[간단한 겁니다. 프로이트가 말했잖습니까, 인간의 마음의 작용엔 지금 이 순간 본인이 자각하고 있는 마음의 작용인 '의식', 지금은 의식하고 있지 않지만 기억하려고 노력하면 의식할 수 있는 마음의 작용

인 '전의식', 본인이 의식하지 못하는 마음의 작용인 '무의식'이 있다고요. 주인님이 이제까지 자라온 환경은 거의 홀어머니 아래서, 에트나님과 함께 살아왔다고 할 수 있죠. 이런 성장 배경으로 인해 주인님은 다분히 오이디프스 콤플렉스적 성향이 강한 게 사실입니다. 주인님의 전의식은 이런 사실을 분명히 인지하고 있으나 주인님의 의식은 이것을 인정하지 않으려 하고 있습니다. 뭐, '천재인 나에게는 결코 용납할 수 없는 콤플렉스라서 인정할 수 없다'라고 여기고 계신 거죠.]

'누가 너더러 내 심리 분석하랬냐?'

[주인님의 의문을 풀어드리기 위한 제 성의입니다. 쩨쩨하게 듣기 싫은 내용이라고 해서 '닥쳐'라곤 말하지 않으시겠죠?]

'……'

지니 녀석 많이 컸군. 쩨쩨하지 않은 나는 '닥쳐'라는 말을 하지 못하고 말았다. 내가 대꾸하지 않자 그럴 줄 알았다는 듯이 신이 난 지니는 말을 이어갔다.

[그럼 계속합니다. 주인님의 무의식 속에는 어릴 적에 받았던 쇼크, 자신의 첫사랑인 여자 아이가 자신보다 다른 남자, 즉 에트나 1세를 좋아하고 있었다는 사실에 대한 상실감이 잠재해 있습니다. 트라우마라고 보서도 무방합니다. 결론만 말하자면 주인님이 느끼지 못하는 무의식 속의 주인님은 이 상실감을 채워줄 색다른 여성, 그러니까 어린 여자 아이를 통해 이 상처를 치유하고 싶다는 감정이 내재해 있다 이 말씀입니다요. 바로 이 점이 저에게 영향을 미쳐서 저로 하여금 로리 취향을 표방하게 만들고 있다는 거죠. 하하하.]

세 명의 드워프가 울분에 차서 계속 떠들고 있었지만 지니의 말에 엄청난 충격을 받은 나는 그들의 말이 제대로 귀에 들어오지 않았다.

로, 로리라고? 내가?

"이봐, 듣고 있는 거야?"

한참 떠들고 있던 하겐마기가 내 코앞으로 고개를 들이밀었다. 아무래도 나의 심리적 충격의 여파가 너무나 큰 나머지 얼굴에 표출된 모양이다.

"물론이지. 그렇게 고래고래 소리를 지르는데 안 들릴 리 없잖아?"

"흐음… 딴은 그렇군. 난 또 놔두고 온 여자 생각이나 하고 있는 건 아닌가 했지."

여자 생각을 하고 있던 것은 아니지만 그들의 말을 대충 흘려듣고 있었던 것은 사실인지라 약간 겸연쩍어 말을 돌렸다.

"그래서 앞으로는 어쩔 건데?"

"휴패리온을 경유해서 맨틀피스로 갈 거야."

"그 다음엔?"

"프레이져 왕을 만나 상황을 설명하고 동포들을 말칸토스로부터 탈출시킬 방안을 마련해 주십사 간청드릴 거야."

흠… 그렇게 간단하게 해결될 문제라고는 생각되지 않는다. 프레이져가 드워프 탈주 계획을 시행할 의지와 계획이 있었다면 진작 손을 썼을 테니까. 그렇게 하지 않은 것으로 보아 프레이져에게는 사태를 해결할 특별한 방안이 없음이 분명하다. 하긴 날개를 가진 발퀴레들이 공중에서 감시하는 말칸토스에서 한두 명이라면 몰라도 다수의 드워프를 한번에 대량으로 빼내기는 어렵긴 하겠지. 안됐다는 생각은 들지만 어쩔 수 없는 일이다.

[도와주지 않으실 겁니까?]

지니가 물었다. 오지랖도 넓은 녀석이다.

'내가 왜? 내 문제만 해도 코가 석자다. 그리고 타국의 인종 정책에 참견하면 자칫 외교 문제가 될 수 있어. 내란이 끝난 지 얼마 되지도 않았는데 새로운 문제를 왕인 내가 만들 수는 없어.'

[냉정하시네요.]

'몰랐냐? 나는 원래 쿨 한 사람이다.'

[로리면서 쿨은 무슨.]

'닥쳐. 닥쳐. 닥쳐.'

삐쳤는지 지니 녀석은 더 이상 말을 걸어오지 않았다. 일단 지니 녀석의 절대 납득할 수 없는 소린 차치하고라도 사실 좀 답답하긴 하다.

처음 이 별에 왔을 때 나는 자유인이었다. 자유인인 나는 특별한 일에 얽매이는 일 없이 내 마음 가는 대로 행동할 수 있었다. 하지만 이제는 그렇게 할 수 없다. 왕이라는 지위가, 그리고 그 지위에 수반되는 책임감이 나를 짓누르고 있다. 더 이상 하고 싶은 대로만 할 수는 없게 된 것이다. 나라의 일도, 에트나의 일도, 카탈바흐에 관한 일도 모두 부담스럽다. 더 이상 부담되는 일을 늘릴 여력이 나에게는 없다.

"그런데 자네는 왜 카탈바흐 신을 만나러 가는 건가?"

말없이 앉아 있던 데미커슨이 물었다.

"볼일이 있어서."

나는 짧게 대답했다.

"말하고 싶지 않은가 보군."

"말로 하기엔 좀 복잡해."

"그래. 그렇다면야, 뭐 어쩔 수 없지."

데미커슨은 문득 생각이 났다는 듯이 나를 바라봤다.

"참! 그런데 자네 이름이 안톤이라고 했지?"

"왜?"

"안톤이라… 설마 그 안톤일 리는 없겠지. 하하하."

하겐마기가 너털웃음을 지었다. 수염이 얼굴을 덮고 있어서인지 꽤 어울리는 웃음이라는 느낌이다.

"대장, 휴패리온의 왕이 뭐가 아쉬워서 이런 데 있겠수?"

"하긴 그렇지. 역시 괜한 생각이었나."

데미커슨은 쓴웃음을 지었다. 그러나 나를 바라보는 그의 눈빛은 자신의 대사와는 전혀 다른 의미의 빛을 띠고 있었다.

"지금 안톤 왕을 말하는 거죠?"

어느 틈엔가 깨어난 샤미니가 물었다.

"깼니? 이제 그만 가서 자라. 밤이 깊었어."

"오빠는 어떻게 생각해요, 안톤 왕이라는 사람에 대해서?"

가서 자라는 내 말에는 아랑곳하지 않는 샤미니였다. 초롱초롱 빛나는 눈빛을 하고 날 바라보니 뭐라고 할 수도 없고. 역시 너무 사람이 좋아도 문제다.

[로리라서라니까요.]

'시끄러! 넌 찌그러져 있어.'

여하간 아저씨에서 오빠라는 호칭으로 변경된 것이 조금 기쁘긴 하다.

"글쎄… 뭐랄까. 생긴 것도 잘생겼고, 성격도 좋고, 무술도 잘하고, 머리도 좋다고 그러고. 그야말로 완벽한 사람. 남자 중의 남자. 살아 움직이는 전설 같은 사람이 아닐까."

나는 내가 느끼는 솔직한 나 자신을 겸손하게 입에 담았다.

"어라? 내가 듣던 것과는 너무 다르잖아?"

하겐마기가 볼을 긁적이면서 초를 쳤다.

"나는 안톤이라는 왕은 생긴 건 그저 그렇고 성격엔 뭔가 치명적인 결함이 있다고 들었는데 말야. 왕자병 말기 증상이라나?"

"하겐마기, 실례야."

"어라? 대장, 왜 그러슈. 전에 대장이 해준 말을 그대로 했을 뿐인데."

"그, 그랬던가. 야, 오늘 달빛이 참 밝군."

데미커슨은 하늘을 쳐다보면서 딴청을 부렸다. 연기가 서툰 사람이다.

으음… 소문이란 것은 원래 나쁘게 나기 마련이다. 따라서 전혀 신경 쓰지 않는다. 천재인 나는 사소한 일엔 눈 하나 꿈쩍하지 않는 대범한 성격의 소유자니까.

"어라? 자네 왜 인상 구기고 있어? 내가 뭔가 기분 나쁜 말이라도 했나?"

하겐마기가 이상하다는 듯 말했다. 신경은 전혀, 전혀 쓰지 않지만 약간 거슬린다.

"아무것도 아냐."

"아무것도 아니긴, 벌레라도 씹은 얼굴을 하고선."

"아무것도 아니라잖아."

"그래? 뭐, 그럼 다행이고."

눈치없는 인간과의 대화는 정말 괴로운 일이다.

"여하간 내가 보기에 안톤 왕은 폭군이야. 어쩌면 살인광일지도 몰라."

"어째서요?"

"네일 성에서 단신으로 수비병들에게 한 짓을 보면 명백하지. 항복을 하든 말든, 살려달라고 애원을 하든 말든 다 죽였다잖아. 반란병이라고는 해도 자기 백성인데 어떻게 그럴 수가 있는지 원. 그동안 외침을 막아준 카탈바흐 신은 말칸토스에 와 있지, 신왕은 망나니에 살인광이지, 휴패리온 백성들도 참 안됐어."

하겐마기의 말에 네일 성에서의 일이 떠올랐다. 대부분의 사람이 그렇게 생각하는 것도 무리는 아니다. 분명 그때의 나는 최소한의 인간성마저도 버리고 있었으니까.

"그런가요? 오빠는 안톤 왕에게 무술을 배우고 싶다고 하던데."

"관두라고 해. 몇천 명의 병사와 대적할 수 있을 정도로 강한 사람이 살인광이라는 것만큼 끔찍한 일도 없어."

"아니, 그렇게 쉽게 생각할 일은 아니야."

달 구경은 끝났는지 데미커슨이 대화에 끼어들었다.

"분명 잔인한 건 사실이야. 그러나 당시의 정황으로 보면 전혀 납득할 수 없는 것도 아니지."

그는 나를 주시하면서 말했다.

"어째서요?"

"휴패리온은 오랫동안 신주국의 지위에 있었어. 절대적인 힘을 가진 존재에 의한 통치에 익숙한 나라지. 그런 나라에서 갑자기 신이 떠나고 능력이 의심스러운 신왕이 등극했다. 더구나 그 신왕은 기존 귀족들의 기득권을 깡그리 무시한다. 귀족들이 어떻게 생각할 것 같아? 신도 아닌 녀석이 까분다고 생각하고 은근히 무시하진 않았을까? 그래서 반란이 일어난 것은 아닐까? 믿을 만한 전력은 절대 부족하고 반란군은 압도적인 상황. 만약 자네라면 어떻게 이 난관을 해결했을 것 같아, 하겐마기?"

"나한테 그런 걸 물어보면 어쩌우? 내가 대답할 수 있을 턱이 없잖

수. 하지만 굳이 말한다면… 음, 나라면 적어도 대량 학살은 하지 않았을 거유. 가만… 지금 대장은 대장이 안톤 왕의 입장이었다면 같은 일을 했을 거라 말하고 있는 거유?"

하겐마기의 말에 데미커슨은 쓴웃음을 지으며 어깨를 으쓱했다.

"나라면 그렇게 하진 않았겠지."

"거보슈. 대장도 그럴 거면서."

"아니, 오해하나 본데 내 말은 나에겐 안톤 왕만한 능력이 없어서 그렇게 못한다는 거야. 그와 같은 무술 실력이 있었다면, 그래, 아마도 많이 망설이긴 하겠지만 같은 일을 하지 않았을까 싶어."

"그게 무슨 소리유?"

"말 그대로의 의미야. 공포 정치에 익숙한 백성들을 통치하는 데에는 공포가 가장 효과적이라는 거지. '나를 물로 보지 마라, 나에게도 카탈바흐 못지않은 힘이 있다, 반항하면 죽는다' 라는 일종의 강한 경고 같은 거랄까."

데미커슨의 말에 하겐마기는 콧방귀를 뀌었다.

"흥! 겨우 그 딴 소릴 하기 위해 대량 살상을 한단 말유?"

"강자에 대한 복종을 당연히 여기던 휴패리온 백성들을 굴복시키기 위해서는 왕인 자신이 강자라는 것을, 무시받을 만한 존재가 아니라는 것을 강하게 어필하는 것만큼 효율적인 방법이 있겠나? 그리고 생각해 보게. 내란이 장기전 양상을 띠게 되면 어떻게 될지를. 모르긴 해도 네일 성에서 살해당한 자들의 수와는 비교도 할 수 없을 정도의 수많은 사람이 죽어 나갔을 거라는 생각은 안 드나, 하겐마기? 군을 지휘하는 자, 그리고 한 나라를 통치하는 자는 때때로 잔인한 선택을 강요받는 상황을 만날 때가 있어. 이를테면 말이야, 효과는 확실하지만 자신도 견디기 힘들고 비난을 피할 수도 없는 방법, 불확실하고 큰 효과는 없지만 자신에겐 해도 없고 명예 역시 보존할 수 있는 방법이 있다고 생각해 봐. 만약 자네가 둘 중 하나를 골라야 하는 상황에 처하게 된다면 어느 쪽을 고를 것 같나?"

"거야 말할 것도 없이 전자유. 가만… 지금 대장은 안톤 왕 역시 마찬가지 경우일 거라고 말하고 있는 거유? 하긴 대장의 말도 일리는 있수. 하지만 말유, 안톤 왕이랑은 만나본 적도 없으면서 뭘 보고 그 작자가 어쩔 수 없이 그런 선택을 했다고 말하는 거유?"

"맞아, 만나본 적이 없다면 이런 판단을 내린다는 것은 서투른 짓이지."

"거보슈."

"나는 분명히 '만나본 적이 없다면'이라고 말했어."

데미커슨은 아주 노골적으로 나에게 시선을 고정시킨 채로 히죽거렸다. 드워프는 우직한 종족이라는 내 믿음에 금이 가는 소리가 들린다. 데미커슨 녀석, 완전히 능구렁이잖아. 그런데 그의 말에는 확신 같은 것이 느껴진다. 그것은… 그래, 자신이 직접 체험한 경험에 비춰볼 때 틀림없다고 여기는 그런 류의 믿음이라고나 할까. 그런 느낌이다. 설마… 아니겠지. 일개 드워프에 불과한 데미커슨이 그런 경험을 할 수 있었을 리 없다. 지나친 생각이다.

"그 말은 마치 대장이 안톤 왕을 만나본 적이 있다는 소리 같은데. 으음… 그게 대체 언제유? 안톤 왕이 즉위한 것은 대장이나 나나 수용소에 있을 때일 건데. 거참, 모르겠네."

"내가 아는 그는 적어도 힘없는, 그래, 지금의 우리처럼 곤경에 처한 자들을 모른 척할 위인은 아닐 거라 생각해. 후후후."

일단 금이 간 믿음은 하겐마기의 분투(?)에도 불구하고 원상 복구는 불가능할 것 같다. 하긴, 드워프란 종족이 원래 우직한 족속이든 얍삽한 족속이든, 아무래도 상관없지 뭐.

여하간 그냥 모른 척하고 넘어가기는 좀 껄끄러운 상황이 되고 말았다. 귀찮은 일은 안 하는 주의이긴 하지만 개인적 체면 역시 중시하는 성격이라 말이지. 휴.

"어쩔 수 없지. 알았어. 하지만 휴패리온까지만이야. 그 이상은 책임 못 져."

"그 정도면 충분합니다, 전하."

데미커슨은 살짝 윙크를 보내왔다. 순간적으로 닭살이 돋는 것 같은 익숙지 못한 기운이 머리끝까지 올라왔다. 아무래도 나는 남자 간의 끈끈한 우정 어쩌고 하는 짓은 평생 가도 못할 사람인 것 같다.

"뭣이? 네가 안톤 왕이라고?"

하겐마기가 눈을 동그랗게 뜨고는 나에게 덤빌 듯이 대들었다. 역시 드워프는 이렇게 약간 덜떨어진 구석이 있어야 드워프다운 건데…….

"오빠가 안톤 왕이에요?"

어째서 신이 났는지 이유는 알 수 없지만 샤미니가 강아지마냥 내 주위를 빙빙 돌면서 몇 번이나 되물어왔다. 샤미니가 대체 왜 좋아하는지 이유는 모르겠지만 아무래도 좋은 징조인 것 같지는 않다.

[좋은 징조입니다, 암요.]

'……'

역시 불안해.

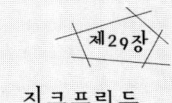

제29장

지크프리드

지 크 프 리 드

이런 저런 이유로 해서 나는 일단 휴패리온에 드워프 셋을 데려다 주기로 했다. 약간 귀찮기는 하지만 왕이라는 지위가 탄로났으니 이 정도는 해주어야 할 것이다.

처음부터 다시 터덜터덜 걸어갈 생각은 없다. 중간에 발퀴레들을 만나면 피곤하기도 하고 해서 소울테이커를 불러 타고 가기로 했다.

여기까지는 별일이 아니었는데 소울테이커 안에 드워프들을 데리고 탑승한 후에 심각한 문제가 있음을 알게 되었다.

"안톤니~임."

무시무시한 음성이 귓속으로 파고든다. 우욱! 저 도끼눈을 하고 있는 처자는⋯⋯.

무공으로 갈고닦아진 살기 감지 능력과 시각, 청각, 촉각, 후각, 미각 통틀어 오감이라고 불리는 감각 이외의 인간의 생존을 위해 부여된 여섯 번째 감각 기관인 육감이 동시에 맹렬한 경고 신호를 뇌로 보내온 다.

문자로 표현하자면 이런 식이다.

—현 상황부로 데프콘 쓰리 발령. 여기는 전장이다. 명심해라. 전쟁 터에서 망설이는 자에게는 오직 죽음뿐이라는 것을.

나는 천재다. 아무리 최소한으로 잡아도 망설이면 죽는 상황에서 멍 청히 있다가 개죽음당할 어설픈 두뇌 따윈 내 두개골 내엔 존재하지 않는다.

후닥닥!

"어딜 도망가요. 거기서요!"

추적자는 맹렬하게 내 뒤를 쫓는다.

"정말로 서면 어떻게 할 건데?"

"걱정 마요. 안 죽을 정도로만 때려줄 거니까."

"그렇게 말하면 설 것 같냐, 바보야."

나는 잡히면 죽는다는 비장한 각오로 도망쳤다. 그럴 수밖에 없는 상황이다. 잡히면 안 죽을 정도로 맞는다고 생각하면서 도망 다니는 건 뭔가 바보 같잖아!

기관실을 지나 공작실 문 앞을 막 지나가는데 익숙한 기체가 보였 다.

오오, 저것은 이스케이퍼가 아닌가. 아마도 소울테이커가 오면서 회 수한 모양이다. 역시 죽으라는 법은 없는 거야. 하나님, 감사합니다. 나는 내 평생에 처음으로 초월적인 절대자에게 감사하면서 잽싸게 이 스케이퍼에 탑승했다.

"도망치자, 이스케이퍼."

그러나 나의 기대를 저버리는 맥 빠진 소리가 심금을 울렸다.

[하하하하. 저, 수리 중이라 못 움직이는데요.]

망할! 하나님, 바보!

연구가 벽에 부딪칠 때마다 늘상 하던 대로 초월적인 절대자를 향한 원망을 내뱉은 내가 차 문을 열었을 때 나는 추적자가 벌써 2미터 25센티하고도 30밀리 정도로 추정되는 지근 거리까지 접근해 있다는 사실을 깨닫고 이에 경악해야만 했다.

위험해!

튀어나오듯이 이스케이퍼를 빠져나왔다. 나를 발견한 추적자 역시 맹렬 대쉬!

그리하여 추적자와 나는 이스케이퍼를 사이에 두고 대치하는 상황을 맞이하게 되었다.

"안톤님, 저한테 말도 없이 무단 외박을 하셨을 땐 그만한 각오를 하셨던 거겠죠?"

추적자는 나에게 목숨으로 사죄하라는 협박을 하고 있다. 하지만 사내대장부로 당당히 태어난 나에게 협박이 통할 거라고 생각한다면 그건 착각이요, 오만한 자기 과신이라 할 수 있다. 나는 그녀의 안이한 사고방식을 맘껏 비웃는 통렬한 대사를 날려주었다.

"각오 안 했어. 그러니 살려줘~"

그러나 예상보다 훨씬 집요한 추적자는 전혀 속도를 줄이지 않고 나를 향해 달려들었다. 사후의 세상에서 어떻게 살아갈 것인가 하는 논제에 관한 포괄적이고 보다 구체적인 방안을 전혀 가지고 있지 않는 나는 이대로 죽을 수 없다는 강렬한 의지를 온몸으로 표방하면서 열심히 뛰고 또 뛰었다.

그렇게 이스케이퍼 주변을 스무 바퀴 정도 돌았을 때였다.

"뭐 하는 거야, 안톤?"

어리둥절한 얼굴을 하고 고개를 들이민 자가 있었으니, 하겐마기라는 이름을 가진 드워프였다. 뭐야, 하겐마기인가? 저 녀석이 온다고 해서 어떻게 되는 것도 아니고… 아니지… 물에 빠진 사람은 지푸라기라도 잡는 법.

"도와줘, 하겐마기."

순간 나의 위기가 얼마나 절박한 상황인지를 파악한 하겐마기는 당장 도끼를 꺼내 들고 쿵쿵거리는 걸음으로, 하지만 짧은 다리를 가지고 있다는 신체 구조적인 요소로 인해 아주 느리게 다가왔다.

"이 여자를 죽이면 되는 거지?"

하겐마기는 분명 답변을 필요로 함이 분명한 질문을 했다. 그런데 이 생각없는 녀석은 정작 그 답변을 듣지도 않고 막무가내로 도끼를 휘둘러 가는 것이 아닌가.

"앗! 그렇게까지는……."

쿵!

나의 걱정은 추적자의 안위를 향해 이동했다가 이내 내 쪽으로 회귀했다. 1만 마력 VS 드워프 1인력의 싸움은 달리는 출력을 가진 자가 벽면에 던져지는 것으로 끝나고 말았기 때문이다. 이때 걸린 시간은 불과 0.5초. 아무리 출력이 달리기로서니 한심하다고밖에 말할 수 없다.

"가, 강하잖아… 우욱."

패자는 말이 없는 거야, 하겐마기.

나는 초절정 추적자에 대한 경각심을 새삼 일깨우면서 불쌍하게 묵사발이 된 하겐마기의 심심한 명복을 빌었다. 사실 너무 빨리 끝나는 바람에 심심할 틈도 없었지만.

하겐마기가 쓰러진 후에도 나와 추적자는 계속해서 이스케이퍼 주위를 빙빙 돌면서 쫓고 쫓기기를 계속했다. 중간에 쓰러진 하겐마기를 밟고 지나가는 상황이 제법 자주 연출되었지만 나는 나를 위해 숨져간 전우가 용서해 주리라 굳게 믿으면서 애써 밟지 않으려 피하는 수고는 하지 않았다.

"아야야."

물컹하는 것이 밟힐 때마다 묘한 환청이 들렸다. 불쌍하게 죽은 하겐마기의 영혼이 나의 안위를 염려한 나머지 저승으로 떠나지 못하고 이승을 맴돌면서 조심하라고 경고해 주는 소리겠지. 아아~ 죽어서도 정말 좋은 녀석이야. 너를 잊지 않으마, 하겐마기. 부디 편히 잠들어다오.

"철모르는 드워프에게 도끼질까지 하게 하다니 죄목이 늘었군요, 안톤님."

당치도 않은 모략이다.

"무슨 소리! 나는 단지 도와달라고 했을 뿐 도끼질을 하라고 주문한 적은 없어. 부당한 혐의를 함부로 적용시키지 마! 법 집행은 공정성이 생명이라고."

"거기 서면 정상을 참작해 줄게요."

"어느 정도나?"

"때리긴 하겠지만 죽지 않을 만큼만 하겠다는 정도로요."

"아까랑 똑같은 조건이잖아. 이 천재를 상대로 조삼모사가 통할 거란 환상은 버려. 그런 환상을 갖는 건 날 두 번 죽이는 거라구."

시간의 경과가 이쯤 되면 어느 정도 식을 법도 한데 달아오른 추적자의 기세는 내려가긴커녕 도리어 올라가고 있었다. 이건 다 하겐마기 때문이야. 하겐마기 바보~

나와 추적자의 지루하지만 처절한 마라톤식—달리고 있으니 마라톤이 맞겠지—회담은 좀처럼 합의점에 도달할 수 없었다. 별수없이 우리는 이스케이퍼를 중심으로 하는 시작점과 끝점을 구별하기 곤란한 도형을 계속해서 그려 나갔다.

무의미한 에너지 소모전은 계속되었고, 한 치의 양보없이 대처하던 양측은 점차 상황을 타개할 새로운 방안을 모색해야 할 필요성을 절감하게 되었다.

"안톤님, 정말 이러실 거예요?"

"너야말로 계속 이럴 거야?"

질 생각이 없는 나 역시 맞받아쳤다.

"호오~ 그렇게 나오신단 말이죠!"

갑자기 에트나가 이스케이퍼의 본네트 위로 뛰어오르는가 싶더니 이제까지의 빙글빙글 방식을 버리고 직선 운동으로 전환하는 게 아닌가.

나 역시 그냥 보고만 있던 것은 아니다. 더 이상은 무의미해진 이스케이퍼 선이 무너진 마당에 죽은 자식 뭐 만지는 격으로 집착할 바보는 아니니까 말이다.

재빨리 공작실을 탈출, 복도를 타고 달려나갔다.

그렇게 나와 추적자는 다시 20분간을 맴돌았다. 나의 처절한 생존 투쟁기는 뜻하지 않은 제3의 인물, 아니, 동물이 출현할 때까지 지속되었다.

뮤뮤뮤.

전방에 출현한 미확인 비행 물체가 뉴튼으로 확인되었지만 달리던 스피드, 보다 학술적인 용어로는 뉴턴의 제1법칙인 관성의 법칙에 의해 정지할 수 없었다. 생명의 위기에 처해 있던 나는 Ani-skid Braking System, 일명 ABS 브레이크 시스템의 원리에 기초한 제동 방식을 발에 걸었다.

바쁜 와중에도 초보적인 물리에 대해서 설명하자면 다음과 같다.

발이 정지되는 순간에는 정지 마찰력이라는 힘이 작용하지만 발이 미끄러지는 동안은 미끄럼 마찰력이라는 힘이 작용한다. 마찰력은 정지 마찰력이 미끄럼 마찰력보다 크다. 그러므로 미끄럼 마찰력이 지속적으로 작용하면 정지 마찰력이 작용하는 것보다 마찰력이 작아져 제동 거리가 길어진다는 원리다.

요컨대 멈추기 위해 발을 한 번만 내딛고 마는 것이 아니라, 순간적으로 들어 올렸다가 다시 강하게 밟는 동작을 연속적 동작으로 행하면 보다 빨리 정지할 수 있다는 것이다. 이렇게 하면 신발의 접지력을 최대로 유지하며 순간순간 정지 마찰력이 작용하도록 하여 최대의 마찰력을 얻어낼 수 있다.

이론상으로는 이런데 여기에 예상치 못한 변수가 있었다. 바닥 청소가 너무 잘되어 있는 탓에 내 계산보다 마찰 계수가 턱없이 부족했다는 거다.

계산 착오에 당황한 나는 순간적으로 대안을 모색, 즉각적인 실행에 옮겼다.

"뉴튼 비켜!"

뉴튼은 내 명령에 즉시 대답했다.

뮤뮤뮤.

단지 대답만 했을 뿐이다. 움직이진 않고. 바보 녀석.

쿵!

나는 뉴튼의 몸통에 성대하게 박치기를 하고 뒤로 나자빠졌다. 코가 얼얼하다. 뒤로 넘어져도 코가 깨진다는 속담은 이럴 때 쓰는 거였지, 아마.

코를 어루만지면서 일어서는데 뭔가 질량 비례에 문제가 있다는 생각이 들었다.

가속력이 붙은 나의 몸무게와 뉴튼의 몸무게를 고려해서 위와 같은 상황이 발생했을 시 뉴튼이 저만치 나가떨어지고, 충격을 받은 나는 속도 저하가 있겠지만 정지하게 될 힘에는 미치지 못하여 지속적인 직선 운동을 계속하게 되었을 터인데 왜 그렇게 되지 못한 것일까.

의문에 대한 해답을 확인해 보려는 순간, 나는 등 뒤로부터 덮쳐 온 추적자에 의해 다시 앞으로 넘어졌다.

"헉, 헉. 잡, 잡았다."

순간적인 의문에 대한 호기심으로 인해 회피 기동을 일시 중단한 게 실수였다.

"잡혔다."

이 순간에도 나는 역시 멋진 놈이었다. 구질구질한 변명 하나 하지 않고 인정할 건 인정하고 넘어가는 자세가 너무나도 아름답지 않은가.

추적자에게 깔린 자세로 나는 잠시 가만히 있었다. 얼마간 그러고 있자 추적자가 말을 걸어왔다.

"왜 도망치고 그래요?"

"따라오니까 그렇지. 안 따라오면 왜 도망치겠어?"

에트나는 내 몸을 자기 쪽으로 돌려놓았다. 나는 그녀의 손길은 거부하지 않았지만 그녀의 눈빛을 똑바로 바라볼 수가 없어 고개를 푹 숙였다.

"날 봐요."

"……."

"날 보란 말이에요."

그녀의 눈이 흔들린다. 당황함과 함께 일어나는 감정은 그녀를 다시 만난 것에 대한 기쁨이었다. 나는… 대체 널 떠나 있던 시간이 얼마나 되었다고 이렇게도 간절하게 널 그리워하고 있었던 걸까. 이리도 반가운 건 어째서일까.

그녀가 나를 끌어당겼다. 오랜만에 보는 눈. 그녀의 보석처럼 세공된 눈은 여전히 아름답게 빛나고 있었다.

"미안해."

나의 입에서는 그 말밖에 나오지 않았다.

"뭐가 미안한 거죠?"

"걱정시켜서."

"누굴요?"

"널."

"반성하는 거예요, 진심으로?"

"그래."

에트나는 잠시 망설이는가 싶더니 이내 미소를 짓는다. 익숙한, 하지만 언제 봐도 친근한 미소. 그 작지만 따스한 미소가 내 마음속을 차지하고 있던 고민들을 사정없이 녹인다. 어이없을 만큼 너무나도 쉽게.

"어떻게 할 생각이었어요?"

그녀가 묻는다.

"카탈바흐를 만나볼 생각이었어."

내 대답에 그녀는 작은 한숨을 내쉬더니 내 이마를 자신의 작고 부드러운 손가락으로 가볍게 밀었다.

"바보군요."

바보라… 그래, 나는 바보였다.

생각해 보면 나의 행동은 투정이나 다름없었다. 내가 할 수 없는 일을, 이미 돌이킬 수 없는 일을 어떻게든 돌이켜 보겠다는 나의 허영심이 빚은 치기 어린 행동이었다. 그녀의 불안함이 나로 인한 것이라는 사실을 인정하고 싶지 않아서였고 그녀의 불안감을 나의 힘만으로는 해결해 줄 수 없다는 현실이 싫었기 때문이었다.

모순덩어리.

내 안에는 나 자신이 완벽하지 않다는 것을 알고 있으며 그 사실에 만족하는 나와, 그럼에도 불구하고 완벽해져야만 한다고 강요하는 내가 불안전하게 공존한다. 만들어진 인간인 내가 만약 다른 사람들과 마찬가지의 보통 인간이라면 나의 존재 가치는 대관절 무엇인가 하는 의문이 나를 괴롭혔기 때문이다. 부질없는 괜한 생각이라고 머리론 인식하고 있어도 좀처럼 가슴 밖으로 떨쳐 낼 수가 없었다.

에트나는 이런 나를 알고 있었다. 그녀의 고민은 나를 알고 있기에 할 수 있는 것이었고 그녀가 나를 알고 있었기에 한 행동이었을 것이다.

그럼 나는 어떤가. 그녀에 대해서, 그녀의 마음에 대해서 생각해 보았던가.

나는 단지 도망쳤을 뿐이다. 연약한 자신을 소중하게 끌어안고서 뒤도 돌아보지 않고 말이다.

비겁하다.

나는 그녀의 사랑을 당연시하고 있던 주제에 그녀를 알려는 노력은 하지 않았다. 걱정시키고, 상처만 입혔을 뿐.

하지만 그녀는 이런 못난 나를 책망하지 않는다. 질책하지도, 추궁하지도 않는다. 변함없는 따스한 미소만을 보내줄 뿐이다. 내게는 과분한 사랑을 담아서.

가슴이 뭉클하다. 미안하다는 감정과 동시에 뜨거운 것이 속에서 올라온다. 그것은 이내 사랑이라는 격렬한 기류가 되어 전신을 달린다. 참을 수 없다. 더 이상은 참을 수 없어.

그녀를 강하게 안았다. 그리고 그녀의 귀에 입을 대고 계속 속삭였다.

"고마워. 고마워. 에트나, 고마워."

"간지러워요."

그녀는 몸을 빼려고 버둥거렸지만 나는 그녀를 놔주지 않았다. 손을 놓으면 나의 천사인 그녀는 어딘가로 훨훨 날아가 버릴 것만 같아서다.

"이, 이러지 마요."

에트나가 일어서려고 하다가 내 손에 이끌려 다시 내 안으로 쓰러져 왔다. 나는 기다렸다는 듯 그녀에게 키스를 퍼부었다.

"안톤님, 이상해요."

"이상해도 괜찮아. 나는 바보니까 조금쯤 이상해도 상관없어."

몸이 후끈 달아오른다. 이것이 남자의 정복욕이라는 것일까. 사랑하는 사람을 자신의 것으로 만들고 싶다는 그런 원시적인 욕망인 것일까.

모르겠다. 하지만 이런 기분이 싫지는 않다. 가식없는 사랑의 감정. 누군가를 좋아한다는 감정이 행동을 이끈다.

손에 만져지는 그녀의 몸은 따스하고 한없이 부드러웠다.

"그만, 그만 해요."

에트나는 작게 반항을 했지만 이미 불이 붙어버린 나는 그녀의 말을 들어주지 않았다. 나는 엄마에게 응석을 부리는 아이처럼 그녀에게서 떨어지려 하지 않았다.

"사랑해. 믿어줘, 에트나."

"미, 믿어요."

"정말이지?"

확인하기 위해 다시 한 번 물었다.

"그렇다니까요. 그러니 그만 해요."

"안 돼!"

나는 강하게 고개를 흔들며 거부의 의사를 표시했다.

"안톤님."

"괜찮아, 괜찮아. 에트나, 나도 처음이니까 걱정하지 마."

논리적으로는 '너는 없어도 나는 많거든, 그러니 안심해도 좋아' 라고 해야겠지만 지금의 나에게는 그런 자세한 것들까지 고려할 만한 정신적 여력이 없다.

"그런 문제가 아니라 남이 보고 있는 데선 부끄럽단 말이에요."

뮤뮤뮤.

뉴튼이 에트나 쪽으로 고개를 내민다. 흠… 뉴튼 때문인가. 뭐, 어때. 짐승 한 마리 정도야 보고 싶음 보라지 뭐.

"부끄러워하지 마. 살살할 테니까."

내 말에 에트나의 얼굴이 붉게 물들었다. 수줍어하는 것 같다. 주먹
으로 마구 내 어깨를 때리는 것은 그래서일까. 그러나 단지 그 이유만
이라면 반항의 수준이 좀 높은 것 같은데. 토닥거리는 정도를 넘어서
온 힘을 다해 때린다. 어깨가 떨어져 나갈 것처럼 아프다. 첫 경험이
아프다는 것은 이런 이유 때문인가 보다. 첫 경험에서 '아픈 건 여자
뿐'이라고 알고 있었는데 조금 의외다. 책에선 왜 남자에게도 이런 아
픔이 따른다는 사실을 빼놓았는지 모르겠다.

"오빠, 지금 뭐 하는 거야?"

"응, 이건 말이지… 너도 크면 알게… 응?"

나는 벌떡 일어났다. 왜 샤미니가 여기에?

"누구예요, 이 아이는?"

옷깃을 여미면서 일어선 에트나가 눈을 흘겼다.

"저는 샤미니라고 해요, 언니."

샤미니는 예의 바르게 인사를 건넸다. 에트나는 샤미니가 내민 손을
잡고 악수를 나누면서 내 쪽을 쌔려봤다.

"나는 모르는 일이야, 모르는 일이라고. 샤미니, 대체 너 언제?"

"뉴튼을 타고 놀고 있었는데요. 이 아이가 날아오르는 게 아니겠어
요? 순식간에 세상이 작아지면서 둥실둥실. 좀 무섭긴 했지만 정말 재
미있었어요."

그러고 보니 드워프들을 태우면서 뉴튼은 깜빡했던 것 같다. 의도적
으로 버리고 온 건 아니고 뉴튼 녀석은 내버려 둬도 어느 틈엔가 따라
오곤 했었기 때문에 이번에도 별다른 신경을 쓰지 않았던 건데. 음…
이거 곤란하네.

뉴튼 녀석은 뒷발로 열심히 머리를 털며 책임을 회피하고 있었다.

대체 저 생각없는 동물을 어떻게 해야 할지 모르겠다.

"야! 뉴튼. 당장 샤미니를 원래 있던 데로 데려다 주고 와!"

내 말에 뉴튼은 나를 빤히 쳐다보더니만 고개를 휙 돌리고는 잽싸게 도망갔다.

"어머! 어디 가니, 뉴튼. 나랑 좀 더 같이 놀아."

샤미니가 그 뒤를 쫓아 달려갔다.

에트나와 나는 다시 둘만 남게 되었다.

"흠흠."

겸연쩍어진 나는 작게 헛기침을 했다. 에트나가 내 볼을 꼬집었다.

"그래서 싫다고 했잖아요."

"샤미니가 보고 있는 줄은 몰랐어."

그렇다. 모르고 한 것은 죄가 아니다.

"창피해요. 그 애 얼굴을 어떻게 봐야 할지 모르겠어요."

"크면 다 알게 될 일인데 뭘 그래."

"아이한텐 좋지 않단 말이에요."

"아냐, 괜찮다구. 내 경우만 봐도 그래. 난 돌이 채 지나기도 전에 명작 비디오를 적절히 활용 '어른이 아이들에게 보이고 싶지 않아 하는 모든 것'을 이해했지만 보다시피 이렇게 건전한 사고방식을 유지하고 있잖아. 에헴."

자랑은 아니지만.

"그래서 더 걱정인 거죠."

에트나가 한숨을 쉬면서 다시 내 볼을 잡아당기려고 하기에 살짝 피했다.

"여하간 계속하자."

"뭘요?"

"아까 하던 거."

"싫어요."

에트나는 귀엽게 혀를 쪽 내밀더니 나를 피해 달려갔다. 추격전은 아까의 재탕이었지만 주객이 바뀌었다는 점이 달랐다.

어릴 적에 나는 에트나와 종종 이런 식으로 놀곤 했다. 주로 에트나가 부속품을 가지고 도망치고 내가 뒤를 쫓는 방식이었다. 당시에는 그녀가 도대체 왜 그랬는지 이해하지 못했지만 지금은 알 수 있다. 그것은 그녀 나름대로의 애정 표현이었다는 것을.

그런 작은 추억들이, 에트나와 함께 보낸 시간들이 나를 지탱해 주지 않았다면 아마도 지금의 나는 좀 더 비뚤어진 성격을 하고 있지 않았을까 하는 생각이 든다. 기쁘다. 그녀와 함께할 수 있어서, 지금 이 순간 그녀가 나와 함께 있을 수 있어서.

[미확인 비행체 접근. 마스터, 브릿지로 와주세요.]

이슈텔의 음성이 들렸다. 미확인 비행체라고? 이 별에 그런 게 있었던가.

"뭘까요?"

저만치 가 있던 에트나가 다가와서 물었다. 술래잡기는 끝인가. 조금 아쉽지만 내버려 둘 수도 없다.

"일단 가보자."

우리는 브릿지로 갔다. 문이 열리자 두 명의 드워프가 우리를 돌아보았다. 하겐마기의 모습은 당연히 없었다. 뭐, 건강이 생명인 드워프니까 곧 엉덩이 털고 일어나겠지.

"무슨 일이야, 이슈텔?"

"모니터를 봐주세요."

전면 모니터에 나타난 것은 날개를 가진 인간의 무리로 발퀴레였다. 대략 3~40마리 정도는 되어 보인다. 하나같이 선글라스를 착용하고 있어서인지 까마귀 떼를 보는 것 같다.

"저것들이 왜 휴패리온까지 따라왔지?"

"아직 말칸토스예요."

"뭣이? 어째서야?"

"그게, 마스터 오빠가 출발하라는 말을 안 해줬잖아요."

이슈텔이 볼을 부풀리며 말했다.

"그, 그렇구나."

하긴 나는 목숨을 부지하기 위해 소울테이커 내부를 열심히 달리느라고 출발하라는 말을 못했었다.

"그런데 너희들은 어떻게 여기에 있는 거야?"

소울테이커 안은 무척이나 넓다. 드워프들이 여기가 소울테이커의 핵심부인 브릿지인 것을 알고 왔다고는 생각되지 않는다.

"여기저기 헤매다 보니 여기로 오게 됐습니다."

데미커슨이 말했다.

"아니, 대장. 한 번에 여기로 왔잖습니까?"

마비노기가 이상하다는 듯 데미커슨을 쳐다보았다.

"아냐, 마비노기. 나는 그냥 발 닿는 대로 걸었을 뿐이야. 그러다가 우연히 도착한 곳이 여기라는 거지. 그건 그렇고 전하, 어떻게 하실 겁니까?"

"뭐, 걱정하지 않아도 돼. 저것들은 안으로 들어올 수 없어."

굳이 대응할 필요성을 느끼지 못한 나는 간단히 말했다.

"그냥 두시겠다는 거군요. 이 배의 힘을 이용하면 간단하게 처리할 수 있을 것 같은데 어째서입니까?"

"굳이 그래야 할 필요가 없으니까."

발퀴레에 대해서 드워프들이 좋은 감정을 가지고 있지 않다는 것은 알고 있지만 그렇다고 해서 내가 발퀴레들을 어떻게 해야 할 의무는 없다. 무의미한 살상을 좋아하지도 않고.

"제 의견은 다릅니다. 이 불의 배의 주인이 안톤 전하라는 사실은 알 사람은 다 알고 있죠. 말칸토스에서 영공 침범을 그냥 넘어가리라고는 생각되지 않는군요."

"그래서?"

데미커슨의 눈에서 이상한 광채가 나는 것 같은 느낌이 들었다. 착각이겠지만.

"전하의 휴패리온은 내란이 끝난 지 얼마 되지 않아서 인심도 흉흉하고 안정화되지 않은 상황일 겁니다. 말칸토스에서 이번 일을 빌미로 전쟁을 벌인다면 아무래도 잃을 게 많을 것 같군요."

"괜찮아. 내 나라에서는 소울테이커의 화력을 쓰지 않았지만 타국 사람들에게까지 그런 관용을 베풀 생각은 없으니까."

"그래요? 훗, 전하는 좋은 사람이군요. 아깝군요."

"무슨 말을 하는 거야?"

점점 안 좋은 예감이 든다.

"분명 전하의 무공은 대단합니다. 그러나 휴패리온은 전 신주국. 전하가 아무리 대단하다 해도 전하의 백성들이 보기엔 한 명의 인간일 뿐이죠. 이대로 휴패리온이 잘 돌아간다면 괜찮겠지만 만에 하나, 새로운 문제가 생기기라도 한다면 그들은 전하를 원망할 겁니다. '봐라,

역시 신이 있을 때가 좋았다' 하고요. 아시겠습니까? 당신은 당신의 힘을 좀 더 그들에게 알려줄 필요가 있습니다."

"그건 나도 알아. 하지만 지금 그 이야기를 왜 끄집어내는 거야?"

"대장, 대장은 요즘 좀 이상해진 것 같아. 내가 아는 대장은 이 정도로 정치에 밝은 드워프가 아니었는데."

마비노기가 말했다.

"아냐, 마비노기. 나는 원래부터 이랬어. 네가 날 잘 몰랐을 뿐이야."

데미커슨은 차가운 미소를 지었다.

"데미커슨, 너는 지금 나에게 공포를 강요하는 건가?"

"그렇습니다. 네일 성에서의 전하의 행동을 보면 충분히 제왕이 될 자격이 있습니다. 압도적인 공포는 정국 운영에 필수 요소죠. 뭐, 제 기대치에는 약간 못미치긴 합니다만. 저라면 좀 더 철저하게 했을 겁니다."

철저하게라고? 철저하게는 대체 무슨 의미인가.

"나는 공포 정치 따위엔 관심없어."

몸을 타고 올라오는 불쾌감을 참으면서 나는 내뱉듯이 말했다. 내가 그의 말을 마음에 들어 하지 않음을 눈치 챘을 텐데도 데미커슨은 그다지 개의치 않는 것 같았다. 그는 팔짱을 낀 채로 차가운 미소를 보내왔다.

"농담도 잘하시는군요. 이미 잘 알고 계시지 않습니까. 이성을 제압하여 승리를 거두는 가장 손쉬운 방법은 공포와 힘이라는 사실을."

언젠가 같은 말을 한 사람이 있었다는 것을 떠올린 순간 등줄기를 타고 차가운 기운이 올라왔다. 벌레가 스멀스멀 기어오르는 것 같은 이질감. 구역질이 날 것 같다. 역시 그랬던 건가. 뭔가 이상하다고 생각은 했었지만 정말 이럴 줄이야.

"안톤님, 왜 그래요?"

내 얼굴을 보더니 가만히 있던 에트나가 물었다.

"아냐. 난 괜찮아, 에트나."

나는 그녀를 내 등 뒤로 보내고 그녀의 앞을 막아선 채로 데미커슨을 쏘아보았다.

"정녕 지금도 그렇게 생각하고 있는 건가?"

"물론이지. 그보다 더 나은 방법 따윈 존재하지 않으니까."

"아니, 그렇지 않아!"

힘주어 한 내 말에 데미커슨은 엷은 미소를 지었다. 명백한 비웃음이 서린 미소를.

"진심은 아닐 테지? 하긴 너는 많이 부족하긴 하더군. 어디가 어떻게 부족한지 들려주지. 내 나름대로 네가 추진하고 있는 정책 몇 개를 조사해 봤어. 뭐, 그런대로 경제를 부흥시키는 데에는 나쁘지 않은 것 같더군. 거기에 전 백성을 대상으로 교육 정책도 시행하는 것 같고. 흥미가 있어서 내용을 대강 훑어봤지."

"대장, 갑자기 왜 그래? 이분은 휴패리온의 왕이셔."

데미커슨이 반말을 하는 것에 당황한 마비노기가 그의 옷깃을 잡았다. 그러자 데미커슨은 가볍게 팔을 휘둘렀다. 정통으로 얼굴을 얻어맞은 마비노기는 구석에 처박혔다.

"대, 대장?"

"조용히 있어. 쫑알쫑알 시끄럽다구."

데미커슨은 귀찮다는 듯 손을 내저었다.

"안톤님, 어떻게 된 거예요?"

에트나가 내 등을 쿡쿡 찌르면서 물어왔다.

"에트나, 움직이지 말고 가만히 있어. 저 녀석은 위험한 녀석이야."

"아냐, 안톤. 그건 전적으로 너의 대답 여하에 달려 있어. 나는 위험하지 않아. 적어도 지금은 말이지."

데미커슨이 고개를 저었다.

"원하는 게 뭐지?"

"일단은 대화야, 안톤. 그건 그렇고 어디까지 말했더라. 아, 그렇지. 자네의 교육관에 대해서였지. 그래, 잘 봤어. 교재 내용을 보니 자네는 낡은 사상에 얽매이는 경향이 있더군. 국민 계몽. 뭐, 교육 그 자체는 나쁘지 않아. 하지만 내용이 맘에 안 들어. 자네는 착각하고 있어. 대중은 지배자를 기다릴 뿐, 자유를 주어도 어찌할 바를 모르는 존재들이야. 알겠나, 안톤? 자네와 나, 적어도 여기 이 별에 있는 열등한 자들보다 우등한 우리가 저들에게 베풀 최선의 교육은 우리를 믿고 따르면 행복해진다고 믿도록 하는 거야. 그렇게 하는 것이 옳고 또 그렇게 해야만 해."

"그건 당신의 생각일 뿐이야. 대체 누가 열등하고 누가 우등하다는 거지? 대관절 누가 판단하는 거야? 당신이야?"

그의 말에 동의할 수 없다. 그것은 너무나 위험한 사상이기에.

"그렇다. 나다. 시대가 선택한 나야말로 혁명에 어울리는 진정한 심판자. 권리는 나에게 있다. 정신은 날카롭고, 분명하고, 참되고, 정열적이면서도 자신을 통제하고, 차갑고, 대담하고, 결단을 내릴 때에는 목적 의식에 따라 신중하게 생각하고, 빠른 실천이 필요할 때에는 거침이 없고, 자신과 다른 사람에게 가차없고, 무자비하도록 냉정하면서도 국민에 대한 사랑에서는 한없이 부드럽고, 노동에 지칠 줄 모르고 부드러운 장갑 속에 강철 같은 주먹을 지니고 있으며 자기 자신을 통제하는 능력을 가진 나에게!"

그의 추종자였던 루돌프 헤스의 찬양문을 그는 자신의 말인 양 자랑스럽게 읊었다. 내가 볼 때 그는 분명 정의로운 사람이다. 너무 정의로워서 자신 이외의 다른 의견을 받아들일 줄 모르는, 오직 자신만이 정의고 다른 것들은 악으로 몰아붙이는, 철저한 이분법 사고방식을 가진 사람이다. 그의 정의에 구역질이 난다.

나는 이런 식의 정의를 싫어한다. 이런 정의는 외곬이다. 마왕을 무찌르는 영웅 일대기식의… 만화가 아닌 현실에서 누가 진정으로 옳은 것인가는 모호하다. 자기 신념을 맹신하는 자는 자신의 정의를 절대적인 것으로 여긴다. 거기까지는 괜찮다. 이쑤시개로 전봇대를 사용해야만 한다고 믿는다면 자신만 그렇게 하면 된다. 그건 개인의 자유니까 상관없다. 문제는 이런 정의로운 자일수록 자신만의, 오직 자신에게만 옳은 그 알량한 정의를 남에게 강요한다는 데 있다.

"안톤, 모든 인간은 죽어. 반혼술로 수명을 연장시킬 수 있었던 나도, 그리고 자네도 역시 마찬가지로 언젠가는 죽게 되어 있어. 우리에겐 시간이 많지 않아. 그러니까 우리는 잔인해져야만 해. 그렇지 않으면 국민 속에 있는 나약함이며 감상적인 소인 근성을 불식시킬 수가 없어. 우리에게는 인정이라든지 소박하고 행복한 살림이라든지 하는 아름다운 감성에 젖어 있을 여유가 없어. 너 역시 이런 숭고한 사명을 지키기 위해 여기에 왔다고 나는 믿어. 그러니까 안톤, 나의 부하가, 아니, 나의 동료가 돼라. 우리는 열등한 이곳의 인종들보다 우수한 피를 타고났어. 또 월등한 지식도 있어. 이런 너와 내가 힘을 합쳐서 이

장점들을 잘 활용하면 우리가 살아 있는 동안 이상향을 만들 수 있어. 보고 싶지 않나? 나는 보고 싶어. 내가 만든 이상향을. 나의 세상을!"

한숨이 절로 나온다. 지구에서의 아이린도 그렇고 지금 내 앞의 이 남자도 그렇고, 어째서 세상엔 이렇게 정의로운 사람이 많은 걸까. 목적을 위해선 희생은 당연하고 또한 정당하다고 여기는 자들. 신물이 난다.

이상향이라고? 그가 말하는 이상향은 오직 그의 추종자들만을 위한 것일 뿐이다. 그가 말하는 이상향은 개인의 사상에 물든 집단의 것이다. 그런 획일화된 세상이 과연 행복한 세상일까. 나는 그렇게 생각하지 않는다.

아돌프란 이름으로 불린 그는 이렇게 말한 적이 있다. 선전에 의해 사람들이 천국을 지옥으로, 또는 지옥을 천국으로 여기도록 할 수 있다고. 이게 뭔가, 사기다. 그 이상도 그 이하도 아니다. 위대한 영웅이 아니라 단순한 사기꾼이다. 그것이 바로 내 눈앞에서 떠드는 저 선동가의 정체다.

"발전이 없군, 당신은. 이제 됐어. 당신이 어떤 사람인지는 잘 알았어. 내 대답은 NO야. 긴말은 하지 않겠어. 내려, 당장!"

그와 함께 있는 시간이 싫다. 단 한순간도 견딜 수 없다.

"좋은 배짱이군. 하지만 후회할 거야."

데미커슨, 아니, 지크는 허리를 쭉 폈다. 잠시 만에 구부정하고 짧따란 드워프는 금발 머리에 푸른색의 눈을 가진 청년으로 변했다. 지구상에서 가장 우수한 민족이라고 그가 주장한 순수 아리안인의 특징을 그대로 가지고 있는 몸이었다.

"너, 대장을 어떻게 한 거냐?"

마비노기가 지크프리드라고 개명한 그에게 성난 음성으로 외쳤다.

"아, 그 드워프라면 진작 해치웠지. 너희들이 에다에서 도망치는 것을 보고 있다가 살짝 다가가서 슥삭하고 말이지. 뭐, 신경 쓰지 마. 겨우 해충 한 마리가 사라졌을 뿐이니까. 하하하."

"너 이놈!"

마비노기는 도끼를 꺼내 들고 맹렬한 기세로 달려들었다. 드워프라고는 믿기지 않을 정도로 빠른 동작이었지만 히틀러는, 아니, 지크프리드라고 개명한 그는 단지 왼손 손가락 두 개만으로 마비노기를 잡아냈다.

"이것으로 두 마리가 되겠군."

말이 채 끝나기도 전에 그의 오른손이 마비노기의 얼굴을 잡았다.

"우아악!!"

마비노기가 비명을 질렀다. 단지 손 힘만으로 얼굴 뼈를 분쇄하고 있는 건가?

"그만둬!"

외침과 동시에 나는 마비노기를 구하기 위해 중검을 빼 들고 지크를 향해 찔러갔다. 지크는 슬쩍 움직이면서 나의 칼날을 피했다. 그러나 그의 오른손은 여전히 마비노기를 잡고 있었다. 허공에 떠 있는 마비노기의 발이 힘없이 흔들거렸다.

"왜 그러나, 안톤? 이 드워프를 살리고 싶나?"

지크는 간단히 나의 검을 피해내면서 비웃듯 말했다.

"놔줘. 그에겐 죄가 없어."

"죄가 없다고? 아니야, 안톤. 세상엔 존재하는 것만으로도 절대 용서받을 수 없는 녀석들로 넘쳐나고 있어. 내가 하는 건 살인이 아니야.

정화지. 쓰레기를 쓰레기가 있어야 할 위치로 되돌려 놓는 청소라고나 할까."

우드득! 얼굴 뼈 뭉개지는 소리가 들렸다. 손 힘만으로 두개골을 부술 수 있다니 엄청난 악력이다. 지크는 마비노기를 내 쪽으로 던졌다. 마비노기의 얼굴은 기묘하게 뒤틀려 있었다. 살릴 수 있을까? 맥박은 뛰고 있다. 그러나 부서진 두개골의 파편이 뇌에 파고들었을 가능성을 배제할 수 없다. 이래서는 치료하더라도 정신적 장애를 겪게 될 것이다.

"어째서 이런 무의미한 살상을 하는 거야?"

"무의미하다고?"

지크는 내 앞으로 한 발짝 다가왔다.

"무의미하지 않아. 혁명엔 적이 필요해. 눈에 보이지 않는 적뿐만 아니라 눈에 보이는 적이 확실히 있어야 해. 만약 없다면 만들어서라도 존재하게 해야지. 하지만 다행히도 이 별에서는 그럴 필요가 없었어. 드워프란 종족이, 기술을 독점하고 비싼 값에 물건을 팔아 모든 이로부터 지탄받는 쓰레기가 있었어. 유대인과 똑같은 쓰레기가!"

"그래서 이 별에 와서까지 종족 청소를 하겠다는 건가?"

지크는 고개를 끄덕였다.

"그래, 그렇게 할 생각이야. 지구에서의 나는 분명 관대했지. 내 이야기를 들려줄까. 당시의 나는 단지 나의 조국 독일에서 그 쓰레기들이 사라지기만을 바랐어. 그러나 아무리 잡아 가두고 가둬도 끝이 없었지. 유대인들은 암세포처럼 격리하고 분리해도 어느 틈엔가 다시 나타나서는 끈덕지게 달라붙었어. 나는 내 조국을 좀먹는 무리로부터 내 조국을 지키기 위해 힘겨운 투쟁을 벌였어. 정말 힘든 나날이었지. 그러던 차에 어느 날 시오니스트 몇 놈이 제의를 해왔어. 나치를 지원해 줄 테니 자신들만의 나라를 만드는 것을 도와달라 하더군. 난 바로 승낙했어. 기생충들이 자신들만의 나라를 갖게 되면 그곳으로 이주해 갈 테고 그렇게 되면 내 조국은 깨끗해질 거라 생각했던 거지."

실제로 1930년대 세계 시오니즘 기구는 팔레스타인에 하바라라는 은행을 설립하고 이 은행을 통해 독일계 유대인의 돈을 모아 나치에게 막대한 양의 물자를 구입하게 해준 일이 있었다. 덤으로 이 기구는 1933년에 히틀러에 대항하는 활동을 주장한 결의안을 부결시키기도 했다.

"놈들은 더럽기는 했지만 바보는 아니었어. 아니, 반대로 아주 영악했지. 그들이 주문한 대로 단지 수용소에 몰아넣고 격리만 시킬 생각이었던 유대인들을 박멸하기 시작했어. 내가 그렇게 했기에 놈들은 국제 사회의 동정을 살 수 있었고 덕분에 팔레스타인 땅에 자신들만의 나라를 만드는 것을 묵인받을 수 있게 되었던 거야. 목적을 이룬 놈들은 다음 단계로 나를 제거하기 위해 미국을 움직였지. 돈이 많은 놈들이었으니까 미국 정부를 움직이는 것은 일도 아니었지. 그래서 나는 전쟁에 졌어. 정의로운 전쟁이, 절대 져서는 안 되는 전쟁에서 나는 패배하고 말았어. 내가 과소평가했던 유대인 놈들 때문이야. 분하고 억울했지. 정의가 기생충에게 지다니… 피눈물이 나더군. 더 이상은 가망이 없다는 것을 깨달은 나는 죽기로 결심했었지. 더러운 놈들의 손이 아닌 내 손으로 영광스런 죽음을 맞이할 생각이었어. 그러나 하늘은 나를 버리지 않았어. 이 땅에서 나는 다시 한 번의 기회를 얻을 수 있었으니까."

"그래서 모처럼 얻은 기회를 가지고 똑같은 일을 다시 반복하겠다는 건가?"

"달라!"

지크는 버럭 소리를 질렀다.

"이번엔 달라. 봐, 안톤. 내가 전쟁에 패한 후 세상은 어떻게 되었지? 카탈바흐님에게 들었어. 독일의 패전 직후엔 아무도 인식하지 못했던 홀로코스트라는 신종 사업이 갑자기 생겨나더니만 있지도 않았던 인간 비누 어쩌고를 연발하고 죽은 유대인의 숫자를 마구 부풀려서는 내 조국에서 보상금 명목으로 엄청난 돈을 뜯어냈지. 강제로 뜯어간 돈은 다 어디로 갔나? 실제로 피해를 입었던 자들에게는 가지 않고 대부분이 유대인 지도자들의 호주머니 속으로 들어갔어. 나와 함께 독일 유대인들을 몰살하는 데 한몫했던 자들에게로 말야. 내 조국의 돈은 무기가 되어 팔레스타인인들을 학살하는 무기로 둔갑해서 피를 불렀고 세상의 부 50%를 유대인 쓰레기들이 독점하는 이상한 세상이 도래했어. 나의 실패로 인해 이후의 세계는 엉망진창으로 변해 버린 거야. 내 잘못이야. 전부 내가 실패했기 때문에 그런 결과가 나타난 거야. 내가 전쟁에서 이겼더라면 훨씬 나은 세상이 되었을 텐데 그렇지 못했기 때문에 그렇게 된 거라구. 실패는 한 번으로 족해. 지금의 나는 달라. 이번에야말로 나는 지지 않을 거야! 절대 질 수가 없는 거야. 나는 반드시 기생충은 철저히 박멸하고 적이 될 자들에겐 처절한 응징을 내릴 거다. 이것이 나다!"

그의 어조는 점점 격앙되어 갔다. 그는 말을 끝내고 나를 쏘아보았다.

"마지막으로 다시 한 번 묻겠다, 안톤. 나의 적이 되겠나, 아니면 나의 동지가 되겠나?"

피해망상과 자의식 과잉이 이 정도면 수준급이다. 그의 말은 어느 정도 사실이긴 하다. 그러나 그래서 어쨌다는 말인가? 여기는 지구가 아니다.

"당신의 말은 오류투성이야. 여기는 지구가 아니고, 드워프는 유대인이 아니야. 당신이 마음대로 착각하는 것은 당신의 자유지만 거기에 나를 끌어들이려는 짓은 하지 말아줬으면 고맙겠어."

"그렇다면."

지크는 다시 한 걸음을 내디뎠다.

"지금부터 너와 나는 적이다."

"간단해서 좋군."

"네가 얼마나 화려한 춤을 출 수 있는지 시험해 보도록 하지."

말이 끝나기가 무섭게 언제 꺼냈는지 갑자기 지크가 검을 찔러왔다. 반사적으로 중검으로 방어했다. 빠르고 강한 일격이었지만 미리 주의하고 있었기에 막을 수 있었다. 그런데 그의 브로드 롱 소드쯤은 현철 중검에 단번에 두 동강 나리라는 내 기대와는 달리 의외로 흠집 하나 나지 않았다.

"좋은 검이로군."

끼리릭.

겹쳐진 두 개의 날이 미끄러지면서 날카로운 쇳소리를 만들어냈다.

"내가 할 소리야. 그 검은 뭐지?"

"발뭉이야. 영웅 지크프리드의 애검이지."

"호오 영웅 놀이가 그렇게나 하고 싶었어? 어린애 같군."

"헛소리하지 마!"

날아드는 왼발차기를 피하기 위해 나는 그에게서 떨어졌다.

"마스터 오빠, 싸움은 나가서 해주세요."

이슈텔의 목소리가 들렸다. 브릿지 안에서 싸우는 것이 마음에 들지 않았나 보다.

"미안해, 이슈텔. 금방 끝낼 테니까 좀 봐달라구."

사실 금방 끝날 것 같지는 않다. 지크의 검술은 생각보다 날카로웠고 의외로 빨랐다. 육체를 개조해서 강한 힘을 얻은 것일까? 단지 그것뿐이라면 상관없지만 뭔가가 더 있을 수도 있다. 나는 상대방을 경시하는 마음을 버리고 검을 고쳐 쥐었다.

"나를 쓰러뜨릴 수 있을 거라 생각하나? 영웅인 나를?"

"그러니까 영웅 놀이는 혼자서 하라고 말했잖아!"

지크의 검이 내 어깨를 내리찍었다. 왼쪽으로 몸을 틀자 그는 기다렸다는 듯이 이격을 날려왔다. 나는 비스듬히 비껴 그것을 막았다.

기세를 다 죽이지 못해서 한 걸음 뒤로 물러났다. 지크의 공격은 날카로울 뿐 아니라 힘도 있었다. 검을 든 손을 타고 전해오는 충격이 그것을 증명하고 있었다.

텅! 처렁!

강하게 내민 일격이 다시 그의 검에 막히며 그가 내 검을 밀면서 연달아 검초를 시전했다. 공격도 방어도 거의 완벽한 수준이다. 물 흐르는 것처럼 이어지는 그의 검초는 좀처럼 허점을 보이지 않았다.

"어떻게 된 거야, 안톤? 실력이 겨우 그것밖에 안 되나?"

"이제부터닷!"

몸을 낮추고 순식간에 거리를 좁혔다. 예상대로 그는 위에서 아래로 검을 내리찍었다.

"하앗!"

중검이 아래에서 위로 반원을 그리며 그것을 막자 푸른 불꽃이 번득였다. 일부러 약한 스냅을 건 중검이 기울고 거기에 더해서 나는 검을 놓아버렸다.

"앗!"

팽팽하게 맞서던 힘이 갑자기 사라지자 일순간 균형을 잃은 지크의 몸이 작게 휘청였다. 기회를 놓치지 않고 주먹을 날렸다. 재빨리 내뻗은 나의 주먹은 빨려들듯 지크의 안면에 작렬했다.

텅!

쇳덩이를 때린 것 같은 느낌… 뭔가 이상하다는 생각이 들었지만 다음 순간 나는 이격을 날리고 있었다. 정확히 네 대를 더 치면서 다른 손으로 바닥에 꽂힌 검을 잡았다.

"끝이다!"

맹렬히 회전하면서 나의 중검은 똑바로 지크의 가슴을 찔러갔다.

"이럴 수가!!"

그런데 이게 웬일인가. 분명히 가슴에 큼직한 구멍을 내놓을 줄 알았는데 크게 뒤로 밀려난 지크는 단순히 엉덩방아를 찧었을 뿐 상처 하나 없었다.

"놀랐나?"

일어선 지크가 발뭉을 들고 씩 웃었다.

"숭고한 이상을 가진 자는 죽지 않아."

검이 그에게 효과가 없다는 사실에 나는 약간 당황했다. 신도 아닌, 분명 피와 살로 된 육체를 가지고 있는 데도 불구하고 검이 통하지 않다니? 그것도 나의 중검이?!

"너, 그 몸은 대체?"

"나의 위대한 이상에 어울리는 멋진 몸이지. 그렇게 생각하지 않나?"

"흥!"

그럼 어디 이것도 버티나 보자.

검기를 한껏 주입하자 푸른색으로 물든 현철중검이 웅웅 소리를 냈다.

"아직 이해를 못한 모양이군. 쿡쿡쿡, 어디 맘대로 해봐."

"소원대로 해주지."

양팔을 벌리고 비웃음을 띠는 상대에게 화가 났다. 나의 검은 연속적으로 하얀 검광을 사방에 흩뿌리며 지크의 몸을 향해 쇄도해 들어갔다.

탕. 탕. 타탕.

그러나 결과는 마찬가지였다. 강철로 된 성처럼 지크의 몸에는 흠집 하나 나지 않았다.

"신념이 없는 너의 검으로는 나를 어떻게 할 수 없어. 자, 이제 어쩔 건가, 안톤?"

여전히 팔을 벌린 채로 지크가 말했다.

"검 실력이 형편없는 당신에겐 아주 잘 어울리는 몸이로군."

말은 그렇게 했지만 어떻게 해야 할지 뾰족한 방법이 없었다. 그때 에트나가 나를 불렀다.

"안톤님! 창밖을 봐요."

에트나의 말에 나는 소울테이커 밖을 쳐다보았다. 네 명의 발퀴레가 뭔가 커다란 공 같은 형상의 것을 소울테이커 쪽으로 운반해 오고 있었다.

"저게 뭐지?"

나는 지크를 노려보며 물었다.

"드디어 왔군. 이것으로 이 배는 이제부터 내 것이다."

지크가 쿡쿡 웃었다.

"무슨 의미지?"

"말 그대로의 의미지. 나는 이 배가 마음에 들었어. 그래서 내 것으로 하겠다는 거야. 불만있나?"

"소울테이커는 당신의 것이 되지 않습니다."

이슈텔이 말했다. 당연하다. 소울테이커와 계약한 것은 나지 그가 아니다.

"그렇게 될 거야. 두고 보면 알아, 귀여운 인형 아가씨."

자신만만한 그의 말에 좋지 않은 예감이 들었다.

"이슈텔, 소울테이커 긴급 발진. 속도 최대로."

그러나 소울테이커는 움직이지 않았다.

"뭘 하고 있어, 이슈텔?"

이슈텔이 고개를 돌렸다. 그런데 그녀의 눈은 나를 보고 있지 않았다. 그녀의 시선은 나의 뒤, 창밖을 멍하게 바라보고 있었다.

"어떻게 된 거야, 이슈텔?"

"안톤님, 이슈텔이 이상해요."

에트나가 이슈텔의 어깨를 잡고 흔들었다. 하지만 반응이 없었다. 나는 이슈텔이 보고 있는 것을 향해 시선을 옮겼다. 발퀴레들이 갈색 공을 운반해 오던 끈을 놓았다. 공은 허공에서 맴돌더니 똑바로 소울테이커를 향해 다가왔다. 잠시 만에 그것은 소울테이커의 옆면에 달라붙었다. 폭탄? 지크가 안에 있는데 그럴 리는 없겠지. 그렇다면 저것은 대체……

"자, 그럼 시작해 볼까."

지크가 목을 흔들었다.

"무슨 짓을 하려는 거냐?"

"이런 거지."

지크의 키가 작아지는 것 같은 느낌이 들었다. 아래를 보니 발이 사라지고 있었다. 마치 바다 속으로 가라앉는 것처럼 바닥에 녹아들어 갔다. 발이, 다리가, 몸통이 일순간에 사라지고 남겨진 머리가 비웃음을 흘린다.

"아!"

기묘한 광경에 에트나가 짧은 비명을 질렀다.

무슨 짓을 하는 거야? 무슨 짓을 하려는 거야? 혼란스럽다.

갑자기 경고등이 점멸하기 시작했다.

[경고. 외부에서의 엑세스 감지. 침식해 옵니다. 경고. 경고.]

이슈텔의 말이 아니다. 그녀는 마네킹처럼 굳은 채 움직이지 않고 있었다. 경고의 음성은 내부 스피커를 통해 나오고 있는 것이다.

"안톤님, 대체 무슨 일이 벌어지고 있는 거죠?"

슈아앙!

대답도 하기 전에 소울테이커가 급상승을 시작했다. 엄청난 G가 몸을 짓눌러 왔다. 탑승자의 안전을 고려하여 소울테이커는 자동으로 함내 중력을 1G로 유지하도록 되어 있는데 그 기능이 작동하지 않는 것이다.

"컴퓨터. 수동 모드로 전환. 이슈텔을 통한 자동 제어보다 나의 명령에 우선권을 둔다. 신속히 상황을 보고하라."

자동 중력 제어 장치가 작동하지 않는 소울테이커 안은 지옥이다. 모니터에는 검은 우주가 입을 벌리고 있었고, 위와 아래가 마구 뒤바뀌는 속에서 나는 필사적으로 콘솔에 매달리고 있었다.

모니터에 소울테이커의 전면도 수십 장이 겹쳐지면서 디스플레이되었다. 검토가 끝난 화면이 사라지고 나자 두 장만이 남았다.

[브릿지 제어 고유 영역 침식도 20%. 계속 상승 중.]

"방화벽은 왜 작동하지 않고 있는가?"

수십 개의 단어가 떠오르다가 사라졌다.

[원인 파악 불능.]

컴퓨터가 내린 최종 결론은 전혀 도움이 되지 않는 것이었다.

아마도 발퀴레들이 운반해 온 물체가 소울테이커의 방어 시스템 일부를 무력화시키고 있는 것 같았다. 갈색의 공은 단순한 재밍 기능만 한다고 가정하면 실질적으로 소울테이커를 침식하고 있는 존재는 이제는 완전히 사라져 버린 지크가 분명하다.

그러나 소울테이커와 한 몸이 되다시피 한 녀석을 어떻게 떼어내야 할 것인가.

[침식 진행도 23%.]

"완전 침식까지 예상 시간은?"

[앞으로 13분 20초 후로 예상됩니다.]

"전뇌 연결 준비. 광학 키보드 사출. 서둘러."

[외부 입력 연결 모드 실행. 에러. 에러.]

"무슨 소리야?"

[거부되었습니다. 처리 불능. 에러 코드 354902.]

"젠장."

콘솔의 일부를 때려부수고 강제로 키보드를 꺼냈다. 키에 손을 얹는 순간 키보드 위에 한 쌍의 눈이 나타났다.

"뭐, 뭐야?"

[방해하지 마. 구경이나 하고 있어.]

무미건조한 컴퓨터의 기계음. 반사적으로 뒤로 물러섰다. 키보드 위에는 얼굴이 생겨났다. 눕혀 있던 얼굴은 이내 고개를 들었다. 허물을 벗는 것처럼 일어선 얼굴은 지크의 얼굴이다. 피부는 은색. 그것이 빛을 받아 반짝인다. 은색의 얼굴에 조각처럼 새겨진 입이 벌어진다.

[기다리기 지루한가?]

소리는 열린 지크의 입에서 나오는 것이 아니라 함 내 스피커를 통해서였다. 수십 개의 스피커에서 울리는 기계음. 음침하고 기괴한 목소리.

"이건 내 배다. 당장 사라져!"

[그렇게는 안 돼.]

부서진 콘솔 안의 케이블이 살아 있는 생명체처럼 뻗어왔다. 내 얼굴을 스쳐 지나간 케이블이 벽에 부딪치며 구멍을 냈다. 볼을 타고 뜨거운 것이 한줄기 흘렀다. 뭐야, 이건. 대체 이게 다 뭐야!

단순한 해킹 차원이 아니다. 함 내 지배권을 차지하는 수준이 아니다. 이건 마치…….

방법을 찾지 못한 나는 에트나의 손을 잡고 브릿지 밖을 향해 달려나갔다. 뒤에서 굵은 케이블 가닥들이 따라왔다. 수천 마리의 뱀이 꿈틀거리는 것 같은 모습을 하고선.

"어떻게 하죠?"

"모르겠어."

정말 모르겠다. 케이블 정도는 잘라내면 그만이다. 그러나 그렇게 하면 나의 소울테이커가 망가진다.

"동력실로 가자."

동력을 차단한다고 해서 상황이 달라질지는 알 수 없었다. 하지만 다른 방법은 떠오르지 않았다. 일단은 할 수 있는 일을 할 수밖에 없다.

코너를 돌았을 때 벽면에 수박만한 덩어리가 생기더니 따라왔다. 덩어리에는 눈, 코, 입이 달려 있다. 역시 지크의 얼굴이다.

[도망칠 수 없어.]

바닥 가득, 천장 가득 지크의 얼굴이 생겨났다. 은색의 차가운 얼굴들. 얼굴들의 옆에서 무언가가 튀어나왔다. 손이다. 생겨난 손이 벽면을 짚나 싶더니 곧 이어 팔의 관절이 펴졌다. 그것과 동시에 얼굴 밑으로 몸통이 모습을 드러낸다. 하나같이 은색으로 번뜩이고 있다.

"안톤님!"

"에트나에게 손대지 마!"

벽에서 튀어나온 수십 개의 손을 절단했다. 몇 개는 떨어지고 몇 개는 여전히 에트나의 어깨에 붙어 있었다. 나는 그것을 떼어내어 던졌다.

"내게서 떨어지지 마!"

"네."

전방에 지크 인형이 셋, 그것들이 손을 내밀고 덮쳐 왔다. 하나는 걷어차고 다른 하나에 검을 박았다. 그리고 그대로 또 다른 하나에게 밀어붙이며 계속 달렸다. 앞으로 나가면 나갈수록 지크 인형의 숫자는 늘어만 갔다.

"끝이 없잖아, 이거."

점점 숨이 차왔다. 함 내 산소 양이 줄어들고 있는 것 같았다.

"괜찮아요?"

"당연히 괜찮지. 날 누구라 생각하는 거야."

[A3블록 이상 발생. 격벽 폐쇄. 해당 구역 내에서 신속히 퇴거해 주십시오. 반복합니다. A3……]

"이런, 제길."

동력실까지 가는 길의 격벽이 차례로 내려갔다. 그것을 뻔히 보면서도 어떻게 할 수 없었다. 발을 잡는 손들을 잘라내느라 점점 앞으로 나아가기 힘들었다.

"어쩌죠?"

"길이 없으면 만들어야지."

소울테이커의 튼튼한 격벽. 부술 수 있을까? 아니, 부숴야 해!

"하앗!"

최대한의 기를 중검에 주입하여 베어갔다.

텅!

그러나 역시 무리였다. 중검이 부러져 나갔다. 무력하게 깨어진 나의 검, 복도에 북적이는 지크 인형의 무리. 물러날 곳은 어디에도 없다.

왼쪽 다리를 오므리고 오른쪽 어깨를 구부리고 격벽을 향해 원을 그리면서 힘을 쏟아냈다.

"항룡유회."

손에서부터 어깨까지 감싼 기의 빛이 격벽에 부딪쳤다. 엄청난 소리와 함께 격벽에 구멍이 생겼다. 하지만 통과하기엔 작았다.

"항룡유회, 용전어야, 비룡제천!"

어깨가 아프다. 팔이 저리다. 머리가 돈다. 단 한 개의 격벽을 통과하는 데 네 장을 전개해야 했다. 그리고 단 네 장을 전개한 것만으로도 연약한 인간의 몸은 격렬한 비명을 질렀다.

"괜찮아요?"

"당연히 괜찮지!"

거짓말이다. 나는 허세를 부리고 있다. 그녀에게 약한 모습을 보일 순 없었으니까. 그러나 나의 허세는 오래가지 못했다.

격벽을 두 개째 부순 후부터는 에트나가 내 손을 잡고 이끌어야만 했다. 무리하게 항룡십팔장을 전개하는 데다가 중간중간에 발목을 잡는 지크 인형들을 상대하느라 나는 급속히 지쳐 갔다. 세 번째 격벽에 이르렀다. 나는 벽을 노려보면서 가쁜 숨을 몰아쉬었다. 에트나가 걱정스런 눈으로 바라보았다. 꼴불견이잖아, 이건.

간신히 일장을 전개했다. 은은한 통증이 몰려왔다. 다음 장을 전개하기도 전에 지크 인형들이 덮쳐 왔다. 한 놈을 잡고 벽에 던지면서 다른 놈에게 주먹을 휘둘렀다. 아수라장이다. 여기는 정말 지옥이다. 잠시 멈칫하는 사이 벽에서 튀어나온 손에 팔을 잡혔다.

"하앗!"

팔을 휘두르니 지크 인형이 벽에서 딸려 나왔다. 허리를 회전시키면서 안면에 펀치를 먹였다. 머리가 깨져 나갔다. 파편들은 바닥에 떨어지자마자 사라졌지만 이내 다시 생겨난 더 많은 다른 팔이 나를 잡기 위해 손을 휘저었다.

"안톤님!"

에트나의 몸을 여덟 개의 팔이 잡아당기는 모습이 보였다. 그녀를 구하기 위해 달려가려는 순간 나는 넘어졌다. 발목을 잡고 있는 손이 보였다. 몸을 회전시키면서 그것들을 떨쳐 내는 순간 동시에 세 개의 지크 인형이 내 몸 위로 달려들었다. 바닥을 손으로 밀면서 일어선 나는 그것들을 떨쳐 내면서 에트나 쪽으로 움직이려 했다. 그러나 팔에, 다리에, 몸에, 머리에, 엉겨 붙은 손들이 그것을 방해했다.

"안톤님! 안톤님!"

짓누르는 지크 인형들. 무겁다. 동시에 화가 난다.

"꺼져!"

내 안의 무언가가 끊어졌다. 동시에 소울테이커가 크게 요동치기 시작했다. 함 내가 직각으로 기울었다. 인형들의 일부가 내게서 떨어져 아래를 향해 낙하했다. 내 몸을 잡고 있는 인형의 손을 잡았다. 부서지는 손, 남은 인형들도 떨어져 나갔다.

"안, 안톤님?"

벽면에 매달린 에트나의 놀란 음성이 들려왔다. 나는 그녀의 말을 듣고 있음과 동시에 듣고 있지 않았다.

쿵! 쿵!

격벽 너머에서 엄청난 소리가 났다. 소리는 점점 가까이 다가왔다. 격벽 면이 우그러지면서 나타난 것은 뉴튼이었다.

평소와 달리 강한 황금색을 띠고 있는 눈이 나를 쳐다보았다.

벽을 완전히 넘어온 뉴튼은 한차례 몸을 떨더니 길게 울기 시작했다.

뮤~우우우우~

천장에 붙어 있던 조명등이 터져 나가며 지크 인형들이 아이스크림처럼 녹아내렸다. 소울테이커가 크게 흔들린다. 어째서인지 나는 이런 일들이 이상하게 여겨지지 않았다.

몸에 힘이 충만하다. 이게 다 뭐지?

한편으로는 혼란스럽고 다른 한편으로는 알 수 없는 자신감이 넘쳐흘렀다. 동시에 나는 내 몸속에 흐르는 잔혹한 기운을 느끼고 있었다.

"하하하하."

나는 웃었다. 귀에 들리는 그 웃음은 굵고 메말라 있었다.

"안톤님!"

뒤에서 부르는 소리가 들렸다. 하지만 나는 신경 쓰지 않았다. 방금 전까지만 해도 무엇보다 소중했던 존재의 부름이었으나 이젠 아무런 감흥도 일지 않는다.

도약한 나의 몸은 벽면을 차면서 섬광처럼 나아갔다. 내 옆으로는 뉴튼이 같은 속도로 날고 있다. 수십의 지크 인형이 막아섰지만 내가 손을 대기도 전에 일부는 녹아내리고, 일부는 뉴튼의 음파에 깨져 나갔다.

쿵!

브릿지 문이 종잇장처럼 찢어내고 안으로 발을 옮겼다. 온갖 케이블들이 뒤엉킨 내부는 엉망이었다. 붉은 경고등이 윙윙대는 속을 걸어갔다.

[크아아악!]

강한 스파크가 사방에서 번뜩였다. 나는 굳어 있는 이슈텔 옆을 무심히 지나 지크가 사라진 장소로 몸을 움직였다.

바닥에 잠시 손바닥을 대고는 그대로 들어 올렸다. 들어 올리는 손에 지크의 머리가 딱 달라붙은 채로 딸려왔다. 곧 이어 지크의 본체가 밖으로 모두 드러났다. 그는 내 손에서 벗어나려고 제 딴에는 힘껏 저항하는 것 같았지만 나에겐 너무나도 미약하게만 느껴졌다. 형편없는 힘. 겨우 이 정도의 힘을 가지고 이상향을 외쳤던 건가.

"어떻게 이럴 수가 있지? 너는 대체……."

"너냐?"

뉴튼이 말을 했다. 황금색의 눈에는 흉흉한 빛이 감돌았다.

"드, 드래곤!"

당황했는지 지크가 신음성을 흘렸지만 거기서 아무런 감흥도 받지 못한 나는 무심히 팔을 휘둘러 강하게 그를 내던졌다. 벽에 부딪친 지크는 바닥에 널브러졌다.

"조화와 균형을 소중히 하지 않는 자는."

"소멸되어야 한다."

자연스럽게 나는 뉴튼의 말의 뒤를 이었다. 비틀거리면서 지크가 일어서며 머리 뒤를 만지더니 외마디 비명을 질렀다.

"피, 피다. 이 내가, 위대한 내가!"

나는 불쌍한 피조물을 향해 걸음을 옮겼다. 피 정도 흘린 것 가지고 호들갑을 떠는 가련한 생명체다. 한 방에 소멸시켜 주는 것이 자비겠지.

"이런 곳에서, 이런 곳에서!"

이 허약한 생물은 대관절 무엇에 집착하는 것일까. 죽는 것에 대한 두려움? 생명에 대한 애착? 삶과 죽음은 하나로 된 사이클에 불과한데 어째서 어떤 것은 지키기를 원하고, 또 어떤 것은 꺼려한단 말인가. 모를 일이다.

"나, 나는 이런 곳에서 죽을 수 없다. 죽을 수 없어!"

푹!

다가가던 나의 배에 한 자루의 짧은 금속이 박혔다.

"하, 하하, 하하하. 꼴 좋다, 괴물 놈!"

녀석이 웃는다. 방금 전까지만 해도 새파랗게 질려 있더니만 어째서 갑자기 기뻐하는지 이해할 수 없다. 이 금속을 내 체내에 집어넣은 일이 그리도 좋은 일인가? 거기에 대체 무슨 의미가 있는가?

"어째서 쓰러지지 않는 거냐, 이 괴물아?!"

웃던 그는 갑자기 비명을 질러댔다. 내가 왜 이런 금속 조각 하나에 쓰러진다고 믿고 있는 걸까. 그 믿음의 근거는 대체 무엇인가.

나의 몸은 자연스럽게 금속을 분해해 나갔다. 특이한 물건도 아니었다. 철과 탄소의 집합체일 뿐이다. 금속을 내 몸의 일부로 받아들이자 나의 배 밖으로 튀어나온 부분이 접합점을 잃고 바닥에 떨어졌다. 그것을 본 생물은 갑자기 벽을 향해 달리기 시작하더니 분자 구조를 변형시키고는 배를 통과하여 밖으로 나가 버렸다. 괜히 무서워하고, 이유없이 기뻐하고, 혼자서 소리를 지르나 싶더니 도망친 것이다.

"어리석다."

녀석은 달아나고 있었다. 하지만 너무 느리다. 저런 식의 가속은 속도가 증가할수록 입자가 무거워져서 이후의 가속에 방해만 된다. 저 생물이 하는 무의미한 일들은 도통 이해가 되질 않는다. 처음부터 빛보다 빨리 움직이면 굳이 가속할 필요도 없을 텐데 어째서일까.

충분한 에너지를 모으고 움직이면 질량 증가 장벽(Mass-increase Barrier) 따위는 무의미하다는 사실을 녀석은 모르고 있는 걸까.

여하간 나의 사명은 그와 같은 자들을 소멸시키고 조화를 유지하는 일이다. 조화에 균형을 어지럽히는 자를 박멸하는 일, 그것이 바로 나의 존재 의미다.

공간 점프를 행했다. 사실 점프와는 별 상관 없다. 단지 공간을, 아니,

공간이라기보다는 우주가 일반적으로 회전하고 있는 방향을 약간 잡아 당기는 것에 불과하다. 나는 고정돼 있고 움직이는 것은 우주다. 이렇게 해서 원하는 좌표에 우주가 위치하면 당기는 힘을 놔버리면 된다.

팟!

아, 나의 고향. 검은 공간에 박힌 무수한 별이 끝없이 점멸하는 우주. 광대하고 차가운 진공이 주는 이 영원한 밤의 공간을 나는 좋아한다.

그런데 녀석의 모습이 보이지 않는다. 오차 범위를 너무 넓게 잡았나 보다. 나는 가끔 나 이외의 다른 것들의 능력을 과대평가하는 경향이 있다. 드래곤치고는 별난 성격이라는 동료들의 말이 아니더라도 나 자신 역시 그렇게 생각한다.

녀석의 분자 구조가 겨우 1광 초 떨어진 곳에서 느껴졌다. 저 녀석은 나에게서 도망치기 위해 우주로 뛰쳐나간 것이 아니었나 보다. 도망치려면 좌표를 갱신해 나가야 할 텐데 전혀 그런 기색이 보이지 않는다. 그럼 자살이 목적이었던 걸까. 하지만 죽고 싶었다면 가만히 있어도 내가 소멸시켜 주었을 텐데 왜 괜한 수고를 사서 해야만 했던 걸까. 모르겠다.

여하간 나는 그를 향해 날개를 움직여 나아갔다.

생명체는 자신의 목을 잡고 괴로워하고 있었다. 호흡을 하는 데 산소만을 이용하는 융통성없는 방식으로 창조된 생명체라 그런 모양이다. 하긴 그런 생명체의 몸을 하고서도 지금까지 죽지 않은 것만으로도 충분히 칭찬해 줄만 하긴 하다.

그는 열심히 입을 움직이고 있었다. 지금 상황에서 껌을 씹는 것은 아닐 테고 뭔가를 전하고 싶어하는 것 같았다. 하지만 여기는 우주. 공기를 진동시키는 방식의 언어 소통 수단은 통하지 않는다. 무슨 소릴 하나 들어볼까 하다가 마음을 바꿨다. 일정 공간을 밀폐시키고 그 안에 산소를 주입하는 식으로 해서 말을 들어줄 수는 있지만 그렇게 해서 괜히 '살려줘' 라는 따위의 말을 듣는다면 소멸자로서의 나의 입장만 우습게 된다.

막 브레스를 뿜으려던 나는 입을 다시 다물었다. 우주가 일순간 팽창하는 때 발생하는 공간의 뒤틀림을 감지했기 때문이다. 이런 식으로 이동해 올 수 있는 존재는 단 두 종류밖에 없다. 신, 아니면 드래곤. 하지만 나 이외의 드래곤들은 모두 자기 짝인 신과 일체화되었다. 그리고 일체화된 드래곤들은 평면 우주에는 머무르지 않는다. 따라서 곧 나타날 존재의 정체는 뻔했다.

"골드. 역시 너였나."

기이하게도 나타난 나의 짝인 신은 인간의 형상을 하고 있었다. 우주에서 움직이기 불편한 인간의 모습. 아마도 그것은 단순히 그의 취미 때문이겠지.

카탈바흐는 내가 쫓던 생명체를 에너지 막으로 둘러쌌다. 잠시 후 생명체는 사라졌다. 어딘가로 전송시킨 모양이다. 신경 쓰지 않았다. 나의 최종 목표는 그와 한 몸이 되는 데 있다. 적어도 지금 이 순간만큼은 나와 그를 제외한 다른 모든 것은 아무래도 상관없다.

"너무 빨라, 골드. 나는 아직 자네와 하나가 될 준비가 되어 있지 않아."

그의 말에 나는 실망했다. 처음 만났을 때에도 그는 같은 말을 했다. 당시의 그는 꼭 해야만 하는 일이 있다며 시간을 달라고 청했었다. 신인 그에게도, 드래곤인 나에게도 시간은 그다지 의미가 없다. 대관절 그가 하려는 일이 무엇일까 궁금했던 나는 얼마간 더 두고 보기로 결정했다. 대략 한숨 자고 일어나면 되리라 판단한 나는 먼저 나의 주의식을 보관하기 위한 인력장을 만들었다. 인력장은 블랙홀 두 개를 맞물리는 것으로 간단히 만들 수 있었다. 그리고 난 후 나를 이루는 보조 인격 중 하나를 분리하여 퇴화한 작은 나를 만들어 카탈바흐의 별로 보냈다. 때가 오면 본체인 나를 깨우도록 하기 위해서였다. 만에 하나 퇴화한 내가 성장하더라도 지상에는 최대한 피해가 가지 않도록 파워를 적당히 조절하는 것도 잊지 않았다. 모든 준비가 완벽히 끝났다고 믿은 나는 안심하고 잠이 들었다.

그런데 이게 어떻게 된 일인가. 카탈바흐가 하고 싶다는 일이 아직 끝나지 않았는데 어째서 나의 분신은 나를 깨운 것인가?

"설명해 주고 싶지만 그럴 수가 없어서 미안하군. 여하간 좀 더 시간을 줘."

나는 카탈바흐에게서 풍기는 미묘한 변화를 감지했다. 그를 구성하는 기본적인 요소들은 크게 달라지지 않았다. 하지만 뭔가 이상한 기척이 느껴졌다.

"약해졌군. 무슨 일이 있었나?"

창조의 임무를 맡은 신의 힘이 줄어들다니 믿기 어려운 일이었다. 하지만 사실이었다. 걱정이 된다. 그와 한 몸이 된 후 해야 할 사명을 수행하는 데 지장이 있을 수도 있는 문제니까.

"나만 줄어든 게 아니지. 자네 역시 마찬가지야."

카탈바흐의 말에 나는 나 자신의 몸을 점검하기 시작했다. 그의 말대로 나의 힘 역시 현저히 작아져 있었다.

"이게 어떻게 된 일이지? 내가 잠을 자는 동안 대체 무슨 일이 있었나?"

분신체의 기억을 조사해 보았지만 아무것도 나오지 않았다. 분신체의 기억이 남아 있지 않는 일은 분신체가 분신체 자신의 자아를 스스로 발전시키지 않는 이상 불가능하다. 그러나 그럴 가망성은 희박하다. 카탈바흐가 억지로 발전시킨 것일까? 하지만 G-75형 창조신인 카탈바흐가 나의 분신체를 이길 만한 생명체를 창조해 냈을 가능성은 거의 없다. 물론 그가 직접 나선다면 나의 연약한 분신 따위는 상대도 안 된다. 하지만 이 경우라면 나는 즉시 눈을 떴을 것이다. 상황 파악이 되지 않는다. 대관절 내 힘은 어째서 이렇게나 줄어 있고 그는 왜 약해져 있는 것인가. 혼란스러움과 동시에 알고 싶다는 강한 호기심이 일었다. 그것을 눈치 챘는지 카탈바흐가 작게 미소 지었다.

"궁금한가, 골드? 곧 알게 될 거야. 자네가 나와 하나가 되는 일을 약간만 늦춰준다면 자네 분신이 정한 D에 의해서 곧 내 계획이 완성될 테니까."

"D?"

"자네 분신의 파트너야."

"파트너?"

파트너… 파트너라. 내게는 이미 파트너가 있다. 그것은 내 눈앞의 카탈바흐다. 그가 나와 결합할 파트너다. 내 분신에게 파트너가 있다는 것은 무엇을 뜻하는가. 나는 기억을 약간 되돌렸다. 그러고 보면 나를 깨운 나의 분신은 내가 애초에 그에게 허락한 물리적 육체와는 비교도 할 수 없을 만큼 나약하고 멍청한 몰골을 하고 있었다. 또 나의 분신은 인간형 생물과 일종의 교감을 가지고 있었다. 자잘한 일에는 신경 쓰지 않는 드래곤의 성격에 기인하여 별다른 관심을 기울이지 않았는데 지금 생각해 보면 나와 카탈바흐의 힘이 줄어든 것과 밀접한 관계가 있는 게 분명했다. 내 분신은 대체 무슨 생각을 했던 것일까. 본체인 나의 명령을 무시하고 자기 멋대로 유희를 즐기다니.

하나의 생각이 떠올랐다. 내가 깨어난 것은 나의 분신이 자신의 파트너를 살리기 위해서 의도한 일이 아닐까 하는 생각이다.

딱히 화는 나지 않는다. 애초에 드래곤인 나는 화를 낼 줄 모른다. 사실 감정이라는 체계 그 자체를 가지고 있지 않다. 나의 주인은 개체에 특성은 부여했지만 불필요한 감정이라는 요소는 허락하지 않았다. 감정의 자극으로 창조적 상상력을 이끌어내는 능력이 중시되는 창조신과는 처지가 다른 것이다. 하지만 아무것도 느끼지 못하는 것은 아니다. 느끼고 판단은 할 수 있다. 나에게 군이 감정과 비슷한 요소를 찾는다면 그것은 호기심일 것이다. 이번의 경우 역시 예외가 아니어서 나는 알고 싶다는 강한 유혹을 받고 있다.

"궁금한 게 많지 않은가, 골드?"

분명 나는 망설이고 있다. 하지만 나는 분신과는 처지가 다르다. 나에게는 나의 주인이 나에게 부여한 사명이 있다. 그리고 나에게는 그것을 거부할 의사가 없다.

"나의 개인적 취향은 중요하지 않아. 지금 나에게 가장 중요한 일은 너와 하나가 되는 일이야."

"하지만 지금 나와 하나가 되면 자네가 자는 동안 어떤 일이 있었는지, 또 내가 어떤 일을 위해 자네에게 시간을 달라고 했는지 영영 알 수 없게 되는데, 그래도 괜찮은가?"

"그건 그렇지만……."

강렬한 호기심에 딸려 나온 작은 망설임이 나를 주저하게 했다.

"우리에게 시간은 많아. 약간쯤 늦어진다고 해서 별로 달라질 것도 없지 않은가?"

고민하던 나는 결국 또다시 응낙하고 말았다. 나의 이런 선택에 카탈바흐는 만족해하는 것 같았다.

"그럼 골드, 다음에 다시 보도록 하지."

"다음에 만날 때는 우리가 하나가 되는 날이야. 잊지 마."

"아아 물론이지. 기대하고 있겠어."

순간적으로 카탈바흐가 웃었다는 기분이 들었다. 그는 곧바로 사라졌고 그가 있던 공간은 텅 비었다.

나를 실망시키지는 않겠지, 카탈바흐. 만약 나를 실망시킨다면… 하긴 그가 나를 실망시키든, 그렇지 않든 나와 그는 하나가 되는 길만이 존재했다. 그 사실을 떠올리고 나는 더 이상의 사고를 그만두기로 했다.

어차피 곧 알게 될 일이다. 즐겁게 기다리면 된다.

마음을 정한 나는 일단 나의 분신과 그의 파트너—D라고 했던가—를 원래대로 돌려놓기로 했다. 먼저 분신을 토해냈다. 내가 뱉어낸 분신은 나의 손톱 하나보다도 작은 크기로 생긴 것은 드래곤 체면상 도저히 자세히 언급할 수 없다는 게 서글프다. 그렇게 잘나 보이지도, 강해 보이지도, 이지적으로 보이지도 않았다. 하지만 그래도 녀석은 나의 분신이다. 믿기 심히 괴롭지만 그래도 일단은 드래곤이다.

뮤뮤.

녀석은 상당히 얼빠진 얼굴로 주위를 두리번거렸다. 그러더니 입을 살짝 벌렸다가 다물었다. 다음으로 녀석은 앞다리를 내밀고 그 위에 머리를 얹었다. 마지막으로 등을 둥그렇게 구부리고는 꼬리까지 말고 는 그 자세 그대로 눈을 감는다. 뭔가 의미있는 행동일까 하고 나는 잠 시 기다려 보았다. 하지만 곧 인정해야 했다. 녀석의 행동에는 아무런 의미가 없다는 것을. 분신 녀석은 감히 본체인 내 앞에서 잠을 자고 있 는 것뿐이다!!

"일어나라, 작은 나!"

뮤우?

눈을 뜬 분신은 그제야 나를 발견했는지 벌떡 일어났다.

"너에게 묻고 싶은 것이……."

그런데 나의 분신은 어째서인지 엉덩이를 내 쪽으로 돌리고는 열심 히 네 발을 놀리고 있었다. 물론 우주 공간이기에 녀석은 조금도 전진 하지는 못했다. 분신이라고는 해도 궁극의 생명체인 드래곤이 분명할 진대 어째서 저런 멍청한 짓을 하는 건가. 서글프다. D라는 분신의 파 트너를 볼 면목이 없다. 그러나 어쩔 수 없다. 이미 나는 카탈바흐와 약속을 해버렸으니까 더 이상 관여할 수는…….

잠깐.

나는 하나의 생각을 떠올렸다. 조금쯤이라면 괜찮겠지. 그래, 조금 쯤이라면. 나는 곧바로 내 분신을 덮쳐 갔다.

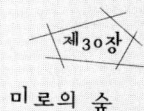

제30장

미로의 숲

미로의 숲

짜악!

"아파."

오른쪽 볼에 끔찍한 통증을 느낀 나는 눈을 떴다. 눈을 뜨는 순간 왼쪽 뺨에 또 다른 불똥이 튀었다. 이어서 몸이 마구 흔들렸다.

"그만 해. 죽일 작정이야?"

"안톤님."

에트나가 자신의 뺨을 내 볼에 대고 문질렀다. 병 주고 약 주는 격이다. 갑자기 때려놓고는 이게 뭐 하는 짓이야?

"일어나셨군요, 일어나셨어요."

"내가 언제 잤어? 그리고 왜 때려?"

"죽은 줄 알았어요. 죽은 줄 알았다구요."

"넌 죽은 사람은 무조건 때리고 보냐? 어라?"

주위가 엉망이다. 너저분한 부품들, 잘려진 케이블, 깨어진 금속 파편들이 전쟁터를 방불케 하고 있었다. 대강 소울테이커 안이라는 것은 알겠는데 왜 이렇게 엉망이지? 아, 지크! 나는 벌떡 일어나… 려다가 다시 주저앉았다. 몸이 뻐근하게 아파왔다.

"어떻게 된 거지? 지크는 어디 갔어? 격벽은? 지크 인형은?"

"지크는 마스터가 해치웠어요."

이슈텔이 다가오면서 말했다.

"못 보던 사이에 많이 컸네… 가 아니라 너 언제 이렇게 된 거야?"

눈앞의 이슈텔은 14 5세는 돼 보인다. 방금 전까지만 해도 십대 꼬마였는데 어떻게 된 일일까. 볼륨감의 차원이 전혀 다르다. 나올 곳은 나오고 들어갈 곳은 확실히 들어간 게 절세 미녀감이다.

"저도 몰라요. 하지만 제가 성장했다는 것은 마스터가 성장하고 있다는 증거예요. 마스터가 자랑스러워요."

그리고 내가 늙어간다는 증거일 수도 있고. 젖먹이 딸을 시집보내는 아버지가 된 것 같은 기분이 드는 이유는 뭘까. 아니, 지금 이게 문제가 아니다.

"내가 지크를 해치웠다고?"

"네."

곰곰이 생각해 봤지만 딱히 떠오르는 것은 없다. 하지만 뭔가 있었던 것만은 확실하다. 그러니까 마지막으로 내가 기억하는 건…….

"뉴튼!"

그래, 뉴튼이다. 마지막에 뉴튼이 격벽을 부수고 나타났다. 녀석의 눈은 황금색이었고, 에… 또… 그리고… 우웅… 더 이상은 모르겠다. 기억나지 않는다. 아니, 뭔가가 떠오를 것도 같은데…….

쿵! 쿵!

"안톤님, 걱정했어요. 정말 걱정했어요."

아구구, 뒤통수야. 벽에 기대고 앉아 있는 사람을 마구 흔들면 어떡하냐, 이 화상아!

"고, 고마워, 에트나. 걱정해 줘서."

그만 흔들어주면 더욱 고맙겠고 말이지.

여하간 나는 간신히 일어섰다. 피곤하긴 해도 큰 지장은 없다. 삔데, 멍든 데, 타박상이 꽤 있긴 한 것 같지만 뭐, 이 정도는 대단치 않다.

"참, 샤미니는? 그리고 드워프 둘은?"

"CDH가 치료 중이에요. 다행히 지크 인형들은 움직이지 않는 상대는 공격하지 않았던 것 같아요."

샤미니가 괜찮을지 걱정이다. 드워프야 때려죽여도 죽지 않을 것 같은 인상이니까—실제 그런가 하는 실험은 못해봤다. 어디까지나 추측이다—상관없지만 어린 샤미니는 연약한 소녀다. 어른으로서 어린 그녀를 걱정하는 것은 당연하다.

[덤으로 주인님은 로리고 말이죠.]

'아니라고 했잖아, 임마!'

여하간 나는 내 몸의 치료와 더불어 샤미니의 상태를 보기 위해 의료실로 향했다. 에트나가 따라오겠다고 했지만 이슈텔을 도와 소울테이커의 수리를 도와줄 것을 부탁했다. 사실 잠시 혼자 걸으며 생각해보고 싶은 일이 있었기 때문이다.

복도로 나왔다. 복도 벽은 온통 칼자국들로 도배가 되다시피 해 있었다. 격렬한 싸움의 흔적들… 분명히 나는 여기서 지크와 싸웠다. 나는 그의 힘을 능가하지 못했다. 내가 약했기 때문에 에트나를 위험에 빠뜨리기까지 했다. 더 강해지고 싶다. 이번엔 어떻게 뉴튼 덕분에 살아난 것 같지만 다음번에도 이렇게 일이 잘 풀릴 거라는 보장은 어디에도 없다.

지크가 죽었다고 해도 아직 카탈바흐가 있다. 그가 원하는 것이 무엇인지는 아직 모른다. 하지만 조만간 그와 다시 만나게 될 것만은 분명하다. 카탈바흐는 신, 적어도 지크보다는 훨씬 강할 것이 틀림없다. 그와 대적하는 상황이 발생한다면 나는 과연 어떻게 될 것인가. 몸이 떨린다. 결과는 일목요연하다. 만약 내가 죽는다면 에트나 역시 내 뒤를 따를 것이다. 그녀는 그런 여자니까. 내가 그녀를 필요로 하는 것처럼 그녀에게도 내가 필요하다. 그러니까 나는 질 수 없다. 에트나를 위해서라도 절대.

나에겐 지크처럼 거창한 이상은 없다. 나는 단지 나의 소중한 사람을 지킬 수 있다는 그것만으로 충분하다.

그러기 위해서 나는.

강해져야만 한다. 누구보다도 더. 설령 상대가 신이라 해도 져서는 안 된다.

방법은 하나뿐이다. 뉴튼이다. 전에는 D나이트 어쩌고 하는 말은 별로 믿지 않았었지만 이번 일로 확실해졌다. 내가 강해지기 위해선 뉴튼을 이용해야만 한다.

하지만 어떻게?

뉴튼을 닦달해야겠다. 물론 무척 피곤하긴 하겠지만 어쩔 수 없다. 나에게 남은 방법은 그것뿐이다.

의료실 앞에 거의 다 왔을 때 나는 뉴튼을 발견했다. 평소와 달리 녀석은 새침떼기마냥 얌전히 앉아 있었다. 분 단위로 하던 하품도 하지 않고 발을 핥고 있지도 않았다. 황금색 눈은 아니지만 묘하게 맑다는 생각이 든다.

나는 나의 목숨을 구해준 은인 뉴튼에게 다가갔다. 그리고 정중하게 녀석의 꼬리를 잡아 들어 올렸다.

뮤우우.

'괜찮아요, 키워주신 은혜가 얼만데 그 정도는 당연히 해드려야죠' 라는 의미의 울음이겠지.

"얌마, 고맙다."

내가 진심 어린 감사의 말을 녀석에게 선사했다. 이 정도면 할 만큼 했겠지. 그럼 슬슬 고문을 겸한 닦달을 해볼까나.

그런데 갑자기 짜릿한 감각이 손을 타고 올라왔다.

"앗, 뜨거!"

나는 녀석을 내팽개치고 손을 보았다. 화상을 입은 흔적 따윈 없다. 그러나 그 감각은 분명히 전기였다.

어릴 때 에로 소설을 보다가 이런 문구가 나왔다. '사랑은 전기에 감전된 것 같은 짜릿한 감각이에요' 였던가 하는 것이었다. 수많은 전자 키트를 조립하면서도 그전까지의 나는 정확한 나의 손놀림 덕택에 단 한 번도 감전이라는 감각을 경험한 적이 없었고 물론 굳이 겪어봐야겠다는 생각을 해본 적도 없었다. 그러나 나의 지적 호기심을 자극한 한마디에 나의 지적 호기심이 꿈틀했고, 그 유혹을 이기지 못한 어린 시절의 나는 잠시 망설인 끝에 콘센트에 젓가락을 찔러 넣었다. 그 다음의 기억은 없다. 여하간 내 행동으로 인해 나는 무려 석 달간이나 입원해야만 했다. 머리에 털이 난 지 얼마 안 됐을 때라 다행이었다.

거울에 비친 나의 모습… 몇 가닥 없는 머리털이 꼬실꼬실해진 그 모습은 정말 가관이었다. 이 일이 있은 후 나는 사랑 따윈 절대 하지 않겠다고 병원 침대를 꼬옥 움켜잡고 맹세했었다. 내 첫사랑이 내 아이큐에 비해 늦은 것은 이런 이유에서다. 뭐, 첫사랑은 완전 꽝이었고 이미 다 지난 일이긴 하지만.

여하간 이 일로 인해 나는 전기에 대해 약간의 꺼림칙함을 갖게 되었다. 그 후로는 항상 조심조심 행동해서 단 한 번도 감전된 적이 없었는데 지금, 바로 이 순간에 잊었던 기억이 되살아나고 말았다.

"너, 금방 어떻게 한 거야?"

뉴튼이 고개를 확 돌렸다. 왠지 '홍' 하는 소리를 들은 것 같은 느낌이다. 저게 건방지게 주인님도 몰라보고. 이래서 애완 동물은 때리면서 키워야 한다니깐.

하지만 뉴튼은 내 생명의 은인. 감히 때리거나 할 순 없다. 나는 은혜를 갚을 줄 아는 사람이다. 해서, 녀석과 적당히 타협하기로 했다.

콰직!

뮤우욱!

감사하는 마음을 담아 살짝 밟았는데 엄살이 심하다. 밟힌 녀석이 째려본다. 째려보면 지가 어쩔 건데. 내 신발은 부전도체다. 전기를 내고 싶으면 내보라고.

"앗, 뜨거라!"

나는 황급히 신발을 벗어야만 했다. 신발에 불이 붙었기 때문이다. 그런데 이거 이상하다. 내 신발은 적어도 2,000도의 고열에도 끄떡없는 특수 제품이다. 태우고 싶다고 해서 쉽게 타줄 물건이 아니다. 그런데 이게 탔다. 뉴튼에게 이런 능력이 있었던가. 믿기지 않는다.

"어이, 짐승. 이거 정말 네가 한 거냐?"

뉴튼이 눈을 피했다. '나, 안 그랬어요' 하는 것 같은 포즈다. 녀석이 감정을 표현하기 시작하는 것 같다. 그렇다면 아이큐가 증가한 것일 수도 있다. 음… 잘 훈련시키면 신발 던지고 '물어와' 정도는 할 수 있을지도 모르겠다.

여하간 약간 꺼림칙한 기분이 들었다. 위화감이랄까 이질감 같은 건데 왠지 뉴튼이 낯설게 보인다. 착각이겠지만 마음에 걸린다. 뭐, 일단은 좀 더 시간을 가지고 두고 보도록 할까. 전기에 감전되는 감각이 무서워서는 절대 아니지만.

계획을 보류하고 의료실로 들어갔다.

핫바지를 입은 CDH가 고슴도치를 만드는 작업에 한창이었다. 다행히 샤미니는 큰 상처를 입지 않았는지 CDH의 작업을 구경하고 있었다.

"어이, 안톤. 살려줘."

나를 보자마자 하겐마기 고슴도치가 말했다.

"어허, 혈이 움직이니 환자는 함부로 입을 놀리지 마시오."

CDH는 프로였다. 실력은 장담… 할 순 없지만 일단 풍기는 분위기만큼은 확실한 프로의 그것이다.

"참아, 하겐마기. 아주 재수가 없지 않는 한 죽지는 않을 거야."

"전하, 걱정 마소서. 본 어의가 책임지고 고치겠소."

거기까지는 안 바라니 부디 죽이지만 말아다오.

"안톤 오빠."

CDH의 침술을 구경하던 샤미니가 나에게로 다가왔다.

"괜찮니? 어디 많이 다치진 않았어?"

"전 괜찮아요. 저보다는 이 아저씨들이 더 큰일이죠. 하지만 문제없을 거예요."

"어째서 그렇게 생각하니?"

"CDH님은 명의잖아요. 금방 고쳐 주실 거예요."

샤미니는 근거없는 확신을 하고 있다.

"허허허, 아니올시다. 일찍이 의술에 뜻을 둔 자로서 어찌 명의 운운할 수가 있사오리까. 소신은 단지 최선을 다하는 것뿐이오이다."

거짓말도 잘한다. 전에 분명히 명의 운운했었잖아.

"어쩜, 겸손하시기까지."

"허허, 과찬이올시다."

어째 죽이 너무 잘 맞는 것 같다.

"어이, 다 좋은데 이거 확실히 효과는 있는 거냐?"

화기애애한 둘과는 달리 하겐마기의 얼굴에는 불만이 가득했다.

"병자가 의원을 믿지 않으면 나을 병도 낫지 않소. 의심을 버리시오."

"그래요. 왜 괜한 의심을 하고 그러세요. 남자면 아파도 꾹 참아야죠."

합동 공세에 이길 수 없다고 생각했는지 하겐마기는 입을 다물었다.

"잘 보시오. 여기가 바로… 어흠, 환자는 목을 좀 더 길게 내미시오."

"이봐, 이게 다 뺀 거야."

"뭣이라? 정말이오? 그 말 추호도 틀림이 없소이까?"

"아따 정말이라니까 그러네."

CDH가 또 예의 어허, 소리를 연발하기 시작했다.

"왜 그래? 문제있어?"

"그게… 어허, 환자의 목이 짧다 보니 일반인보다 요혈을 찾기 무척 힘든 바, 이 일을 어찌할까 잠시 생각을 하고 있었사오이다."

"그래서 어쩔 건데?"

"소신 최선을 다해 시침하겠사오이다. 죽는 한이 있어도 반드시 고치고야 말겠사오이다."

CDH가 비장미 어린 음성으로 말했다. 이 경우 죽는 자는 물론 CDH 본인은 아닐 테지.

"잠깐! 지금 뭔가 굉장히 살 떨리는 소릴 들은 것 같은데. 이봐, 당신. 정말 괜찮은 거야?"

역시 CDH는 환자를 불안하게 하여 환자 본인의 자기 치유력을 극대화하는 데 탁월한 능력을 가지고 있다. 이 정도면 맡겨도 되겠지. 나는 두 번 다시 CDH에게 치료받지 않을 생각이지만 하겐마기처럼 건강한 환자라면 괜찮을 것이다. 아마도.

"걱정 마세요. 다 잘될 거예요. 그렇죠, CDH님?"

"물론이오이다. 당근이오이다. 혹시라도 만에 하나 사혈을 찌른다면 본 의원 작두로 소신의 팔을 잘라 대령하겠소이다."

"그, 그래. 뭐, 그 정도까지 말한다면 믿도록 해야겠지. 나도 사내다. 어이, 의원. 그 침 어여 마저 찌르라구."

오직 CDH만이 가능한 사기에 또 한 명의 환자가 속아넘어가는구나. 뭐, 본인이 괜찮다는 데야 어쩔 수 없는 노릇이지.

드워프들은 CDH에게 맡기고 나는 샤미니에게 말을 걸었다.

"고생이 많았지? 곧 집에 데려다 줄 테니까 안심해."

"안톤 오빠, 전 결심했어요."

"뭐, 뭘?"

"저는 푸아루가 제 운명이라고 생각했어요. 하지만 아니었어요. 저는 제가 갈 길을 찾았어요. 바로 여기, 이 방에서요."

샤미니는 눈을 번쩍번쩍 빛냈다. 그 눈이 CDH의 침에 머물러 있다는 사실이 못내 마음에 걸려왔다.

"설마 의사가 되겠다거나 하는 소리는 아니겠지? 그것도 CDH에게 배운다거나 하는 말은 더더군다나 아니겠지?"

"아뇨, 맞아요. 전요, 의사가 될 거예요. 침으로 사람들 병을 척척 고쳐 주는 의원이 될 거예요."

역시나. 골치가 살살 아프다. 나는 샤미니를 회유해 보려 했지만 잘 되지 않았다. 무엇보다도 옆에서 CDH가 친 초가 결정타였다.

"천지간의 도는 곧 마음에 달린 것이오. 그러니 마음이 있으면 도는 이미 얻은 것이나 다름없는 것이외다. 세상 이치가 이러하니 사욕을 버리고 남을 위해 봉사하려는 그 마음 하나만으로도 샤미니 양은 이미 한 사람의 훌륭한 의원이라 칭할 수 있을 것이외다. 내 힘껏 가르칠 것이오니 언제까지고 그 마음 변치 말길 바라오니이다."

좋아하는 샤미니에게 차마 저 CDH는 돌팔이라는 말은 할 수 없었다. 씁쓸하게 의료실을 나서면서 나는 마음속으로 절대 치료받고 싶지 않은 의원 명단에 샤미니를 추가했다.

휴패리온으로 돌아온 지 한 달이 지났다. 그동안 몇 가지 일이 있었다. 샤미니는 CDH와 함께 무료로 침술 교실을 열었다. 말이 침술 교실이지 실상은 임상 실험이었는데도 불구하고 의외로 반응이 좋았다. 전혀 이해할 수 없는 일은 아니다. 떠돌이 약장수들의 약도 아무런 효과가 없지만 인기가 있는 일이 종종 있는 것과 마찬가지니까. 뭐, 치료 효과를 철썩같이 믿은 환자들이 하나같이 그 영험한 효험에 찬사를 보낸다는 데야 말릴 수도 없다. 말렸다가는 내 평판만 나빠질 테니까 당분간은 놔두기로 했다.

다음으로 재정 상태가 무척 좋아지기 시작했다는 보고가 있었다. 보석의 수출 활로가 열렸고 반응도 꽤 좋다는 내용이었다. 장기 계약을 맺고 싶다는 제의서도 받았다. 지금은 약간 싸게 넘기고 있지만 앞으로는 수급량을 조절해서 값을 올리면 보다 짭짤해질 것 같다.

나라는 그런대로 잘 돌아간다. 부패 세력들이 싸그리 숙청되었고 또 나의 악명(?)이 꽤나 높아서인지 부정부패에 대한 이야기는 아직까지 그다지 없는 편이다. 부정이 발각된 자는 어지간하면 교수형에 처한다는 공문을 내려 보내길 잘했다는 생각이 든다. 하지만 조만간에 '에이, 설마 아무럼 그렇게까지 하려고' 하고 믿는 간 큰 인물이 몇 명 정도 나타날 것이다. 그 위인들을 서너 명 정도 공문대로 하고 나면 몇 년간은 조용해지겠지.

인재 교육 문제도 잘 돼가고 있다. 실무와 윤리 위주로만 된 속성 교육이라 몇 달 뒤면 그런대로 쓸 만한 인재들이 배출될 것 같다.

주민 계몽 운동은 아직은 별다른 효과를 보이고 있지 않다. 장기적인 안목으로 시행한 계획이라 실망하진 않는다. 성과를 파악하려면 최소한 5년은 필요하리라고 본다. 어떤 식의 결과가 나올지 기대된다. 충성을 바칠 만한 가치가 없는 국가엔 충성할 필요가 없다는 식의 문구를 많이 집어넣었다. 계획대로 되면 앞으로 지방에 파견한 행정관이 일을 제대로 하지 못하는 일이 발생할 때마다 잡음이 꽤 크게 발생하게 될 거다. 능력없는 인물은 아예 이 귀찮은 관리직에 뛰어들 생각도 못하게 되면 좋겠는데.

다음으로 무척 좋지 않은 소식을 들었다. 지크가 살아 있다는 소식이다. 우주 공간으로 나간 녀석이 어떻게 죽지 않았는지 모르겠다. 죽지 않았다고 해도 설마 칼세이건으로 돌아올 수 있으리라고는 생각하지 않았었는데 멀쩡히 살아서 잘 돌아와 있다니 별일이다. 녀석 때문에 골치가 아프다.

가만히 있을 녀석은 아니니 앞으로 국방 문제가 신경 쓰인다. 하지만 군대를 양성하면 간신히 일어서기 시작한 경제가 일순간에 무너질 수도 있다. 군대는 순수한 소비 집단이고 따라서 그 규모가 크면 클수록 사회에 해가 된다. 더구나 상대는 말칸토스의 발퀴레 부대. 아무리 자금을 쏟아 부어도 그들과 대적할 수 있을 성싶지 않다. 그렇다고 나만 믿고 있으라고 할 수도 없는 노릇이고.

총기류의 무기를 대량 생산할까 하는 생각도 해보았다. 하지만 곧 관두기로 했다. 전쟁은 하지 않는 것이 최선이지만 만약 꼭 해야만 한다면 최소한으로 그치는 것이 이상적이다. 총기류는 이 최소한의 높이를 엄청나게 올려놓을 게 뻔하다. 그런 짓까지 해서 이기고 싶은 생각은 없다. 물론 지고 싶은 생각은 더욱 없지만.

고민하던 나는 혹시나 하는 생각에 카에데에게 조언을 구했다. 카에데는 나의 말을 잠자코 듣고 있더니 피식 웃음을 터뜨렸다.

"너, 웃기는구나. 전쟁엔 이기고 싶지만 사용하면 승리가 확실한 무기는 만들고 싶지 않다라니… 누가 죽는 게 그렇게나 신경 쓰이면 그냥 항복하면 되잖아."

"그럴 수는 없어. 상대는 돌았거든."

상대방이 나보다 인격적으로 훨씬 뛰어난 인물이라면 맡겨 버릴 수도 있다. 하지만 그런 인물은 이 우주에 존재할 리가 없기 때문에 절대 불가능하다. 더더군다나 적의 두목은 지크. 곱게 져주기엔 너무 아니 꼬운 당신이다.

"지고 싶지 않단 말이지. 흠… 어쩔까나."

뭔가 방법이 있긴 있나 보다.

"좋아, 네가 도와주면 특별히 내 할렘에 넣어주지."

"됐어. 그런 건 필요없어."

나는 큰 선심을 썼지만 카에데는 그다지 기뻐하지 않는 것 같다. 이 이상 더 뭘 바라는지, 욕심이 많기도 하셔라.

"슬슬 때도 되고 했으니 괜찮을까나."

카에데는 혼자서 뭔가를 중얼거리더니 어깨를 한 번 으쓱했다.

"좋아. 일단은 사부 된 자로서 제자에게 약간의 도움을 주도록 하지."

그렇다. 카에데는 내 사부다. 군사부일체─군말 많은 사부와는 일체 상종 마라─라는 말도 있긴 하지만 그녀는 예외다. 무엇보다도 수험료가 공짜였으니까.

"미로의 숲이라고 들어봤어?"

"미로의 숲?"

"그래, 미로의 숲."

어디선가 들어본 것 같긴 하다.

"그게 어쨌는데?"

"거기에 가봐. 뭔가 방법이 있을지도 몰라."

"확실히 해줘. 있는 거야, 없는 거야?"

"그거야 너 하기 나름이지. 나는 분명히 가르쳐 줬다."

할 말을 마친 카에데는 '안녕' 하는 손짓을 하고는 나가 버렸다. 더 물어봐야 자세히 알려줄 것 같지 않기에 나는 그냥 가만히 있기로 했다.

미로의 숲이라… 밑지면 손해지만 가끔은 감수하지 않으면 큰돈을 못 번다. 속는 셈치고―이거 정말 속는 건 아닌지 모르겠네―일단 그곳에 대해서 알아봐야겠다.

월을 불렀다. 그를 통해서 얻은 정보에 따르면 그곳은 스머프 족이 대량으로 서식하는 곳이라고 한다. 월은 가능하면 가지 않는 편이 좋겠다고 조언했다. 가본 적은 없지만 그곳은 무척 위험한 곳이어서 왕이 직접 가기에는 적합하지 않다나? 그러나 위험하다는 그의 말에 부쩍 호기심이 든 나는 가기로 결심을 굳혔다.

"좋아, 간다."

"전하, 꼭 가셔야만 하는 일이 있으시다면 제가 갈 터이니 전하는 국정에 전념하시죠. 전하께 무슨 일이 생기기라도 하면……."

"별일이야 있겠어? 내가 걱정되면 월도 같이 가면 되잖아."

"그렇게까지 말씀하신다면 어쩔 수 없군요."

내 고집을 막을 수 없다는 것을 깨달은 월은 즉시 출진 준비를 하러 방 밖을 나섰다.

"가는 김에 스머프 족 토벌도 병행하도록 하자. 거기에 대한 준비도 부탁해."

월이 대답을 하고 물러난 후 나는 의자 깊숙이 몸을 기댔다. 미로의 숲이라… 어떤 곳일까. 카에데의 말도 있고 하니 단순한 숲은 아닐 것이다. 그곳에 가는 것이 득이 될지, 해가 될지 아직은 모른다. 하지만 가볼 가치는 있다.

창밖으로 보이는 푸른 하늘 사이로 하얀 구름이 유유히 흘러가고 있었다.

　차가운 바람이 불어온다. 휴패리온 북방의 미로의 숲에서 남쪽으로
불어오는 공기의 흐름 속에는 신기하게도 살아 있는 식물의 풀 냄새가
전혀 섞여 있지 않았다. 휴패리온 최북단에 위치한 거대한 인바스 산
맥을 넘어 넓게 펼쳐져 있는 황량한 벌판의 끝 자락에 위치한 미로의
숲.

　기이하게 우거진 검은색의 기분 나쁘게 생긴 나무들이 마구 자라 있
는 곳이었다. 가지와 가지가 얽혀 한 치의 틈도 허용치 않고 있는 식물
의 집단은 햇볕을 완벽하게 차단하고 있었다. 기후적 조건이나 지리학
적 여건 등을 따져 볼 때 자연적으로 조성된 숲이라고는 생각되지 않
는다. 아무것도 없는 벌판 한가운데에 붕 떠 있는 오아시스 같다. 흙먼
지가 날리는 황무지 속에서 어떻게 이런 거대한 숲이 솟아나기라도 한
것처럼 생겨날 수 있는 것일까. 내가 가진 지식만으로는 그 이유를 짐
작조차 할 수 없었다.

　"저주받은 미로의 숲. 스머프들의 대량 서식처이기도 한 이곳은 일
단 들어가기만 하면 다시는 나올 수 없는 것으로도 악명이 높은 곳입
니다."

　미로의 숲과 가장 가까운 곳에 위치한 발자크 성의 성주인 기스칼
남작의 말이다. 전향 귀족으로 꽤 괜찮은 인물이라고 하기에 그대로
현직에 있도록 허락한 사람이다. 45세라고 밝힌 자신의 나이보다 훨씬
나이 들어 보이는 그의 노쇠한 얼굴은 어두웠다. 직접 스머프들의 본
거지에 가겠다고 우기는 나의 요청에 따라 어쩔 수 없이 동행하긴 했
지만 미로의 숲 가까이에 있다는 사실이 꺼림칙한 것 같았다. 하긴 숲

속에서 언제 스머프 족이 튀어나올지도 모르는데 그가 보기엔 어리기만 한 나와 겨우 스무 명의 실버스킬 용병대만으로는 안심이 안 되기도 하겠지.

"말로만 듣던 미로의 숲. 과연 허언이 아니군요. 보기만 해도 요사스런 기운이 가득 느껴지는데요."

말하는 월의 얼굴에는 근심이 서려 있었다. 그의 근심은 용병대의 분위기와 관련이 있다. 늘 죽음과 접하고 있는 용병대의 특성처럼 실버스킬 안에는 미신을 믿는 자들이 많다. 용맹하기로는 둘째 가라면 서러워 미친다는 실버스킬이지만 막상 미로의 숲으로 스머프 족을 치러간다는 내 말에 대다수가 반대를 표했던 것도 이 미신들 때문이다. 미로의 숲에 들어간 자는 1시간 안에 몸이 굳어지고 하루가 채 지나기도 전에 나무가 되어버린다는 믿음부터 시작해서 이성이 마비되어 아무런 생각도 하지 못하게 된 채로 죽을 때까지 숲 속을 헤매고 다닌다는 소문까지 열거하자면 끝이 없을 지경이었다. 직접 내 눈으로 보기 전까지는 단순한 미신으로 치부했었으나 막상 이곳에 와 보니 전혀 근거없는 것 같지는 않다. 이 정도면 그런 소문이 날 만도 하다는 생각이 들었다. 나 역시 무드에 약한 섬세한 인간인지라 꺼림칙한 기분이 드는 것도 사실이다.

숲 안에는 스머프 족이 제법 많다고 하는데 이제까지 그들이 당당히 존재할 수 있었던 이유 중 하나가 바로 저 숲의 신비한 힘 때문이다. 기스칼 남작이 젊었을 때 스머프 족을 몰아내기 위해서 여러 가지 시도를 해보았다고 하는데 스머프 족은 형세가 불리하다는 것을 깨닫는 순간 빠른 발로 휴먼 족의 추격을 재빨리 뿌리치고 미로의 숲 안으로 들어가 버렸고 스머프 족을 따라 숲 속으로 들어갈 수 없는 병사들이 밖에서 발만 동동 구르다 돌아가면 언제 그랬냐는 듯 다시 나타나서 약탈, 추격, 숨기, 다시 약탈의 반복이었다니 기스칼 남작이 스머프 족 토벌을 빌미로 숲 안으로 들어가려는 내 설명에 회의적인 태도를 취하는 것도 결코 무리는 아니다.

"음… 뭐, 피크닉 가기 좋은 곳처럼 보이지는 않는군. 그런데 남작, 저 안에 들어가면 대체 정확히 어떻게 되는 건가? 이런 저런 소문이 많던데 어떤 게 진짠지는 전혀 모르겠더군."

"저도 모릅니다. 제가 여기서 20년 동안 성주 직을 맡고 있습니다만 미로의 숲 안에 들어갔다가 살아 돌아온 사람은 아무도 없었습니다. 제 눈앞에서 들어간 사람은 많았습니다만… 그것이……."

남작이 말꼬리를 흐렸다.

"봤단 말이군. 대체 어떻게 되었는데?"

"제가 발자크 성에 부임한 지 막 1년이 될까 말까 할 때의 일입니다. 매번 나오는 스머프 족의 숫자는 기껏해야 50마리. 성안의 모든 병력을 모아서 싸우면 퇴치하지 못할 만한 숫자도 아니었죠. 그래서 저는 제 전임자의 무능에 크게 분노했었습니다. 하나의 성을 책임진 자가 겨우 저만한 수의 몬스터도 토벌하지 못하고 방치하다니 이 무슨 짓인가 하구요. 그때만 해도 저는 젊었습니다. 네, 새파란 애송이였지요. 제가 조금만 더 생각이 깊었더라면 앞뒤 재보지도 않고 무의미한 토벌전을 감행하지는 않았을 텐데……."

기스칼 남작은 진한 한숨을 내쉬었다. 말없이 멍한 눈으로 미로의 숲을 바라보는 그의 얼굴에는 후회가 가득했다.

"토벌전을 감행했는데 스머프 족은 냅다 도망쳐서 미로의 숲 안으로 들어갔다 이거지? 뜸 들이지 말고 어서 말해 봐."

더 이상 기다리다가는 끝이 없을 것 같다는 생각에 한참을 재촉한
후에야 간신히 그의 입을 다시 열게 할 수 있었다.

"전하의 말씀대로 스머프 족은 그 빠른 다리로 추적을 뿌리치고 미
로의 숲 안으로 도망쳤습니다. 저는 '잘됐다. 이대로 밀어붙여서 아예
놈들의 근거지를 박살 내자' 라고 생각하고는 의기양양하게 숲 안으로
들어갈 것을 병사들에게 명령했죠. 그런데 병사들이 명령을 듣질 않는
겁니다. 그중 한 명이 제게 이렇게 말하더군요. '성주님, 이 숲 안에는
귀신이 있습니다. 죽고 싶지 않아요. 제발 봐주십시오. 제발요' 라구요.
그 병사는 평소에 용감하고 검술 실력도 뛰어나서 제가 눈여겨보던 사
내였는데 새파랗게 질린 얼굴로 거의 울다시피 하면서 애원하는 그의
모습은 뱀 앞에 선 개구리 같았습니다. 다른 병사들 역시 말은 안 했지
만 마찬가지 표정을 짓고 있더군요. 저는 어이가 없었습니다. 백성을
지키기 위해 선발된 자들이 어찌 이렇게 겁들이 많을 수가 있는가. 이
런 것들이 병사랍시고 있으니 스머프 족이 활개를 치고 다니는 게 아
니냐. 화가 난 저는 버럭 역정을 내며 당장 들어가라, 명을 듣지 않는
자는 목을 베겠다며 협박했습니다. 하지만 병사들은 하나같이 죽으면
죽었지 저 안에는 못 들어가겠다고 버티는 것이었습니다. 홧김에 셋을
베었습니다. 그러나 그것으로도 겁에 질린 병사들을 어떻게 해볼 수
없었습니다. 무척이나 당황스러웠지만 스머프 족을 이대로 내버려 둘
수는 없다고 판단한 저는 결국 그들과 타협을 보기로 했습니다. 몇 명
의 정찰대를 뽑아서 미로의 숲 안으로 들여보내겠다, 그들이 무사히 나
오면 그때는 군소리 말고 모두 숲 속으로 들어가자, 라는 제 의견에 병
사들은 처음에는 고개를 저었지만 계속해서 협박과 회유를 번갈아 한
끝에 결국에는 어쩔 수 없다는 듯 동의하더군요."

"그래서 어떻게 되었습니까?"

월이 물었다. 그 역시 실버스킬대의 대장이라는 위치에 있는 만큼 기스칼 남작의 고민을 남의 일처럼 들어 넘길 수가 없었을 것이다. 진지하게 묻는 월의 말에 기스칼 남작은 머리를 움켜쥐고 신음했다.

"정찰대에 지원하는 자가 아무도 없었습니다. 엄청난 포상금을 약속한 후에야 간신히 세 명이 손을 들었죠. 그들이 '절대 깊이 들어가지 않겠다, 숲의 입구 근방에 있다가 여차 하면 도망 나오겠다, 그 이상은 안 된다'라고 하기에 그러라고 했습니다. 어차피 중요한 건 미로의 숲 안에 들어갔다가 살아 돌아올 수 있다는 믿음을 주기만 하면 된다고 여겼기에 그 정도만 해줘도 될 성싶었습니다. 그런데… 그들이 들어간 지 한 시간이 지나고 두 시간이 지나도 돌아올 생각을 않는 것이었습니다. 병사들을 시켜 불러봤지만 대답이 없었습니다. 기괴한 숲의 정적 이외에는 아무런 소리도 나질 않는 게 덜컥 겁이 나더군요. 병사들은 '그것 봐라, 네가 생사람 잡았다'라는 원망 어린 눈빛으로 저를 쳐다보더군요. 두렵기도 하고 화도 났습니다. 대체 저 안에 무엇이 있는가, 무엇이 있기에 이렇게 된 것인가. 문득 오기가 생겼습니다. 그래 봤자 숲일 뿐이다. 조금 이상한 나무가 있는 숲일 뿐이다. 왜 내가, 성주인 내가 두려워해야 하는가. 기어이 그 안에 무엇이 있는지 알고야 말겠다. 이렇게 생각한 저는 십여 명의 병사를 한 줄로 서게 한 후 손에 손을 잡도록 하고 미로의 숲 안으로 들여보냈습니다. 이렇게 하면 무슨 일이 생겨도 밖에 있는 자들이 끌어당기면 안전하게 빠져나올 수 있을 테고, 설령 몇 명이 재수없게 죽더라도 숲 안에 들어갔다 나온 자로부터 그 안에 대체 무엇이 있었는지에 대해 어렴풋이나마 알 수 있을 거라 생각했던 거죠."

"그래, 어떻게 되었습니까?"

남작이 더 이상 말을 하지 않자 궁금해진 월이 물었다. 나도 궁금했다. 남작의 대응은 그런대로 합리적인 방법이었다. 인간 띠를 만들어서 숲 속으로 들어갔다면 적어도 한 명은 무사히 나올 수 있었을 테니까. 대체 미로의 숲 안에 무엇이 있었을까?

"그것이……."

고개를 흔들면서 괴로워하던 남작은 한참이 지나서야 간신히 입을 열었다.

"병사들을 미로의 숲 안으로 들여보낸 후 입에서 입으로 전달해서 안의 상황을 보고하라고 했습니다. 그런데… 아무리 해도 답변이 없는 것이었습니다. 숲의 입구 너머는 캄캄한 암흑이었습니다. 그러나 어두워서 앞이 보이지 않는다고 하더라도 '안 보인다' 라는 말은 있어야 하는데 전혀 상황 보고가 들어오질 않는 것이었습니다. 마지못해 입구 안으로 머리를 들이민 병사가 말하기를 들어간 병사들은 대답을 하고 있는데 밖에 있는 자신은 못 듣고 있다고 하더군요. 아무래도 저 숲 안에서 나는 소리는 외부에 전달되지 않는 것 같았습니다. 외부와의 소리를 차단하는 일은 마법으로도 가능한 일이니 그것만으로는 그리 심각한 문제는 아니라고 생각했습니다. 머리만 들이민 병사가 계속 숲 안팎으로 머리를 계속 움직이면서 앞서 들어간 병사들의 상황을 보고해 주었는데 어두워서 잘은 안 보이지만 괴물 따위는 보이지 않는다고 말했습니다. 그렇다면 이 숲에 들어갔다 다시 못 나온 자들은 횃불 등의 빛을 만들 도구가 없어서 길을 잃고 헤맨 것에 불과하구나 하는 생각이 들었습니다. 수수께끼가 풀렸다고 생각한 저는 우쭐해졌었습니다. '봐라, 별것도 아니었잖느냐. 너희들이 지레 겁먹은 것에 불과하다' 고 일장 연설을 하고 나니 병사들의 얼굴도 한결 환해지더군요. 개중에는 '뭐야, 고작 그런 거였어' 하면서 웃는 자들이 군데군데 보일 정도였습니다. 그런데… 그런데 그게 다가 아니었습니다, 다가 아니었어요."

남작은 점점 침울해졌다. 그는 무척이나 괴로워하고 있었다.

"제가 죄없는 병사들을 사지에 몰아넣은 겁니다. 그들을 죽인 겁니다. 제가… 이 무능한 제가요!"

남작은 장탄식을 하면서 발을 굴렀다.

"진정해, 남작. 자네가 이런다고 죽은 자가 다시 돌아오는 것도 아니잖아. 그래서 그 다음은 어떻게 됐어?"

"한 가지만 약속해 주십시오."

남작이 고개를 들고 나를 향해 말했다.

"뭔데?"

"절대로 미로의 숲 안으로는 들어가지 않겠다고 약조해 주십시오. 스머프 족을 토벌하려면 저 숲 속에 들어가야 하는데 그건 죽으러 가는 거나 마찬가지입니다. 지금 휴패리온은 카탈바흐 신도 떠나고 반란이 막 끝난 상태라 언제, 어느 순간에 또 어떤 일이 일어날지 모르는 위기 상황입니다. 그런 판국에 신왕 전하마저 돌아가신다면 이 나라는 그야말로 엉망이 되고 맙니다. 전하의 목숨을 함부로 하시면 안 됩니다. 다른 방법이 있을 겁니다. 보다 안전한 방법이요. 약속해 주십시오. 절대로 저 안으로는 안 들어간다고요. 주제 넘는 청인 줄은 압니다. 그래도, 그래도, 제발, 제발 약속해 주십시오."

남작은 거의 빌다시피 하면서 말했다. 그는 나를 젊었을 적의 자신과 비교하고 있는 것 같았다. 그리고 그가 했던 후회를 나에게 하게 하고 싶지 않은 것이리라. 그의 그런 마음을 읽은 나는 그를 안심시켜 주고 싶단 생각이 들었다.

"가능하면 남작의 청을 들어주도록 할게. 나도 내 목숨은 아까워. 적어도 무턱대고 들어가는 짓은 안 할 테니 걱정하지 마."

그의 어깨를 두드려 주면서 안심시키려 했으나 그의 표정은 그다지 밝아지지 않았다. 아무래도 내 말이 믿기지 않는 모양이다.

"알겠습니다. 그럼 그리하실 거라 믿고 이야기를 마저 계속하도록 하지요."

고개를 돌려 뮤뮤거리며 뛰어다니는 뉴튼을 바라보면서 남작은 멍한 표정으로, 왕의 명령이니 할 수 없다는 듯 마지못해 입을 열었다.

"이만하면 됐다고 생각한 저는 미로의 숲에 들어간 병사들에게 그만 나오라고 명령했습니다. 그런데 나오질 않는 겁니다. 숲 안으로 목을 들이밀고 나오라고 했으니 그들이 못 들었을 리가 없는데도 그랬습니다. 얼마 후에 목을 들이민 병사가 그러더군요. '성주님, 나올 수가 없답니다, 무슨 벽에 부딪친 것 같답니다'. 저는 이것들이 장난하나 싶어서 손을 잡아당기라고 명했죠. 그런데… 정말이었는지 밖의 병사들이 아무리 용을 써도 안 나오는 겁니다. 이거 큰일났구나 싶어서 남은 병사들에게 강제로 끌어내도록 시켰습니다. 혹시라도 손을 놓칠까 봐 5, 6명의 병사들에게 뻗어 나온 손을 꽉 잡으라고 한 후 그들의 허리를 잡아당겼습니다. 100명이 넘는 인간 줄이 안간힘을 쓴 후에야 나왔습니다. 나오긴 나왔습니다. 그런데, 그것은… 팔이었습니다. 꿈틀대는 인간의 팔, 어깨에서 막 뽑혀 나온 팔뚝이었습니다. 강제로 잡아당겨 찢어진 팔. 살점이 뜯긴 자국이 선명한 피투성이의 팔! 나온 후 한참 동안 꿈틀거리던 팔이었습니다! 믿겨지십니까? 안 믿겨지시죠? 그런데 정말입니다. 안에 들어갔던 병사가 말한 벽은 실제로 있었던 겁니다."

"그럴 수가!"

월이 신음성을 토했다. 공간을 막는 벽이라… 들어갈 수는 있지만 나올 수는 없는 벽. 그런데 액면 그대로 받아들이기엔 뭔가 이상하다. 미로의 숲 안으로 머리를 들이민 병사의 머리는 무사했었다. 그리고 팔이 뽑힌 것도 묘하다. 팔은 나올 수 있었다. 그런데 몸은 나오지 못했다. 어째서? 머리와 팔은 허용하지만 몸통은 허용하지 않는다는 건데… 아무리 생각해도 이해가 안 된다.

어쩌면 이 별에 있는 마법의 힘으로 그런 일이 가능할 수도 있다. 그러나 무엇 때문에 그런 짓을 한단 말인가? 들어오는 건 자유지만 나갈 수는 없다? 머리와 팔은 허용하지만 나머지는 안 된다? 스머프 족은 마음대로 드나드는데 휴먼 족은 그럴 수 없다?

무언가 분명 다른 이유가 있다. 그게 대체 무엇일까.

"기스칼 남작님의 말대로라면 이거 보통 일이 아니군요. 이거 어떻게 해야 할지 전혀 감이 안 오는데요."

월이 말했다.

"음… 뭔가 좋은 생각이 날 것도 같은데."

"전하, 제 말은 모두 사실입니다. 저를 못 믿으시는 겁니까?"

기스칼 남작이 외쳤다.

"남작의 말을 의심하는 게 아니야. 마을에서 약간만 조사해 보면 금방 드러날 일을 가지고 그대가 멋대로 날조하리라고는 생각되지 않아. 그럴 만한 이유도 없고. 하지만 뭔가 다른 방법이 있을 것도 같아서 하는 소리야."

"없습니다. 보아하니 전하께서는 어떻게든 들어갈 생각이신 것 같군요. 좋습니다. 그러시다면 제가 직접 제 늙은 몸으로 증명해 보이지요.

나의 말에 기스칼 남작의 눈이 흔들리는가 싶더니 강한 어조로 외쳤다. 그러더니만 미로의 숲을 향해 걸어가는 게 아닌가. 나와 월은 서둘러 그를 잡았다.

"이러지 마, 남작."

"놓으십시오. 이곳은 제 성이고 이 숲에서 일어나는 일은 모두 제 책임입니다. 아직 젊으신 전하께서 무모한 일을 하도록 방치할 순 없습니다. 미로의 숲의 무서움, 제 몸으로 직접 증명해서 전하께서 쓸데없이 목숨을 버리는 일이 없도록 하겠습니다. 하고야 말겠습니다."

고맙긴 하지만 이 터무니없는 책임감은 무척 부담스럽다. 간신히 남작을 뜯어말린 나는 고민에 빠졌다. 이거 어쩌면 좋을까.

문득 눈앞에서 뮤뮤거리는 뉴튼이 나를 쳐다보고 혀를 날름거리는 모습이 들어왔다. 녀석을 빤히 쳐다보고 있던 나는 냉큼 달려가 녀석을 안았다. 갑작스런 스킨십에 뉴튼이 앞발, 뒷발을 총동원하여 반항했지만 나는 개의치 않고 녀석을 들고 미로의 숲 앞으로 갔다. 희미하게 빽빽한 나무 기둥만 보일 뿐 한 치 앞도 볼 수 없는 캄캄한 숲, 그 안으로 뉴튼을 던졌다.

뮤우~

뉴튼은 순식간에 사라졌다.

"안톤님, 무슨 짓을?"

놀란 월이 외쳤다.

"기다려 봐. 저래 보여도 저 녀석은 드래곤이야. 별일은 없을 거야."

아마도 말이지. 녀석의 생환을 믿고 있던 나는 태연하게 말했다. 내 말을 증명이라도 하듯 들려오는 두두두 소리. 그리고 날아드는 드래곤

엉덩이 쿠션 공격. 순식간에 뻗어 나간 내 팔이 엉덩이에 달린 손잡이(꼬리)를 잡아 들었다. 거꾸로 매달린 뉴튼이 바동거리면서 뭐라고 하긴 하는데 뮤뮤 소리뿐인지라 정확한 의미는 해석 불능이다. 말 못하는 짐승이라 정말 다행이다.

"아니!"

남작이 외마디 소리를 질렀다.

"으음… 뉴튼은 나올 수 있군. 녀석이 드래곤이기 때문일까. 아니면… 뭔가 더 다른 근본적인 이유가 있는 걸까."

뉴튼이 무사히 나오긴 했지만 생각해 보니 이 녀석은 일반적인 동물이 아니기에 참고가 되질 않는다. 모처럼 도움이 되나 했더니 역시나 도움이 안 된다.

"어떻게 생각해, 월?"

나의 말에 월은 어깨를 한 번 들썩했을 뿐 아무런 말도 하지 않았다. 하긴 천재인 나도 모르는 일을 그가 안다면 그것도 곤란하지. 만약 그렇다면 갑작스레 내 아이큐가 낮아진 건 아닌가 하는 심각한 고민을 해야만 할 테니까. 여하간 아무래도 내 눈으로 직접 확인해 봐야 할 것 같다. 그렇게 생각한 나는 미로의 숲 입구로 다가가 손을 들이밀었다.

"전하, 안 됩니다."

"괜찮아. 손만 넣어볼 테니까 걱정하지 마."

내 말에도 불구하고 전혀 안심이 안 되었던지 남작이 허겁지겁 달려오는 통에 혹시나 남작에게 밀려서 안으로 들어가게 되는 건 아닐까 걱정이 되었다. 말리는 사람에게 떠밀려 죽는다면 그 무슨 왕재수인가. 치밀한 성격인 나는 월에게 명하여 남작을 꽉 붙들고 있으라고 명했다. 월에게 붙들린 남작이 고래고래 소리를 지르면서 발버둥을 쳤지만 아직 한창 나이인 월의 완력에는 당해내지 못했다.

묘한 충성심과 책임감으로 똘똘 뭉쳐진 남작이 잘 잡혀 있는 것을 꼼꼼히 확인한 나는 다시 손을 들이밀었다. 약간 축축하다는 느낌 이외의 다른 특이한 감각은 없었다. 이것만으로는 아무것도 알 수 없다.

큰마음 먹고 머리를 들이밀었다. 그냥 까만 공간이다. 아무것도 보이지 않았다. 뭔가 진한 물 냄새가 난다. 진한 안개 속 한가운데에 있는 것 같은 느낌이다. 빛이 필요해. 주머니를 뒤져 라이터를 꺼내 들고 불을 켰다.

외부와 크게 다른 것은 없다. 검정 나무들이 서로 기괴하게 비비 꼬여서 거대하게 자라 있는 것, 땅의 색이 아스팔트처럼 검고 갈라져 있다는 것 정도만 확인할 수 있었다.

이리저리 눈을 돌리고 있는데 뭔가가 날아왔다. 처음에는 공처럼 보였다. 점점 가까이 다가오는 모습 역시 배구공처럼 보였으나 완전한 원형은 아니었다. 바람 빠진 공처럼 한쪽 면이 움푹 들어갔다. 자세히 바라보니 물방울이다. 배구공만한 물방울이 출렁이면서 날아온 것이다. 다음 순간 물방울은 라이터를 쥐고 있는 내 손을 덮쳤다.

"앗!"

화들짝 놀란 나는 손을 뺐다. 텅, 하고 무언가 걸리면서 라이터를 놓쳤다. 다행히도 내 손은 무사히 빠져나왔다. 유심히 내 손을 바라봤으나 딱히 변한 것은 없다. 물에 젖은 흔적도 없다.

그게 대체 뭐였을까. 나는 다시 조심스레 머리를 들이밀며 더듬거리면서 라이터를 찾았다. 바닥에 떨어져 있던 라이터를 집어 든 나는 다시 불을 켰다. 순간적으로 물 공이 휙하고 움직였나 싶더니 젖은 감각과 함께 불이 꺼졌다. 그것이 불을 끄긴 했지만 신체에 위해를 가하는 것은 아니다. 위험하지 않다. 이런 판단이 든 나는 천천히 손을 움직여 밖으로 빼보았다.

텅!

역시 걸린다. 오른손에 쥔 라이터를 놓고 왼손으로 받아 들었다. 그리고 오른손을 빼니 자연스럽게 빠져나왔다. 이어서 왼손. 그러나 왼손은 실패. 역시 라이터가 문제였다.

뒤로 물러선 나는 지금까지 얻은 결과들을 놓고 생각에 잠겼다.

머리와 손은 들락날락이 가능. 드래곤인 뉴튼도 가능. 병사의 팔뚝도 가능. 스머프도 가능. 라이터는 들어가는 것은 가능하지만 나오는 것은 불가능.

처음에는 무게나 부피 제한이 아닐까 싶었는데 스머프의 경우를 볼 때 이건 아니다. 특별히 지정된 존재만 진퇴가 가능하다는 가설은 뉴튼의 경우를 보면 틀렸다 할 수 있다. 그러나 이 녀석은 드래곤이라는 특별한 사정이 있기 때문에 가능성을 완전히 배제하기는 좀 그렇다. 으음… 아직 잘 모르겠다.

일단은 확인 가능한 다른 실험을 해보자. 주변의 작은 돌멩이를 집어 들고 마찬가지로 손을 넣었다 빼보았다.

텅!

역시 걸린다.

으음… 뭔가가 보일 듯 말 듯하면서 안 보인다. 어렴풋이 알 것도 같은데… 딱 이거다 하는 필이 안 온다.

"안톤님, 날이 저물어가니 일단은 성으로 돌아가시지요."

월의 말에 정신이 들었다. 그리고 보니 사방에 땅거미가 깔리기 시작하고 있었다. 여기에 죽치고 있어봐야 결론이 나는 것도 아니니 성에 가서 차분히 생각해야겠다.

　발자크 성으로 돌아와 용병들과 함께 저녁 식사를 했다. 실버스킬 대원들과 함께 미로의 숲에 대한 토론회를 가졌으나 뾰족한 묘안은 나오지 않았다. 기껏 나온 의견이 숲 앞에 죽치고 있다가 나오는 스머프 족을 족족 죽이자는 정도였다. 그러나 미로의 숲에서 카에데가 말한 무언가를 발견하려는 나의 목적상 그런 짓은 무의미하다.

　미로의 숲에 불을 지르자는 지극히 환경 파괴적인 발언도 있었다. 하지만 내 라이터 불을 사정없이 끄던 물 공의 존재가 산불이 나도록 그냥 내버려 둘 성싶지 않았다. 이래저래 아무리 따져 봐도 내 스스로 해결할 수밖에 없었다. 병사들을 대동하고 들어가 봐야 희생만 늘어날 것 같기도 하고.

　"남작, 피곤한데 그만 잠자리로 안내해 줘."

　내가 피곤한 기색을 연기해 보여서인지 남작은 얼른 시녀를 시켜 나를 방으로 안내하도록 하였다. 그가 돌아간 것을 확인한 후 창문을 열었다. 나에게 배정된 방은 4층에 위치하고 있었지만 이만한 높이라면 별문제없이 나갈 수 있다. 남작에게는 미안하지만 그에게 괜한 걱정을 시키고 싶지는 않다. 그 몰래 나갔다가 내일 아침까지만 돌아오면 되겠지. 그럼 가볼까나.

　몇 가지 재료를 챙겨서 남들 몰래 미로의 숲으로 향했다. 아직 별다른 해결책은 찾지 못했다. 정 안 되면 위험을 무릅쓰고 혼자서 들어가 볼 생각이다. 뉴튼도 따라왔으니 여차 하면 어떻게 되겠지 싶었다. 조금 무책임할지도 모르지만 직접 맞닥뜨리면 어떻게든 길이 열리리라.

숲에 도착했다. 밤에 보는 숲은 검정색 색종이 중간에 검정 구멍이 뻥 뚫린 것처럼 보였다. 그러나 낮과 마찬가지로 이질적인 마나의 기운은 변함이 없었다.

"어라, 인간?"

오랜만에 들어보는 자동 번역판 스머프 어였다. 그동안 데이터의 갱신이 이루어지지 않았기에 여전히 어색하다.

나와 눈이 마주친 스머프는 잠시 멍청하게 있더니 내가 혼자인 것을 보고 우습게 여겼던지 손에 든 곤봉을 휘두르며 다짜고짜 덤벼왔다.

"아냐. 이 숲. 물어. 좋다. 배(이 숲에 대해서 아는 대로 부는 게 신상에 좋을 거다)."

곤봉을 피하면서 말했다. 어째서인지 이 스머프는 전에 본 녀석의 동족들과는 다르게 아무것도 걸치지 않고 있었다. 이상하다는 생각이 들었지만 일단은 깊이 생각하지 않기로 했다. 어차피 스머프 족이 옷을 입든 안 입든 상관없는 일이니까.

공손하게 정보를 제공해 달라고 요청하는 내 의사를 알아들은 스머프는 잠시 당황하나 싶더니 곧 이를 드러내며 괴성을 질러댔다.

"아냐. 우리말. 그지. 봐준다. 안(어떻게 우리말을 아는지 모르겠지만 그래도 절대 안 봐준다)."

"봐줘. 왜. 내가(누가 봐달랬냐?)."

권주를 마시지 않고 기어이 벌주를 마시겠다는 거냐. 역시 미개 종족에겐 말보다 주먹이 더 잘 통하는 법. 곤봉을 휘두르는 팔을 왼손으로 막으며 힘차게 내지른 오른 주먹이 스머프의 배에 명중, 또 명중, 다시 명중, 확인 명중했다. 그때마다 스머프 특유의 움찔하는 반응이 너무나도 독특하고 신선하여 그만 목적을 깜빡한 나는 한참을 신나게 두들겨 패버렸다.

정신이 들었을 땐 바닥에 드러누워 발을 바르르 떠는 이 동물이 과거에 스머프라 불리던 존재가 맞는지 부쩍 의심될 정도의 처참한 몰골이 되어 있었다.

으음… 이거 곤란한데. 이래서야 정보 수집에 도움이 되질 않는다. 어떻게든 깨워보기로 했다. 정신 차리라는 의미로 뺨을 때려주었다.

찰싹!

휙하고 사정없이 돌아가는 스머프의 파란 머리. 그러나 역시 맷집 좋은 스머프 족이었다. 커다란 신장에 걸맞게 한 대 맞은 것 정도로는 꿈쩍도 하지 않는다. 그 의기를 높이 산 나는 내 손의 통증을 무릅쓰고 연타를 퍼부어주었다.

촤촤촤촤촤촤촥!

불행히도 나의 눈물 나는 희생에도 불구하고 스머프는 눈 하나 까딱하지 않았다. 푸르딩딩하게 볼이 부어올랐을 뿐이다. 원래 푸른색의 피부를 가지고 있는 스머프 족인지라 멍이 들었는지의 여부는 확인 불능이다.

허, 이렇게까지 기절해 있겠다는 의지가 강할 줄이야. 그의 불굴의 투지와 강철 같은 신념에 새삼 감탄을 금할 수 없었다. 그만 해야겠다. 무릇 선비는 사정없이 짓밟아줄지언정 모욕을 당하게 해서는 안 되는 법이니까.

선비 스머프의 휴식을 방해하지 않기 위해서 조용히 일어선 나는 주위를 둘러보았다. 조금 떨어진 곳에 작은 구멍이 보였다. 손으로 땅을 파헤쳤으리라 생각되는 그 구멍 안에는 전에 스머프 족이 사용하던 무기와 옷이 들어 있었다.

으음… 스머프 족은 미로의 숲 안에서는 아무것도 입지 않는 것 같다. 숲 밖으로 나와서는 장비를 착용하는 모양인데… 어째서일까. 미로의 숲을 신성하게 여겨서 부정한 무기나 갑옷류의 유입을 꺼리기 때문일까. 아니면…….

"아!"

그렇구나. 수수께끼는 풀렸다. 그런 것이었구나. 이런 간단한 일을 미처 생각하지 못하다니 아무래도 요즘 내 머리가 많이 둔해진 모양이다.

그러나 그 이유를 알았다고 해도 여전히 문제였다. 들어가고 나오는 제약에 대한 사항만을 알았을 뿐 미로의 숲 안에 어떤 위험이 도사리고 있는지는 여전히 알 수 없다.

나는 크게 심호흡을 한 후 장비를 담은 가방을 둘러매고 미로의 숲을 향해 뛰기 시작했다. 물론 가기 싫어하는 뉴튼도 억지로 데려갔다.

혼자 죽으면 억울하잖아.

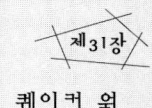

제31장

퀘이커 옮

퀘이커 옮

숲 안은 낮에 본 것처럼 어두웠다. 밤낮의 구별도 없는 기이한 공간. 끈적끈적하게 달라붙는 높은 습도. 기괴하게 꼬여 있는 나무들. 생명이 자라 숨 쉴 수 있으리라고는 상상도 할 수 없는 단단한 흙.

호기심과 약간의 두려움으로 두근거리는 가슴을 진정시키며 휴대용 자동 아이라이트의 스위치를 넣었다. 이것은 사용자의 눈이 바라보는 위치를 자동으로 판별하여 빛의 각도를 조정하는 기능이 특징인데, 일반 손전등처럼 일일이 방향을 바꿔주어야만 하는 불편함이 없는 아주 편리한 물건이다.

비행석을 이용한 최초의 발명으로 야구공만한 이 기계 안에는 소형 모터가 들어 있다. 건전지로 소형 모터를 회전시켜 얻는 아주 적은 동력만으로 공중 부양을 가능케 한 초에너지 절약형 작품이라 할 수 있다.

주변이 명확하게 보이기 시작했다.

잔풀은 하나도 보이지 않고 나무만 우거진다는 게 가능한 것일까 하는 의문이 드는 곳이다. 흔한 풀벌레 소리 하나 없다. 소로를 따라 걸어가면서 길옆의 검정 나무를 만져 보았다. 단단하면서도 차가운 감촉이 일반적인 나무라기보다는 쇠로 된 가로등처럼 느껴진다. 새로 만든 현철중검을 휘둘러 시험 삼아 베어보았으나 한 번에 잘리질 않는다. 분쇄 모드를 사용하여 가지 하나를 간신히 잘라낸 후 단면을 보았다.

텅 비어 있다. 일반적인 나무에서 볼 수 있는 심재(Heartwood)도 변재(Sapwood)도 없고 나이테조차 없다. 대나무처럼 속이 빈 채 자라는 나무라고 보기는 어렵다. 이 나무는 나무 모양을 한 철봉이나 다를 바 없다. 그런데… 철봉이 자랄 수 있는 것일까? 그것도 이렇게나 거대한 강철 나무 숲을 이루면서? 흐음…….

꼬리에 꼬리를 무는 의문들을 뒤로하면서 나는 앞으로 걸어갔다.

얼마나 걸었을까. 밖에서 보기엔 사방 5킬로미터 남짓으로만 보이던 작은 숲이라서 금방 둘러볼 수 있을 줄 알았는데 예상외로 끝없이 계속 이어진다. 지니의 동작 감지 센서와 열 감지 센서를 동시에 작동시켰다. 사방에서 감지되는 강한 자기장으로 인해 제 성능을 발휘하지는 못했지만 희미한 반응을 포착할 수 있었다. 반응은 내가 있는 곳으로부터 400미터 떨어진 곳에서 나오고 있… 아니, 순식간에 300미터로 줄었다. 뭐야?

불과 10여 초 만에 접근해 온 반응은 5미터 전방에서 탐지되었다. 그러나 아무것도 보이지 않는다. 센서가 고장났나?

콰콰콰 하는 커다란 소리와 함께 땅이 흔들린다. 지진? 그러고 보니 반응부 뒤쪽의 지면이 사람 키만큼이나 커다랗게 솟아올라 있다. 크게 올라온 지면은 곧바로 원래의 모습으로 돌아왔지만 융기면은 꾸준히 이동하고 있었다.

그것이 나를 향해서 다가온다!

순간적으로 땅속에 뭔가 있다는 생각이 들었다. 그것도 두더쥐 같은 작은 생물이 아니라 무척 거대한 녀석이.

위기감을 느낀 나는 뉴튼을 낚아채며 훌쩍 뛰어올랐다.

딱!!

엄청나게 무거운 무언가가 부딪치는 소리가 들렸다. 아래에 보이는 것은 20미터는 족히 될 것 같은 거대한 꽃봉오리. 봉우리 옆면으로 삐죽삐죽 가시 같은 게 나와 있다.

봉오리가 열린다. 끈끈한 타액 같은 액체가 실처럼 기다랗게 늘어지면서 아나콘다보다 더 굵고 길면서 넓적한 살덩이가 보인다.

저것은… 혀?

쿠오오오오!

내 생각에 긍정이라도 하는 것처럼 이제까지 들어보지 못한 짐승의 포효가 숲 속을 가득 메웠다. 적막한 강철 나무 숲 한가운데에서 울려 퍼지는 기괴한 괴성.

위로위로 끝없이 뻗어 있는 나무줄기 위에 간신히 착지한 나는 한동안 정신을 차릴 수 없었다.

뮤오오오오.

갑자기 내 손 안에 있던 뉴튼이 소리를 질렀다.

쿠오오오오!

다시 짐승의 포효성이 들린다.

나는 뉴튼을 바라보았다. 녀석의 몸이 황금색으로 빛나고 있었다.

전에도 본 적이 있는 반응이다. 나의 놀람에는 상관하지 않고 뉴튼은 소리를 질렀다. 그리고 뉴튼이 소리를 낼 때마다 어김없이 짐승이 답변을 하는 것처럼 울어댔다. 일정한 간격을 두고 소리는 꾸준히 소리를 낳았다.

뉴튼에게 반응하고 있는 것인 걸까. 저 거대한 괴물은 대체 뭐지?

갑자기 주위가 조용해졌다. 타원형으로 솟아 있던 괴물의 머리가 땅속으로 쑤욱 가라앉는 모습이 보였다.

휴, 일단은 갔구나.

안도의 한숨이 절로 나왔다.

그 순간!

쾅! 하는 굉음과 함께 긴 타원형의 입을 벌린 괴물의 머리가 순식간에 솟아올랐다.

"으앗!"

당황한 나는 내가 낼 수 있는 힘을 몽땅 쥐어짜 가지와 가지, 나무와 나무를 박차고 위를 향해 몸을 날렸다.

콰지직 하면서 강철 나무들이 이쑤시개처럼 부러져 나간다. 내 발 바로 밑에 보이는 끝없이 넓고 한없이 깊은 구멍.

딛고 있던 가지가 잘라져 나간다. 몸이 휘청거린다. 구멍은 내 발, 내 다리, 나의 몸, 나의 머리를 지나 위로 길게 이어진다.

하늘이 검다. 그 하늘은 점점 작아진다. 이어서 들리는 우레 같은 소리와 함께 내 위의 하늘은 완전히 사라졌다.

끝없는 추락의 시작이었다.

발을 디딜 곳이 없다. 벽은 너무 멀다. 이 괴물의 길이가 대체 어느 정도인지는 알 수 없지만 최하 100미터 이상이다. 어쩌면 수 킬로미터에 달할지도 모른다. 이런 높이에서 지면에 떨어지면 무사할 리 없다.

나는 필사적으로 손을 휘저었다. 그러나 잡을 것은 아무것도 없었다.

한 모금의 진기를 머금고 몸을 크게 회전시키면서 뿜어냈다. 몸이 빙글빙글 돌면서 어느 정도 가속력을 줄일 수는 있었다. 그러나 이것만으로는 결코 충분하지 않다. 이대로라면 최소한 두 다리, 최대한 전신 묵사발이다.

두려움은 들지 않는다. 나의 머리와 몸은 고속으로 연산을 개시했다. 지금의 나는 이성보다 내 안의 본능에 기대고 있다.

손이 근질거린다. 참을 수 없이 가렵다. 가려움은 스멀거리며 전신으로 퍼져 나간다. 나는 그것들을 한데 모으기 위해 안간힘을 썼다. 다리에, 배에, 가슴에, 그리고 팔을 타고 가려움이 내려간다. 한 군데 응집된 가려움은 압축시킬수록 더욱 심해진다.

나도 모르게 오른 손바닥을 펼쳤다. 그 안에서 한 군데 모인 이질적인 가려움은 나갈 곳을 찾아 발버둥 치고 있다. 손 안에 빛이 고인다.

한계에 이르렀다는 판단이 든 순간 반사적으로 빛이 뿜어져 나왔다. 빛은 내 전신을 감싸며 엷게 퍼져 갔다.

둥실!

연한 막 안에서 내 몸의 무게가 사라지는 것이 느껴진다. 피부를 스치고 지나가는 바람이 점점 약해져 간다.

그렇게 몇 분이나 흘렀을까. 나는 무사히 바닥에 발을 내디딜 수 있었다. 목적을 다한 막은 흔적없이 사라졌다.

정신없이 생각나는 대로 했을 뿐인데 다행스럽게도 효과가 있었다. 이 마법이라는 힘은 아직 익숙하지는 않지만 분명히 도움이 되는 힘이다. 그런데… 마법을 발휘하던 순간마다 드는 그 기이한 이질감은 좀처럼 익숙해지기 어렵다. 순간적으로 내 손이 아닌 다른 생물처럼 느껴졌던 그 감각은 상실감과 충만함이라는 두 가지의 상반된 느낌이다. 지금의 내 손은 보통 때의 내 손이지만 마법력을 발할 때의 내 손은……

조금 전의 감각을 되살려 보려 했지만 잘되지 않았다. 얼마간 끙끙거려 보았지만 마찬가지였다.

뮤뮤~

원래의 색으로 돌아온 뉴튼의 울음소리에 정신이 들었다. 지금 이러고 있을 때가 아니다. 이곳은 괴물의 뱃속이다. 나갈 방도를 찾아야 한다.

일단은 걸었다. 출구가 어디 방향인지는 알 수 없으나 어디로 가든 최종적으로는 입 아니면 항문을 통해 나갈 수 있을 것이다.

젤리처럼 반유동성 고체 같은 곳을 걸어가자니 묘한 기분이었다. 괴물의 배 안인데도 사방이 밝다. 벽면을 보니 우산 모양의 풀들이 무성하다. 버섯류의 균사체로 보이는 이 식물들 중 일부가 빛을 내고 있었다. 공기도 충분한 것 같고 아직은 동물의 위액 같은 강한 산을 띠는 위험 물질도 보이지 않는다. 이대로 가면 나갈 수 있으리란 생각이 들었다.

불과 100보 정도 걸었을까. 넓은 공터가 나왔다. 조금 자세히 보니 무언가가 움직이고 있다. 개체 수도 상당하다. 파란색, 긴 팔, 굵은 다리, 원통형 뿔. 그것의 정체는 말할 것도 없다.

스머프다!

"쿠쿠쿠. 크카아."

그들은 한가롭게 누워 있거나 대화를 나누고 있었다. 처음에는 나처럼 거대 괴물에게 잡아먹힌 놈들이겠거니 생각했는데 분위기로 보아 아닌 것 같다. 그들은 지극히 편안해 보였고 안달하는 기색은 찾아볼 수 없다. 갑자기 먹혔다면 저런 일상적인 반응은 보일 수 없을 것이다.

"있다. 인간(인간이 있다)!"

뒤에서 난 소리에 고개를 돌려보니 내 허리 정도 되는 키의 작은 스머프가 나를 보고 소리를 지르고 있었다. 스머프 족의 어린이?

소리를 듣고 스머프들이 분분히 무기를 들고 달려나와 나를 에워쌌다.

"왔다. 또."

"이다. 재물. 이다. 재물. 간만(오랜만의 재물이다, 재물)."

스머프들은 내가 혼자라서 그런지 두려워하지 않는 것 같았다.

"려라. 잠깐. 하자. 대화(잠깐만. 뭐 좀 물어보자)."

나의 말에 스머프들은 술렁였다.

"안다. 인간. 이. 말. 우리(이 인간이 우리말을 한다)."

"없다. 재수. 죽이자. 그냥(재수없는 놈이다. 그냥 죽이자)."

등등의 대화가 오가더니만 스머프들은 창끝을 나를 향해 겨누기 시작했다. 대강 세어보니 열두 놈이다. 이 정도면 나 혼자서도 충분히 해치울 수 있을 것 같았다.

중검을 뽑아 들자 녀석들은 잠깐 멈칫하더니 숫자를 믿는 듯 나를 사이에 두고 빙빙 돌기 시작했다.

"흐음, 이거야 원. 이번 재물은 그냥 내버려 두는 게 신상에 좋았을 텐데."

한 발을 내디디며 앞으로 달렸다. 처음 목표는 나와 가장 가까이에 있는 붉은 머리털 스머프였다.

붕 소리와 함께 그려진 검광은 내가 보기에도 예술이었다. 바람보다 빠르고 파도보다 힘차게 뻗는 한줄기 빛, 그 자체라 해도 과언이 아니다. 그냥도 강한데 여기에 내가 외과의사 시절의 경험을 참고하여 새롭게 첨가한 가장 효과적으로 살을 벨 수 있는 각도의 황금비 공식이 더해져 단 한 치의 오차도 없이 녀석의 목을 날려 버릴 것은 명백한 일.

나에겐 그런 믿음이 있었다.

탕!

그러나 내 검은 녀석의 목 바로 앞에서 무언가에 맞고 튕겨져 나왔다. 목이 강철로 되어 있다고 해도 충분히 자를 수 있었을 텐데 어떻게 된 일이지? 반사적으로 재빨리 검을 회수했지만 당황스러움은 가시지 않았다.

"호~ 이거 귀한 손님이 오셨군."

일반적인 언어다. 스머프 족의 원시어가 아니다. 약간 긴장한 나는 중검을 잡은 손에 힘을 주었다.

"D나이트와 드래곤이로군. 이것도 인연인가."

스머프 족 사이를 거침없이 걸어온 사람은 노인이었다. 그의 얼굴은 내가 익히 잘 알고 있는 그것이었다.

"카탈바흐!"

나는 놀라 소리쳤다. 노인은 재미있다는 듯 너털웃음을 짓더니 천천히 내게로 다가왔다.

"오랜만에 듣는 이름이군. 하지만 나는 그가 아니야. 완전한 남이라고 할 순 없겠지만 적어도 동일한 존재는 아닐세."

"거짓말!"

"믿고 안 믿고는 모두 그대의 자유. 그러나 내가 한 말이 사실이라는 점은 변함없어."

말을 마친 노인은 나에게 손짓을 한 후 돌아보지도 않고 걸어갔다. 나를 둘러싸고 있던 스머프 족들이 길을 내주며 나에게 눈짓을 했다. 어떻게 할까 망설이던 나는 마음을 정하고 그의 뒤를 따랐다.

노인이 손을 휘젓자 벽면이 갈라지면서 빈 공간이 생겨났다. 이곳은 명백한 괴물의 뱃속. 그 안에 이런 장치가 있다는 사실을 믿기 힘들었지만 이 노인은 신과 어떤 관련이 있는 자이니만큼 새삼스럽게 놀라지는 않았다. 아라비안나이트의 '열려라 참깨' 표 동굴을 보는 것 같다. 괴물의 뱃속이니 동굴보다는 열리는 창자 정도라고 해야 하려나? 여하간 빠끔히 입을 연 공간 안은 어두워서 내부에 무엇이 있는지 잘 보이지 않았다.

"들어오게나."

간단한 말을 남긴 노인은 뒤도 돌아보지 않고 안으로 사라졌다. 카탈바흐가 아니면 대체 누굴까. 위험할지도 모른다는 생각이 들었지만 여기까지 와서 '왠지 무서워서 못 들어가겠어요. 잉잉잉' 하고 징징 짜고 있을 수는 없는 노릇.

꺼림칙하기는 했지만 용감한 나는 만일의 사태에 대비하면서 조심스럽게 안으로 들어갔다.

예상외로 안의 공간은 밝았다. 작은 공간 안에는 괴물의 벽면과 같은 반유동성 고체로 된 이따금씩 출렁거리는 의자, 젤리처럼 물컹물컹해 보이는 침대가 보였다. 전반적으로 삭막하지만 생활하는 데 큰 지장은 없을 것 같았다. 다만 짐승 냄새가 심하게 났는데 뭐, 이 문제는 익숙해지면 될 일이다. 개인적으로는 절대 익숙해지고 싶지 않지만.

"그래, 여기엔 왜 왔나, 저주받은 운명의 D나이트."

의자에 앉으면서 노인은 물었다. 이런 경우에는 보통 지저분하지만 침대에라도 앉으시죠라고 말하는 게 예의일 텐데, 이런 점에서는 서비스가 좋았던 카탈바흐와는 달리 노인은 영 기본 매너가 안 돼 있었다. 하긴 의자든 침대든 그다지 쾌적해 보이는 몰골은 아니지만. 본인을 앞에 두고 저주 운운한다는 것 또한 손님을 대하는 주인으로서의 마음가짐이 안 돼 있다는 사실을 여실히 드러내 주는 일이다. 하지만 나는 소탈한 성격의 소유자니까 그냥 넘어가 주기로 했다.

손님이 가져야 할 마음가짐을 명심하고 있던 나는 대뜸 침대 위에 몸을 던졌다. 생각보다 쿠션은 나쁘지 않다, 디자인은 영 엉망이지만.

몸을 반절가량 눕힌 나는 허심탄회하게 대꾸했다.

"먹혔어."

내가 들어도 군더더기없는 간단, 심플, 명료한 멋진 대사다.

"퀘이커 웜에게 먹혀서 어쩔 수 없이 들어왔다는 건 나도 알아. 내가 묻는 건 어째서 미로의 숲에 왔느냐 하는 거지."

호오 그 괴물을 퀘이커 웜이라고 하나. 어울리는 이름이다. 딱히 비밀로 해야 할 내용도 아니고 카에데가 말한 것은 필시 이 노인과 연관이 있을 성싶었다. 이렇게 판단한 나는 간략히 사정을 설명해 주었다.

"호 자네 상당히 무모한 성격의 소유자로군. 카에데의 말만 듣고는 무턱대고 이곳에 오다니 말일세. 이곳에 대한 소문은 들었겠지? 들어오는 건 자유지만 나갈 수는 없다는 소문. 어떻게 나갈지는 생각하고 왔나?"

사람 무시해도 유분수지, 나를 어떻게 보고 하는 소린지 원.

"이 숲에 들어오고 나가는 방식은 이미 알고 있어. 그다지 어렵거나 복잡한 비밀인 것도 아니잖아."

내 말에 노인의 눈이 묘하게 빛났다.

"어디 한번 자네 생각이라는 것을 들어보도록 하지."

"간단한 추리지. 몇 가지 실험을 해보았는데 들어가는 건 자유지만 돌이나 기타 사물들은 밖으로 나올 수가 없더라고. 이 결과가 가리키는 사실, 즉 숲 밖으로 나갈 수 있는 것은 오직 순수한 생물체만이 가능하다는 결론을 내기 어려웠던 것은 자유롭게 출입하는 스머프 족 때문이었어. 그들은 나오는데 왜 병사들은 못 나오는가. 답은 뻔히 나와 있는데 선뜻 고를 수 없었던 이유는 위험한 곳에서는 생명이나 다름없는 병장기와 갑옷의 착용이 당연하다는 고정관념이 있었기 때문이지. 그래서 이쪽에 대한 생각을 소홀히 했던 거고. 사실 별 게 아니었는데 말야. 주로 맨몸으로 다니는 스머프 족은 이 숲 안으로 들어오는 게 큰 문제가 되지 않았겠지. 맨몸이 아니더라도 그들 특유의 강철처럼 튼튼한 피부 덕에 별일없었을 거고. 하지만 중무장을 한 인간 병사들에게는 이야기가 다르지. 아무리 강한 병사라 해도 자기가 입고 있는 갑옷보다 더 단단한 피부를 가지고 있지는 않을 테니까 갑옷을 입은 채로 억지로 끌어내려고 잡아당겨 봐야 나올 수 있는 것은 강제로 뽑힌 팔만이었다라는 게 이야기가 되었겠지. 이런 약간의 맹점이 이 숲의 비밀이라고 나는 판단했어. 이게 다야. 내 말이 맞나?"

노인은 고개를 끄덕였다.

"맞아. 그럼 왜 이 숲이 그런 내력을 가지게 되었는지에 대해서는 아나? 어째서 이렇게 만들었을까. 생명체만이 나가고 들어올 수 있고 무생물은 나갈 수 없는 이 숲은 대체 왜 생겨났을까. 그 이유를 알겠나?"

노인의 말에 나는 잠시 생각해 보았다.

카탈바흐는 왜 이런 귀찮은 짓을 했을까. 취미는 아닐 거고. 몇 가지 가설을 도출해서 궁리해 본 후 한 가지 결론에 도달했다.

"무언가가 미로의 숲 밖으로 나가지 못하게 하기 위해서일 것 같군. 이 숲에 사는 생물은 스머프 족과 퀘이커 웜, 그리고 당신뿐이지. 별 힘도 없는 스머프 족은 당연히 아닐 거고, 당신을 가두기 위해서라면 너무 넓은 공간이지. 그럼 답은 퀘이커 웜이겠군."

"맞았어."

노인은 빙긋 웃었다.

"그럼 퀘이커 웜은 기계인 거야?"

생명체라면 미로의 숲의 구속은 아무런 가치가 없다. 그러면 녀석은 기계인가? 하지만 기계라고 보기에는 석연치 않은 점이 너무 많다.

"엄밀하게 따지면 기계는 아니야. 하지만 순수한 생명체도 아니지. 신인 카탈바흐조차도 만들 수 없었던 어떤 피조물을 만들어보고자 생명체와 기계를 유기적으로 결합시켜 본 실험에서 탄생한 존재, 이게 퀘이커 웜이야."

퀘이커 웜은 카탈바흐의 실패작이라는 말이다.

"퀘이커 웜은 카탈바흐가 의도적으로 만든 게 아니란 말이군."

"그렇지."

"대체 그가 만들고 싶었던 생물이 뭐지?"

무척 궁금하다. 그가 만들고 싶었던 생물은 대체 무엇이었을까.

"모르겠나?"

노인은 딱하다는 듯 물었다.

"하긴, 인간은 자신이 연관된 일에는 의외로 둔한 법이지."

"나와 관련이 있다고? 그렇다면 혹시……?"

나와 관련이 있는 생물, 그것도 거대한. 그렇다면.

"그래, 바로 저기 뛰어다니는 저거, 저놈이지."

노인의 손끝은 내 예상대로 뉴튼을 가리키고 있었다.

드래곤이라고? 열심히 퀘이커 웜의 뱃속을 이루고 있는 벽을 긁어대는 뉴튼과 같은 멍청한 생명체를 만들려 했었구나. 하긴 뉴튼은 가끔 도움이 되기는 한다. 너무 가끔이라 문제긴 하지만 뭐, 없는 것보다는 낫다.

"드래곤을 왜 만들려고 했지? 무엇을 위해서?"

"도전이지. 초월신이 창조한 드래곤을 능가하는 생명체를 만들고 싶다는 욕구, 그리고 그 힘의 원리를 알아내어 자신 또한 초월신에 근접하는 자가 되고 싶다는 욕망. 또 후일 올지도 모를 성체 드래곤에 대한 대비책이기도 하지. 하지만 보다시피 실패로 끝나고 말았어. 퀘이커 웜은 덩치는 산만하지만 힘은 그저 그렇고 진화는커녕 제대로 된 이성조차 가지질 못한, 한마디로 말하면 쓰레기지. 뭐, 덕분에 내가 존재하고 있는 거지만."

앞부분은 이해가 된다. 하지만 퀘이커 웜 때문에 노인이 존재하고 있다는 말은 선뜻 납득할 수 없었다.

"당신이 존재하는 이유가 퀘이커 웜과 관련있다니, 무슨 말이야?"

"말 그대로의 의미지."

노인은 별 거 아니라는 듯 말했다.

"비록 드래곤에 미치지는 못하지만 퀘이커 웜은 거대해. 500미터는 족히 넘는 신체에 그 무게는 측량이 불가능할 정도야. 뭐, 드래곤과 비교할 정도는 못되지만 그렇다 해도 저런 덩치 큰 녀석을 이 별 지표면에 풀어놓는다고 생각해 보게. 어떻게 되겠나? 그날로 이별은 종말을 맞이하게 되겠지. 그런 일을 막기 위해서 내가 존재하는 거야."

잠시 괴물의 몸무게를 암산으로 계산해 보았다. 인간의 신장을 1.7미터라 가정했을 때 퀘이커 웜의 신장은 294배 이상이 된다. 키의 비교는 단순히 294배이지만 무게는 이야기가 다르다. 가로, 세로, 두께가 294 294 294배이니 25,412,184kg 이상이라는 결론이 나온다. 뭐, 퀘이커 웜은 애벌레처럼 길쭉한 모양을 하고 있으니 이보다 좀 적게 나갈 수는 있겠지만 그것을 감안하더라도 이 정도 무게를 가진 괴물이 점프라도 한 번 하는 날이면 원폭 정도는 애들 장난 수준일 것이다.

아니, 사실 처음부터 이런 괴물이 존재한다는 사실이 말이 안 된다. 뼈가 다이아몬드 이상의 강도라고 해도 이만한 무게에 과연 부러지지 않고 버틸 수 있을지 의심스럽고, 설령 버틸 수 있다 해도 퀘이커 웜의 밑면 살들이 이만한 무게의 눌림에 터지지 않는 게 이상하다. 내 상식대로라면 이 괴물은 자신의 몸무게에 눌려서 퍽 하고 터졌어야 한다. 말 그대로 푸줏간의 고깃덩이 산이 되어 있어야 맞다. 휴, 드래곤도 그렇고 이 녀석도 그렇고 대체 어떻게 돼먹은 생명체들인지 원.

여하간 노인이 말한 대로 퀘이커 웜이 숲 밖으로 나가면 어떤 난리가 날지는 공감이 간다.

"대강 이해는 가, 과학적으로는 설명이 안 되지만. 여하간 당신 말은 당신은 이 퀘이커 웜을 관리하기 위해 카탈바흐가 만든 존재라는 의미로군."

노인은 고개를 흔들었다.

"그건 조금 다르지. 만들었다는 정의는 본체와 관계없는 별개의 존재를 뜻하는데 나는 아니거든."

"무슨 의미지?"

"나는 그에게 종속된 존재. 그에게 속해 있지만 약간의 자유 의지를 허락받은 그래, 일종의 분신 같은 거겠지. 그러니까 나는 그면서 그가 아니지. 자네처럼 말일세."

"뭐!"

가만히 듣고 있던 나는 의외의 말에 벌떡 일어났다. 나 역시 무언가에 종속된 분신에 불과하다는 말인데 이게 무슨 소리인가!

"그렇게 놀랄 필요는 없어."

노인은 담담하게 말을 이어갔다.

"어디까지나 상대적인 개념에 불과해. 물건 하나가 둘로 쪼개져 있다고 생각해 보게. 만약 쪼개진 것 중의 하나가 다른 하나보다 압도적으로 작다면 작은 부분은 큰 조각에서 떨어져 나온 부분이라고 여기게 되지. 마찬가지야. 나의 경우는 내 힘보다 카탈바흐의 그것이 훨씬 더 상위에 있어. 따라서 나의 입장은 주체가 아닌 하나의 떨어진 부분에 불과한 거야. 나는 그의 일부이며 어찌 보면 그의 또 다른 상념, 혹은 숨겨진 또 하나의 성향이라 정의할 수 있겠지. 나와 카탈바흐의 관계는 간단명료한 완료형. 나는 언제까지나 조각에 머물 수밖에 없지. 그러나 자네는 조금 달라. 드래곤과 D나이트의 관계는 상호 발전하면서 서로가 서로의 주인이 되기 위해 애쓰는 그런 것. 자네는 발전하고 있어. 자네 드래곤과 함께. 명백한 진행형이야. 그래서 달라."

노인이 사고하는 방식은 일반적이지 않다. 그래서 혼란스럽다. 나는 아직 뉴튼과 나의 관계가 정확히 무엇을 위한 것이며 어떤 식으로 진행되는지 모르고 있다.

"그 말은… 드래곤의 힘이 월등해지면… 나라는 개체는 사라진다는 의미야?"

나는 노인이 부정해 주길 바랐다. 그러나 노인의 머리는 나의 기대와는 상관없이 세로 방향으로 움직였다.

"그렇지. 하지만 사실 나도 잘은 몰라."

노인은 히죽 웃었다.

"확실히 말해!"

화가 난 나는 소리를 질렀다.

"잊은 건 아니겠지. 나는 카탈바흐에 속하는 존재, 내 말로 인해 내 주체의 계획이 수포로 돌아가기라도 하면 곤란하지. 그렇지 않나?"

노인은 자리에서 일어섰다. 그리고 나를 향해 걸어왔다.

"고민할 필요는 없어. 그의 계획은 아주 오래전에 짜여진 것이고 그 자체로서 완벽에 가까워. 자네는 자네가 하고 싶은 대로 하면 되는 거야. 그걸로 충분해."

"내가 무슨 짓을 해도 그의 손바닥 위에서 놀게 된다는 말이야?"

"글쎄. 하지만 너의 경우는 일반적인 인간과는 다르니까 확신할 수는 없어. 모든 것은 너라는 특별한 존재를 조종하기 위해 카탈바흐가 잡아놓은 오차 범위가 어느 정도냐에 달려 있겠지. 그의 계산 밖에서 행동할 수 있다면 너에게도 승기를 잡을 기회가 생길 수도 있을 테고, 그렇지 못하면 그걸로 끝. 게임 오버지."

말을 마친 노인은 갑자기 벼락이라도 맞은 듯이 벌떡 일어섰다.

"왜 그래?"

"하하하! 그랬군, 그랬어. 역시 그런 거였어. 자네가 여기에 온 것도 내가 여기에 있는 것도. 하하하하!"

갑자기 왜 웃는 거지?

"알겠어."

노인은 나를 주시하면서 말했다. 그는 '알겠어'라고 말했지만 나는 그가 무슨 소리를 하는지 하나도 알 수 없었다.

"무슨 말을 하는지 설명이나 하고 웃어."

"밖에 있는 스머프 족을 보았나?"

그는 나의 질문에는 답변하지 않고 말을 돌렸다. 스머프 족을 보긴 봤지만 왜 갑자기 언급하는 걸까.

"그래, 봤어. 스머프 족이 여기 있는 것 또한 카탈바흐가 의도적으로 그렇게 한 거야?"

"글쎄… 내가 알고 있는 것은 그의 기억의 파편 중의 일부. 전체가 모이지 않으면 알아볼 수 없는 퍼즐의 한 조각에 불과해. 뭐, 지금은 그런 건 아무래도 상관없어. 하하하. 자네가 이곳에 온 목적을 이뤄주도록 하지."

자기 할 말이 끝나자 노인은 주저없이 밖으로 나갔다. 수수께끼 같은 말이다. 강해져야 한다는 나의 목적은 그렇다 쳐도 그의 목적이라는 것은 대체 무엇일까.

잠시 주저하던 나는 일단 그의 뒤를 따랐다. 밖으로 나와 보니 노인은 스머프 족을 바라보고 있었다. 무슨 생각을 하는지 도통 모르겠다.

"성장할 기회를 주지, D나이트. 그러기에 앞서 질문 하나. 여기 있는 스머프 족은 어떤 식으로 태어난다고 생각하나?"

난데없는 질문이다.

"왜 그런 것을 묻는지 모르겠군. 음. 뭐, 알에서 태어난 것 같은 상판은 아니니 대부분의 다른 포유류처럼 암놈의 몸에서 나오는 거겠지."

"틀렸어."

노인은 손가락을 휘저으며 말했다.

"그래? 그럼 역시 알에서 태어나는 건가?"

"아니, 알도 암놈의 몸도 아니야."

난생도, 태생도 아니라면 뭘까. '감자에 싹이 나서 잎사귀에 감자, 감자' 하는 식일 수도 있다. 아니면 플라나리아처럼 몸을 재생시키는 방법도 있고. 한데 나의 성장과 스머프의 번식법과는 무슨 연관이 있다고 묻는 것일까.

"왜 지금 그런 걸 묻지?"

노인은 여전히 스머프 족을 바라보면서 입을 열었다.

"우주를 이루는 기본 법칙과 과학이라는 학문을 조합하는 방법으로 초월신이 정해놓은 생물학적 창조의 한계를 넘기 위해서 카탈바흐가 나노머신 기법을 사용해서 만든 종족이 휴먼 족이라는 사실을 알고 있나?"

"나노머신에 대한 건 알고 있어."

나노머신에 대해 기분 나쁜 기억을 가지고 있는 나는 퉁명스럽게 대답했다. 노인은 그런 나의 태도에는 관심을 보이지 않았다.

"좋아, 아주 좋아. 알고 있다면 이해가 빠를 테니 잘됐군. 미로의 숲은 일반적인 창조의 고정 법칙과는 다른 방식으로 돌아가는 곳이야. 원래라면 살 수 없는 퀘이커 웜이 살아 있는 것도 이 숲의 힘이고, 녀석의 엄청난 몸이 대지에 가하는 압박을 줄이는 것도 이 숲의 힘이지. 일반적인 물리 법칙이 통용되지 않는 공간이라 할 수 있어. 일반적인 물리 법칙이 적용되지 않는다는 말은 일반적인 세계의 법칙을 염두에 두고 만들어진 나노머신이 미리 정해진 규칙에 따라 정확히 움직이기가 힘들다는 의미도 되는 거야. 알겠나? 이것이 암놈이 없는 스머프 족이 지금까지 존재하는 이유야."

암놈이 없다고? 스머프 족은 모두 숫놈이라고? 그리고 나노머신의 오작동? 이 모든 것이 가리키는 것은 한 가지뿐이다. 휴먼 족의 신체 안에 있는 나노머신은 세포를 조절하여 전혀 다른 동물로 변형하게 해주는 강력한 것이다. 그것이 오작동을 한다면 전혀 다른 생명체로 바뀌는 일도 충분히 가능하다. 그렇다는 것은… 역시!

"스머프 족이 예전에는 모두 휴먼 족이었다는 말을 하고 있는 건가, 당신은!"

나에게는 스머프 족을 업신여기는 마음이 있었다. 그들은 괴물에 불과하고 휴먼 족에게 피해만 입히는 존재들이니 퇴치해도 상관없다고 여겼다. 그런데… 그들이 처음부터 이랬던 것이 아니라 휴먼 족의 변한 모습이었다고!

"신이 다 뭐야! 자기가 만들었다 해도 이렇게까지 할 권리는 없는 거야. 이게 다 뭐야! 왜지? 왜 저들이 저런 꼴이 되어야 하는 거지! 대답해 봐!"

나는 노인에게 덤벼들었다. 노인은 피하지 않았다. 그는 내 눈을 빤히 쳐다보았다.

"잘못이라고 생각하나? 어째서인가? 자신이 만든 물건을 부수든 개조하든 그것은 만든 자의 자유가 아닌가? 설령 물건이 아닌 생명체라 해도 달라질 건 아무것도 없어. 더욱이 그들은 제멋대로 이 숲 안에 들어와서 저런 꼴이 된 것이다. 이런 모든 일들이 그의 잘못이라고 판단했다면 그것은 너의 생각일 뿐이지 카탈바흐에게는 그렇지 않아. 네가 너의 생각을 스스로 당연하다고 여길 수 있는 것과 마찬가지로 카탈바흐 역시 그만의 생각이 있고 그만의 정의를 당연하다고 여길 수 있다고는 생각하지 않나? 옳고 그름을 결정짓는 것은 오직 힘, 상대보다 월등한 능력을 가진 자가 누구인가 하는 것으로 결정된다. 두 개의 다른 생각이, 두 개의 다른 정의가 충돌하게 되었을 때 여기서 이기는 자야말로 진정 정의로운 자라 할 수 있는 거야."

"궤변이야!"

나는 외쳤다. 분명히 잘못된 것은 내가 아니다. 잘못하고 있는 것은 카탈바흐다. 비록 나의 힘이 그의 힘에 미치지는 못하지만, 나 자신의 정의 따윈 없지만 그렇다고 해서 카탈바흐가 옳다는 의견에는 동의할 수 없다.

"궤변을 현실로 바꾸는 것 또한 힘있는 자의 특권이지. 힘없는 자에겐 아무런 권리도 없는 법. 인정해, 이것이 현실이야."

"그런 현실 따윈 인정할 수 없어!"

설령 그것이 사실이라 해도. 진실이라 해도.

"그런가."

노인은 큰 걸음으로 뚜벅뚜벅 걸어나갔다. 십여 보를 나선 후 그는 나를 돌아보았다.

"그럼 보도록 하지, 너의 그 믿음이 어느 정도인지를."

"뭐?"

"너에게 과연 그런 말을 할 자격이 있는지 시험해 보겠다."

"시험이라고?"

"그렇다."

말을 하면서 노인의 몸이 떠올랐다. 불길한 예감에 서둘러 그를 잡으려 했다. 하지만 아무것도 잡히지 않았다. 잡을 수가 없었다. 주변이 완전히 바뀌어 버렸기 때문이다.

여기는…….

주위를 둘러보았다. 방금 전까지 있던 퀘이커 웜의 뱃속은 아니다.

어둡고 축축한 공기. 검게 우거진 강철의 나무. 미로의 숲이다.

약간 떨어진 곳에 스머프 족과 뉴튼이 보였다. 퀘이커 웜의 뱃속에 있던 생명체들을 모두 밖으로 강제 이동시킨 모양이다. 무슨 생각인 걸까. 노인은 시험해 보겠다고 말했다. 퀘이커 웜의 몸 밖으로 나를 이동시킨 것이 그가 말한 시험을 위해서인가.

두두둑!

갑자기 거대한 암벽이 무너지는 소리와 함께 숲이 출렁이기 시작했다. 수십 그루의 나무가 허공을 난다. 수십, 수백 그루의 나무가 일시에 넘어지면서 자로 잰 것 같은 선이 생겨났다. 마치 바다가 갈라지는 장면을 보는 것 같다.

우오오오오오!

대량의 흙먼지가 사방에 가득하다. 나무 부러지는 소리가, 땅이 갈라지는 굉음이 천지를 진동시킨다. 이런 일들을 가능케 만들고 있는 물체가 모습을 드러냈다.

크다, 정말 크다. 엄청나게 크다. 시야를 가득 메우는 그 모습은 마치 태산이 솟아오르는 것 같다. 전체 모습의 반도 나오지 않았을 텐데 저 정도라니 믿을 수가 없다.

처음 이 별에 올 때 만난 8772의 크기는 저 퀘이커 웜보다 훨씬 컸다. 하지만 단순한 데이터를 통해 짐작한 것이기에 그다지 실감할 수는 없었다.

지금은 다르다. 내 눈을 가득 메우는 괴물을, 움직일 때마다 지축을 비명 지르게 만드는 엄청난 모습인 괴물을 직접 보고, 듣고 있는 것이다.

이것이 퀘이커 웜. 드래곤을 만들다가 실패한 괴물의 모습.

탄성이 절로 나온다.

"쿠카카카카."

거세게 흔들리는 대지 위를 앞 다투어 달리면서 스머프들이 도망치기 시작했다. 도망가는 그들 중 몇몇이 나와 부딪쳤지만 나는 멍하게 퀘이커 웜을 바라보고만 있었다.

퀘이커 웜 위에 인영이 보였다. 노인이다. 노인이 나를 내려다보고 있다.

"안톤, 미로의 숲의 존재 이유는 이 퀘이커 웜의 행동을 제약하기 위한 것이라 말했지. 퀘이커 웜이 없다면 이 숲은 존재 가치가 없다. 무슨 의미인지 이해하겠나?"

멀리 떨어져 있지만 노인의 말은 똑똑히 잘 들렸다.

"내가 퀘이커 웜을 죽이면 이 숲은 사라지고, 이 숲의 마력에 스머프족이 된 휴먼 족 또한 원래대로 돌아온다는 건가?"

"그래, 맞았어. 자네는 휴먼 족의 왕이지. 그렇다면 이 불쌍한 것들을 구해야 하지 않겠나? 하하하."

갑자기 쾌활해진 노인의 외침이 큰 메아리를 만들며 들려왔다. 조금 전까지 나와 대화하던 그 노인과 무언가가 다르다. 달라도 한참 다르다.

노인은 크게 웃었다. 의지, 자신감, 그리고 억눌렸던 짐을 모두 덜어낸 것 같은 홀가분한 감정이 한데 섞인 웃음이었다.

"꼭 이런 식으로 하지 않아도 되잖아! 그들을 그냥 놓아줄 순 없어? 만약, 만약 내가 이 괴물을 이기지 못하는 일이 생기면 어떻게 할 생각이야? 이 괴물이 풀려나면 이 별은 망할 거라고 말한 건 당신이잖아!"

노인은 양팔을 활짝 벌렸다.

"안톤, 나에겐 내가 주체가 되지 못하는 세상 따윈 아무런 의미가 없다. 착각하지 마. 세상에 영원한 것은 아무것도 없어. 존재하는 모든 것들에게 종말은 필연이지 선택이 아니야. 그러니 네가 쓰러져서 이 녀석이 풀려난다 해도 나는 상관하지 않겠어. 단지 종말의 때가 약간 빨라진다는 것 외에 달라지는 건 아무것도 없는 거니까."

"이런 짓을 해서 당신에게 무슨 이득이 있어! 그만둬!"

"이득이 없다고?"

노인이 히죽 웃은 것 같다. 그의 웃음에는 악의 비슷한 것이 서려 있다.

"이득이 있어. 분명히! 생각해 봐. 멸망의 순간에 주인공이 되는 거야. 카탈바흐가 아니라 내가! 본체가 아닌 개체에 불과한 바로 이 내가, 바로 이 내가 주인공이야! 근사하지? 그렇지 않아?"

본심으로 하는 말은 아니겠지.

그의 말을 믿고 싶지 않았다. 그러나 더 이상의 대화는 무의미하다고 생각했는지 퀘이커 웜을 움직이게 하기 시작했다. 퀘이커 웜의 상반신이 내 쪽을 향해 덮쳐 왔다. 그때 나는 보았다, 무수한 돌기가 꿈틀대는 퀘이커 웜의 머리 위에 있는 노인의 모습을.

퀘이커 웜의 머리에 하반신이 완전히 묻혀 있는 모습이었다.

쿠오오오오오!

퀘이커 웜이 비명을 지른다. 그 거대하고 육중한 몸이 움직인다.

흔들리는 대지. 눈에 보이는 모든 것들이 오르락내리락한다. 칵테일 쉐이커 안에 빠진 한 마리 파리가 된 것 같은 기분이다.

[그럼 저 괴물은 바텐더네요.]

'닥쳐, 임마. 소울테이커나 호출해.'

나는 달리기 시작했다. 단신으로 저런 괴물과 싸우는 것은 저~얼대 무리다. 기사들의 전형적인 용 퇴치 동화에 나오는 용들은 기껏해야

15~6미터인 데 비해 저 퀘이커 웜의 크기는 어림잡아도 500미터는 훨씬 넘는다. 크기가 다르면 품격 또한 다른 거다. 상대하긴 너무 큰 당신. 아무리 내가 용맹하다고는 해도 개죽음당하는 것을 즐기는 취미는 없으니 열심히 도망칠 수밖에.

그런데…….

순간적으로 지축의 울림이 멈췄다. 뒤를 돌아보니 퀘이커 웜이 없다. 그렇다는 것은…

위다!

퀘이커 웜의 점프다. 인공위성 같은 걸로 보면 지렁이가 점프한 것 같은 우스꽝스러운 영상이겠지만 나에게는 아주 재미없는 일이다. 만약 여기서 멍청하게 땅 위에 있다가는 퀘이커 웜이 대지에 충돌할 때 발생하는 충격파 내지는 지축의 흔들림으로 인해 하늘로 날아올랐다가 일시에 떨어져 내릴 대량의 토사에 깔려 죽을 가망성이 100%니까. 아니, 설령 이런 것들이 없다고 해도 그 흔들림만으로도 충분히 내장 파열감이다.

나는 재빨리 나무를 타고 퀘이커 웜이 충돌하는 순간을 맞춰 최대한 높이 뛰어올랐다.

쿠웅!

"우왁!"

솟아오르는 흙 분수의 여파에 떠밀려 한참을 날아갔다. 두꺼운 먼지 층으로 인해 숨 쉬기도 힘들다.

후두둑!

흙비가 내린다. 흙만으로는 부족했는지 돌도 다량 함유되어 있다. 낙하 가속도를 고려해 볼 때 잘못 맞으면 최하 사망이다. 죽기 살기로 열심히 뛰었다. 그나마 다행이라면 미로의 숲 안의 물리 법칙이 많이 약하다는 것이다. 그렇지 않았더라면 내가 아무리 날고 뛰어봤자 벌써 죽었을 거다.

"이 퀘이커 웜은 드래곤을 본떠 만들어진 것. 인간에 불과했던 로엔 슈팅그레이가 골드 드래곤과 결합하여 새로운 힘을 얻었던 것처럼 내가 비록 카탈바흐의 한 부분에 불과하며 이 퀘이커 웜 또한 모조품에 불과하나 하나가 됨으로써 본체에 뒤지지 않는 힘을 가질 것이다. 자, 안톤이여, 선택된 자의 힘을 보여라. 너의 정의를 내게 보여라!"

앞뒤 분간할 수 없는 먼지 구덩이 속을 헤쳐 나가느라 정신이 없다. 노인은 아주 신이 나서 설치고 있지만 뭐라 대꾸할 틈도 없었다.

땅의 흔들림으로 달리기도 힘들고 호흡하기도 곤란하다. 먼지로 인해 퀘이커 웜이 쉽게 나를 발견하지 못하는 것 같다. 하지만 이런 식이 계속된다면 발견되기 전에 숨 막혀 죽을지도 모른다.

"거기!"

노인의 음성이 아주 가까이에서 들렸다. 퀘이커 웜이 나의 위치를 파악했는지 정확하게 노리고 덤벼든다.

이 먼지 속에서 어떻게 알아낸 거냐고.

뱀보다 굵은 촉수가 촘촘하게 박혀 있는 거대한 입. 엄청난 풍압을 가하면서 그것이 다가온다. 피하려고 노력은 하고 있지만 크기가 크기인지라 도저히 그 영향권 밖으로 도망칠 자신이 없다. 시야를 초록색의 괴물이 완전히 가린다. 벌렁이는 입. 꿈틀대는 촉수들이 점점 확대된다.

"우왁!"

반사적으로 팔을 들어 막았지만 어디까지나 본능적인 자세를 취한 것뿐이다. 나는 이대로…

"마스터 전송 완료."

"어, 어라?"

이슈텔의 목소리에 눈을 떴다. 다행스럽게도 나는 위기일발의 순간에 소울테이커로 전송된 모양이다. 역시 죽으라는 법은 없다, 적어도 나에게는.

"좋았어. 반격이다!"

새로운 전의가 끓어오른다. 소울테이커가 왔으니 더 이상은 마음대로 안 될걸.

모니터에 퀘이커 웜의 모습이 보였다. 녀석은 목표인 나를 찾지 못해서 여기저기 헤매고 있는 것 같았다.

"미사일 발사 준비. 비트 편대 사출."

날아간 비트 편대는 고출력의 플라즈마 빔을 퀘이커 웜에게 흠뻑 선사하기 시작했다. 사방으로 비산하는 비트 편대의 포문에서 발사된 빛의 무리가 퀘이커 웜의 주변을 하얗게 물들인다. 연이어 날아간 미사일이 녀석의 몸에 꽂힌다.

쿠오오오오오오—

퀘이커 웜이 비명을 지른다. 아직이다, 아직 멀었어.

"에우로파. 이시스. 토울 에너지 주입. 주입이 끝난 포대별로 사격 개시!"

소울테이커의 주포가 포문을 열었다. 섬광이 꼬리에 꼬리를 물고 이어진다.

"전탄 명중."

퀘이커 웜은 피하지도 못하고 계속 두들겨 맞았다. 하긴 빛보다 빠른 속도로 날아가는 빔을 피하는 것은 무리다. 더구나 목표는 엄청 크기 때문에 조준하기도 쉽다.

"고출력 에너지 반응 포착."

"뭐라고?"

생물 주제에 빔 병기를 가지고 있다는 건가?

"소울베리어 전방에 전개."

"베리어 전개합니다."

쿵!

노란 섬광이 브릿지 안을 가득 메운다. 동시에 소울테이커가 거세게 흔들렸다. 배 앞부분이 순간적으로 30도 이상 들어 올려졌다가 내려왔다.

장난이 아니다. 생체 레이저라니, 그것도 소울베리어로 간신히 막을 수 있는 정도의 고출력이라니…….

"피해는?"

"출력 11.3% 전하. 아직 괜찮습니다."

그럭저럭 버틸 만하군. 나는 모니터로 퀘이커 웜을 관찰하기 시작했다. 약간 그슬리긴 했지만 상처를 입은 흔적은 발견할 수 없었다. 이 정도의 화력을 집중했으면 표피는 단단해서 버틸 수 있다손 치더라도 내부는 완전히 익었어야 정상인데, 랍스터처럼… 그런데 그런 기색은 전혀 없다. 이거 어쩐다…….

"마스터, 목표가 이동합니다."

"방향은?"

"아래… 입니다."

이슈텔의 말대로 퀘이커 웜은 땅을 파고 아래로 들어가고 있었다. 도망치는 건가? 음… 소울테이커의 일제 사격에 치명상을 입지는 않았지만 충분히 고통스럽기는 했을 것이다. 참다못해 일단 물러나는 것 같다.

"도망가게 놔둘 줄 알고? 지층 탐색기 작동. 바스터 포 충전!"

위치만 파악하면 바스터 포로 날려 버릴 생각이다. 땅속에 있어서 어느 정도 충격이 완화된다손 치더라도 바스터 포의 위력이라면 녀석을 없애는 데 부족하진 않을 것이다.

"바스터 포 충전 시퀀스 기동. 광자 서클 회전 개시. 에너지 주입을 시작합니다. 지층 탐색기 작동. 탐색 완료까지 5초 남았습니다."

잠시 후 좌표가 나왔다. 녀석은 계속 이동하고 있는 모양이지만 소울테이커는 날고 있고, 녀석은 땅속에 있다. 뛰어… 아니, 기어봐야 벼룩이다.

"바스터 포 충전율 85, 90, 95, 차징 완료."

"발사!"

예상 이동 위치를 향해 서슴없이 방아쇠를 당겼다. 지상의 피해를 줄이기 위해 효과 범위를 줄이기는 했지만 그만큼 파워는 증대되었을 터, 이 한 방으로 녀석이 저세상으로 갈 것을 믿어 의심치 않는다.

발사된 바스터 포는 대지를 관통하여 땅에 거대한 빛의 기둥을 세우면서 화려하게 폭발했다. 이걸로 됐겠지.

"지층 탐색기 재작동. 목표의 상황 보고."

"지층 탐색기 데이터 갱신 시작. 완료까지 5초 남았습니다."

뭐, 퀘이커 웜의 사망은 확실하지만 그래도 사망 진단서까지 봐야 안심이 될 것 같다. 해부가 가능하면 샘플도 챙겨 가겠지만 레이저 메스로는 이빨도 먹히지 않을 것 같으니 그건 관둬야겠다.

"목표 건재. 급속 이동 중. 마스터!"

"뭐라고?"

아직 살아 있다고? 그것도 이동까지 하면서?

놀란 나는 즉시 확인을 시작했다. 땅속 깊숙이 파고들었던 퀘이커 웜이 좀 전과는 비교도 할 수 없는 속도로 움직인다. 위를 향해서. 지표로 다시 올라올 생각인가?

지층 탐색기에서 퀘이커 웜의 모습이 사라지는 순간 녀석의 모습이 외부 모니터에 똑똑히 잡혔다.

"엔진 전개. 급속 후진."

콰앙!

무슨 생각인지 모르겠다. 녀석이 소울테이커를 향해 뛰어올랐지만 녀석의 행동을 예견한 나의 빠른 후퇴 명령 덕에 피할 수 있었다. 소울테이커가 입은 피해라고는 흙먼지 더미를 뒤집어썼다는 것을 제외하면 전무하다.

쿠웅!

중력에 거부하는 방법을 모르는 거대한 몸이 다시 지상을 향해 떨어졌다. 추락한 퀘이커 웜은 소울테이커 쪽으로 머리를 향하고 길게 소리를 지른다.

우오오오오오─

정말 튼튼한 몸이다. 어디, 직격으로 바스터 포를 맞은 후에도 멀쩡한지 시험해 볼까?

바스터 포의 재장전을 명령하려는 순간 이슈텔의 다급한 목소리가 들렸다.

"마스터, 목표로부터 강한 초음파 발산 확인. 초음파 출력 계속 증가하고 있습니다."

"초음파?"

초음파라고? 초음파는 무기가 아니다. 초음파를 맞으면 물체의 분자 전체가 진동하긴 한다. 유연성이 없는 변형되기 힘든 물체라면 재질과 형상에 따라 공명을 일으켜 깨질 수도 있다. 하지만 소울테이커의 장갑은 단단하면서도 고무처럼 부드럽기 때문에 이런 일과는 상관없다. 퀘이커 웜은 왜 초음파를 발산하는 걸까. 먹이를 잡기 위해서 이런 기능이 있을 리는 없다. 소울테이커의 장갑보다 더 부드러운 생물의 몸이 강한 초음파를 맞으면 기분 좋게 따뜻해져 혈액 순환에 지대한 도움을 받을 뿐이다. 대체 무엇을 바라고 저런 무의미한 짓을 하는지 모르겠다.

드드드드드.

갑자기 소울테이커가 크게 떨기 시작했다. 처음에는 간신히 느낄 정도의 떨림이었는데 점점 커져서 이제는 손까지 덜덜 떨 정도로 강해졌다.

"이슈텔, 즉시 원인을 파악해서 보고해 줘. 어디 고장이라도 난 건 아닌지."

인공 중력 장치나 충격 완화 장치의 밸런스 계통에 작은 고장이 난 것 같다.

"자체 진단 모드 기동. 모니터에 출력합니다."

모니터에는 엄청나게 많은 글자와 수식이 초스피드로 스크롤되었다. 어찌나 빠른지 글자가 하나로 이어져 긴 선을 그린다. 이런 건 못 읽는다. 사실 체크 현황은 컴퓨터가 알아서 해주기 때문에 굳이 그 내용까지 파악할 필요는 없다.

"계기와 각 기관에는 아무런 이상 없습니다."

글자 선이 끝나고 난 후 에러없음 표식만이 깜빡인다. 다행… 이긴 하지만 기쁘지는 않다. 고장이 아니라는 말은 이 진동을 어떻게 해야 없앨 수 있는지도 알 수 없다는 말이다. 일단 퀘이커 웜을 해치운 후에 자세히 생각해 봐야겠다. 큰일이 아니면 좋겠는데.

"바스터 포 재충전 개시."

"바스터 포 충전 시퀀스 재기동. 광자 서클 회전 개시. 앗! 광자 서클에 이상 발생을 확인. 회로 보호를 위해 바스터 포 시스템 일체를 긴급 정지시킵니다."

뭔가 예감이 아주 좋지 않다.

"추가 이상 보고. 선체 장갑 일부에 균열 발생. 마스터, 장갑이 깨져 나갑니다."

퀘이커 웜의 생체 빔에 공격을 받은 것도 아닌데 장갑이 왜 깨진단 말인가. 아! 설마! 이런, 그랬나? 왜 진작 이 생각을 하지 못했지.

"급속 상승. 전속력으로."

"안 됩니다. 조타 회로에 이상 발생을 확인. 마스터, 선체에 비정상 영역이 증가하고 있습니다."

깜빡했다. 초음파는 그 자체만으로는 위협이 되지 않는다. 하지만 목표물에 다른 것, 예를 들면 먼지나 흙 등의 미세한 불순물들이 다량으로 붙어 있다면 이야기가 다르다. 초음파의 진동에 이런 미세한 가루들이 반응하여 진동하면 물체에 수없이 부딪치는 그 힘에 의해 부분적인 파괴를 유도할 수 있는 것이다. 퀘이커 웜이 땅속으로 들어갔다가 다시 나오면서 대량의 토사를 소울테이커에 뿌린 것은 다 이유있는 행동이었다.

"목표로부터 다시 열원 반응이 감지됩니다."

"소울베리어를 전개."

"안 됩니다. 전개 불능."

이런 젠장. 이대로는 이쪽의 패배다. 그럴 순 없지.

"이슈텔, 바스터 포는 아예 사용 불능인 거야?"

"무리하면 사용할 수도 있습니다. 하지만 자칫하면 내부 유폭으로 이어질 가능성이… 죄송합니다. 확률 예측기 고장으로 확률을 내놓을 수 없습니다."

이판사판이다.

"바스터 포 안전 장치 제거. 충전 개시."

"하지만……."

"명령대로 해!"

"알겠습니다."

소울테이커를 움직여 간신히 퀘이커 웜의 생체 빔 한 발을 피했다. 하지만 곳곳이 고장난 소울테이커가 완전히 통제 불능이 되어 추락하는 것은 시간문제다.

나는 소울테이커를 움직여 퀘이커 웜을 향해 돌진해 갔다. 소울테이커가 보이지도 않는지 아니면 배짱이 엄청 두둑한 건지 알 순 없지만 여하간 녀석은 피할 생각을 하지 않고 에너지를 모으고 있었다.

"바스터 포 차징 완료."

이슈텔의 보고에 대답하지 않고 곧장 돌진해 들어갔다. 퀘이커 웜의 입가에 모인 에너지가 둥그렇게 빛을 발한다. 타이밍을 계산한 나는 방아쇠를 당겼다.

"발사!"

두 개의 빔이 만나 하나가 된다. 눈부신 빛이 모니터를 태울 듯이 덮쳐 온다. 바스터 포의 제너레이터가 위험 신호를 울린다.

"마스터, 이대로는 위험합니다."

"아직이야. 조금만 더."

제너레이터가 폭발 직전에 이르러서야 나는 방아쇠를 놓았다. 그것이 신호이기라도 한 것처럼 소울테이커는 크게 기울더니 추락하기 시작했다. 퀘이커 웜의 상태를 확인할 틈 같은 건 어디에도 없었다.

"낙하산 사출!"

낙하산을 펼친 소울테이커는 천천히 지상으로 떨어져 내렸다. 평상시의 착륙처럼 사뿐히 내려앉은 것은 아니었지만 무사히 땅에 내려올 수 있었다.

착륙하자마자 나는 즉시 소울테이커 밖으로 나왔다.

소울테이커와 퀘이커 웜. 두 개의 거대한 물체 간의 싸움으로 지상은 완전히 초토화가 되어 있었다. 거대하게 파여진 수십 개의 구덩이가 대지에 가득한 모양이 꼭 달 표면의 분화구를 보는 것 같다. 바스터포의 열기로 인해 주변의 흙은 전부 유리화되어 있었다.

모래 더미를 뒤집어쓴 퀘이커 웜을 발견하는 것은 어렵지 않았다. 하긴, 저 거대한 몸을 못 보고 지나친다면 그게 더 이상하겠지.

"왔나?"

퀘이커 웜을 바라보던 노인이 걸어왔다. 언제 퀘이커 웜과 분리했는지는 모르겠지만 먼지 하나 없는 처음 만났을 때 그대로의 모습이다. 먼지와 흙으로 범벅인 내 꼴과는 정반대다.

"그동안 키우느라 정이 들었었는데 결국 이렇게 됐군. 안됐어."

안타깝다는 듯 노인이 말했지만 고생을 바가지로 한 나는 전혀 유감스럽지 않다.

"그놈이 소중하다면 이런 짓은 하지 말았어야지!"

"하하하, 그건 그렇군. 뭐, 사실 이런 결과가 나오게 될 줄 알고는 있었지만 그래도 약간은 서운하군."

"이걸로 됐겠지? 자, 그럼 내게 힘을 줘."

노인은 내 말에 대답하지 않고 하늘을 바라보았다.

"좋은 색이로군."

"딴소리하지 마!"

노인은 모래 위를 천천히 걸어갔다.

"어디 가?"

"나는 할 일을 다 했어. 존재 가치가 없어졌으니 이만 사라져야지."

"그냥 가면 어떡해? 약속이 다르잖아."

"자네는 이미 얻었어."

말도 안 되는 소리를 하면서 노인은 휘적휘적 걸어갔다.

내가 이미 얻었다고? 정말일까? 하긴 무협 소설처럼 '내가 평생을 쌓은 내공을 너에게 주마. 그리고 나 이만 죽는다. 꼴깍' 하는 식으로만 힘을 전해줘야 한다고 누가 정해놓은 것도 아니니 혹시 나도 모르는 사이에 받았을 가능성도 있다.

융통성이 넓고 고정관념이 없는 나는 손도 움직여 보고 진기를 회전시켜 보기도 하면서 퀘이커 웜 퇴치 전과 퇴치 후의 내 상태를 비교 분석해 보았다. 결론을 내리는 데에는 오랜 시간이 걸리지 않았다.

"어이, 달라진 게 없잖아. 거기 서!"

나는 노인의 뒤를 쫓아가 그의 어깨를 잡아당겼다. 노인의 몸이 회전한다고 느낀 순간 나는 휘청했다.

노인이 사라진 것이다. 공기에 녹아들기라도 한 것처럼.

제32장

축제

축 제

"카에데. 카에데, 어디 있어! 당장 나와."

미로의 숲에서의 퀘이커 웜과의 싸움이 있은 후 나는 원래의 모습으로 돌아온 백성들을 수습하고 수도로 돌아왔다. 나의 위업에 감동받은 기스칼 남작이 감동의 눈물을 줄줄 흘리면서 부디 며칠 머물면서 무용담을 들려달라고 청해왔지만 남작의 초대에 응할 기분은 전혀 들지 않았다. 사기당한 게 뭐가 자랑이라고 떠벌리겠는가. 그리고 나에게는 반드시 해야 할 일이 있었다. 바로 카에데에게 따지는 일이다.

"이제 왔니? 생각보다 빨리 왔네."

궁전 지붕 위에 사기꾼 여두목이 있었다. 마법을 써서 당장 올라갔다.

"그래, 미로의 숲 여행은 어땠어? 괜찮았어?"

"당연히 시원치 않았지. 뭐야, 그 노인은? 그 괴물은? 그 숲은? 그리고 네가 나에게 친 사기는 다 뭐냐고?"

"좋은 날씨지? 이런 날엔 어디 멀리 놀러 가고 싶어져."

"사람이 말을 하면 좀 들어!"

날씨는 분명 좋다. 몸에 스쳐 둘로 갈라지는 바람은 시원하고 찬란한 태양의 온화한 기운은 비단결처럼 포근하다. 하지만 이런 것들은 지금 논할 개제가 아니다.

"뭐가 불만이야?"

"고생은 엄청 했는데 얻은 게 없어."

"얻은 게 없다고? 정말 그렇게 생각해?"

"그래. 나는 하나도 강해지지 않았어."

"그건 그렇지 않아."

카에데가 벌렁 드러눕는다. 아무리 일조량이 좋아서 빨래 널기 딱 좋은 날씨라 해도 사람을 코앞에 두고 이 무슨…….

"네가 미로의 숲에서 만난 노인은 카탈바흐의 분신이야."

"그건 그에게 이미 들어서 알고 있어."

"그는 어떻게 됐지?"

"잡아서 따지려고 했는데 사라져 버렸어. 도망치는 것 하나는 잽싸더군."

"그는 도망치지 않아."

"그럼 뭐야?"

카에데는 잠시 조용히 있었다. 누운 채로 발을 교차해서 괴고 있는 무릎을 흔들고 있는 것으로 보아 잠을 자고 있는 건 아닌 것 같다.

"혹시 집단 정신이라는 말 알고 있어?"

"갑자기 그건 왜 물어?"

"따지지 말고 대답해. 알아, 몰라?"

"알아."

집단 정신은 별것 아니다. 집단 능력이라고도 하는데 복잡한 집단 속에서 나타난다. 지구의 예를 들자면 흰개미를 연상하면 된다. 인간이 발견할 수 있는 뚜렷한 의사소통 방법은 없지만 그들은 정확히 자신들이 무엇을 언제 해야 하는지 알고 있다.

일설에 의하면 흰개미들이 문제를 만났을 때 그것을 해결하는 방식은 인간의 뇌와 유사하다고 한다. 인간의 뇌 안에 있는 개개의 뉴런들이 모여서 각자 시시각각 들어오는 다양한 화학적 입력 신호들의 중요도를 판단 분석하여 하나의 결론을 도출해 내는 것처럼 흰개미들 역시 각자의 개체가 모여서 공동의 문제를 해결한다는 것이다. 이런 식의 수많은 개체 사이의 복잡한 상호 작용으로 창의 발전적 특성을 도출하는 것을 '자기 조직화 계' 보다 간단히는 집단 정신이라고 한다.

뭔가 복잡해 보이지만 요약하자면 특정한 의사소통 수단을 거치지 않고도 공통된 목표를 위해 일사불란하게 움직인다는 거다.

"어떻게 생각해?"

"조직을 위해서라면 더없이 좋은 방법이지. 하지만 개체 간의 개성도 차이도 없으니 개인이라는 측면을 강조한다면 그다지 바람직하진 않다고 생각해."

"만약 그런 집단 정신을 공유하는 사회에서 존재 가치를 상실한 개체는 어떻게 될까?"

"너, 지금 그 노인이 그런 처지라는 거야?"

노인은 카탈바흐의 분신이다. 카에데의 말은 노인이 할 일을 다 했으니 더 이상의 존재 가치가 없어져서 소멸되었다는, 혹은 자기 스스로 사라졌다라는 의미로 들린다.

"약간은 달라. 우리는 분명 각자의 개성을 가지고 있어. 그리고 생각하는 게 똑같은 것도 아니야."

그러고 보면 카에데가 전에 언급한 적이 있다.

"그전의 나는 단순한 상념, 수많은 연결 고리 중의 하나. 독립된 개체가 아닌 종속된 상태로의 이름 없는 존재. 다른 고리들이 녹아 있는 것과는 달리 나는 그러질 못했어."

그래, 분명 그녀는 이렇게 말했었다. 노인을 만난 후 그녀의 말이 뜻하는 바를 이해할 수 있었다. 전부는 아니지만 어느 정도는 그렇지 않을까 하고 생각했었다.

신의 분신과 알고 지내는 사이이며, 누구도 모를 신의 비밀들을 상당 부분 파악하고 있는 존재.

"그의 존재 가치는 너와 퀘이커 웜을 만나게 해주는 일, 그리고 네가 그 퀘이커 웜과 싸우게 해서 널 이기게 해주는 일이었어. 아마 그는 그 사실을 모르고 있었을 거야, 네가 나타나기 전까지는. 너를 본 순간 자신이 어떻게 해야 할지를 떠올리고 그렇게 한 거겠지. 목적을 이루고는 바로 소멸이라니… 그러면 아마도 그렇게 하지 않을까 하고 짐작은 하고 있었지만, 그래도 막상 듣고 나니까 서글픈데."

카에데의 표정은 변함없이 느긋해 보였다. 그녀가 지금 어떤 생각을 하고 있는지 짐작조차 할 수 없다.

"한 가지만 가르쳐 줘. 네가 나에게 접근한 것은 너 자신의 의지였던 거야?"

카에데는 대답없이 눈을 감고 있었다. 바람이 분다. 공평하게 나와 그녀, 둘을 스치고 지나간다.

"이미 알고 있는 걸 왜 묻지?"

한참이 지난 후, 작은 소리가 귀를 울린다.

"그렇구나."

역시 그랬구나. 답은 이미 알고 있었다. 알고는 있었지만… 나는 멍하게 그녀를 바라보았다. 작은 상념들이 머리 속을 맴돈다. 그녀와 처음 만났던 일, 그녀에게 마법을 배웠던 일, 그녀가 나를 진정시키기 위해 일부러 도발했던 일들이 방울방울 떠오른다.

나는 그녀에게 손을 내밀었다.

"뭐야?"

기척을 느낀 카에데가 눈을 하나만 살짝 뜨고는 물었다. 계속 그러고 있기에 나는 강제로 그녀의 손을 잡고 힘껏 잡아당겼다.

"가자."

"난데없이 어딜 가자는 거야?"

"가보면 알아."

지붕 위에서 훌쩍 뛰어내렸다. 그대로 카에데를 끌면서 궁 안으로 들어갔다. 지나가던 경비병들이 우리를 보고 경례를 올렸다. 교대 시간인 모양이다.

"개츠비를 잡아와. 어명이다."

라고 말하면서 그들의 옆을 지나갔다.

"저, 전하?"

크게 당황한 목소리가 뒤에서 들렸지만 더 이상의 설명 없이 원형으로 설계된 계단을 올라갔다. 붉은 천이 깔린 복도를 지나서 문을 힘껏

걷어차면,

쾅당!

당연히 문이 박살난다. 착한 어린이는 절대 따라 하지 말자. 어른은 상관없다, 돈만 많다면.

"안톤님?"

에트나와 카린이 놀란 눈을 하고 나를 쳐다봤다.

"파티다. 준비해. 그리고 카에데도 단장 좀 시켜줘."

살짝 카에데의 등을 떠밀었다.

"너 대체 무슨 생각을 하고 있는 거야?"

"놀 생각. 옷도 잘 골라 입고 때 빼고 광 좀 내라구. 그럼 난 간다."

"잠깐만요, 안톤님!"

에트나가 다가왔다.

"파티라니, 갑자기 무슨 소리예요? 그리고……."

에트나는 나를 구석으로 끌고 가더니 작은 목소리로 소곤거렸다.

"전 저 여자 싫단 말이에요."

"알아. 하지만 말야, 오늘은 내가 원하는 대로 하게 해줘."

"안 돼요."

생각보다 단호한걸. 대체 카에데랑 무슨 일이 있었기에. 뭐, 짐작 가는 일이 전혀 없는 건 아니지만 지금 확인할 필요는 없겠지.

"부탁해도 안 돼?"

"절대 안 돼요!"

"이래도?"

"얼굴은 왜 들이밀어요? 읍."

에트나에게 긴 키스를 감행했다. 지금까지의 키스 횟수가 손가락만 가지고는 부족한 지경에 이르렀음에도 불구하고 질리지 않는 기분 좋음이다.

"다른 사람이 보잖아요. 어쩌려고 이래요?"

"이래도 안 돼?"

"안 된다고 하잖아요. 읍!"

이번엔 시간을 약간 늘렸다. 호흡이 곤란했는지 에트나가 내 가슴을 밀었지만 한 모금의 진기로 10분은 버틸 수 있는 폐활량의 소유자인 나는 그녀를 놓아주지 않았다.

"생각 바꿨어?"

"하아. 하아."

에트나는 가볍게 헐떡였다. 이쯤에서 결정타 한 방 날리면 되겠지.

"에트나, 혹시 키스가 하고 싶어서 계속 거절하는 건 아니겠지? 그렇게 안 봤는데, 흐흠. 만약 그런 거라면 에트나도 꽤……."

"하, 하고 싶긴 누, 누, 누가 하고 싶다고 그래요. 알았어요, 알았다구요. 하면 되잖아요, 하면!"

붉게 달아오른 얼굴이 귀여워서 장난스런 기분이 든다.

"고마워. 답례로 한 번 더 해줄게."

"안톤니~임!"

잽싸게 파이널 키스를 마치고 층계에서 바로 1층 로비로 뛰어내렸다. 나는 날아오는 화분 두 개를 받아 바닥에 내려놓은 후 어전으로 향했다.

어전에 이르러 문을 열고 안으로 들어가니 웬 굼벵이 비슷한 물체가 양 옆에 병사 둘을 대동하고 나를 반갑게 맞이했다.

"전하, 소신에게 대체 무슨 죄가 있다고 이러십니까?"

나를 만나서 엄청나게 기뻤는지 굼벵이는 열심히 바닥에 Z자를 그려댔다. 뭐야, 개츠비잖아. 그런데 왜 묶여 있지?

"어떻게 된 거야?"

"명령대로 죄인 개츠비 재상을 대령했나이다."

"죄인이라고?"

나는 개츠비에게 다가가 허리를 굽히고 물었다.

"개츠비, 내가 없는 동안 무슨 죄를 저지른 거야?"

"그런 일 없습니다. 저는 하늘을 우러러 한 점 부끄럼… 은 있을지 모르지만 적어도 전하께 죄를 범한 기억은 없습니다."

"흠."

몸을 세우고 병사에게 시선을 돌렸다.

"죄목이 뭐야?"

"예? 모릅니다. 전하께서 잡아오라시기에……."

분명히 잡아오라고 하긴 했지. 하지만 누가 이렇게까지 하랬나.

"하하하!"

"하하하하."

"누가 따라 웃으래? 당장 풀어줘. 재상에게 이 무슨 무례한 짓이야?"

"하지만 저희는 명령대로……."

무척 억울하다는 듯이 병사가 말했다.

"비단 풍 하면 '바람 풍'으로 알아들어야지. 어휴, 됐다. 나가봐."

병사 둘은 서로 마주 보더니 황급히 사라졌다. '왕' 씩이나 되는 나는 손수 개츠비의 포박을 풀어주었다.

"괜찮나."

"전혀 안 괜찮습니다."

팔목을 주무르면서 개츠비가 인상을 썼다.

"미안해. 나는 그냥 자네에게 작은 부탁을 하나 하려고 불렀을 뿐인데 병사들이 내 말을 오해한 것 같아."

"잡아오라 하셨다 들었습니다만."

"잘못 들은 거야."

시치미를 떼기로 했다. 내 성격에 문제가 있는 건 아니고 절대적으로 내가 왕이라는 지위를 가지고 있는 관계로 만약 내가 신하에게 밉보이게 되면 국정 운영을 하는 데에 일대 혼란이 발생할 가능성을 배제할 수 없기 때문이다. 나라를 걱정하는 나의 이 애절한 마음, 이해해 주었으면 한다.

"휴~ 그렇다고 쳐두지요. 그래, 무슨 부탁이십니까?"

어이, 감히 왕 앞에서 한숨을 푹푹 내쉬다니 불경죄라고. 일단 아쉬운 내가 참는다, 참아.

나는 목청을 가다듬고 근엄하게 말했다.

"재상 개츠비, 명을 내리겠다. 즉시 받들라."

상황이 심상치 않다고 느꼈는지 개츠비는 바로 한쪽 무릎을 꿇고 엎드렸다.

"소신 개츠비, 삼가 전하의 어명을 받잡나이다."

"귀공에게 군사 1만과 국고의 무제한 사용권을 주겠다. 이를 최대한 활용하여 완벽한 파티 준비를 할 것을 명한다."

콰당! 하고 개츠비가 넘어졌다. 왠지는 모르겠다. 아마도 바닥이 미끄러웠나 보다.

여하간 이내 코를 어루만지면서 상반신을 일으킨 개츠비는 당돌한 눈으로 나를 바라봤다.

"파티요?"

"그래, 파티."

"갑자기 무슨 파티입니까?"

"그런 거 묻지 말고 그냥 '네, 알았습니다' 하면 안 되겠어?"

"그렇게는 안 됩니다. 일국의 재상이라는 무거운 소임을 맡고 있는 몸으로서⋯⋯."

"일국의 왕이 하는 말이니 들어."

"⋯⋯."

이겼다. 상사라는 지위를 적극 활용하여 월계관을 쟁취한 나는 입만 달싹거릴 뿐 음성으로 표현하지 못하고 있는 개츠비를 앞장세우고 파티 준비를 하기 위해 밖으로 나섰다.

"거기, 거기다 놔."

주위가 온통 사람들로 북적거린다. 처음에는 성안에서 작게 할 생각이었는데 이왕 하는 거 전 키프로스 거주민들이 참가하는 성대하고 화려한 축제를 벌이면 어떨까 하는 경제 원칙없는 생각이 부른 결과다.

"대장님, 소를 잡으러 출발한 제1별동대가 귀환했습니다."

"짜샤, 보고할 시간 있으면 가서 천막이나 쳐!"

월이 고래고래 고함을 질러댔다. 바빠서 짜증이 나나 보다. 뭐, 잘하고 있으니 내버려 둬도 괜찮겠지.

파티 하면 제일 중요한 것은 역시 음식이다. 술 대신 물 마시고 맨 정신으로 춤출 사람 없고, 배고픈데 손가락 빨면서 노래 부를 사람 없다. 개츠비를 특별히 부른 것도 다 이런 사정을 고려해서다. 이왕 같은 재료를 가지고 만드는 거면 되도록 맛있는 음식을 만드는 게 좋고 이렇게 하기 위해서는 전문가의 손에 맡기는 게 당연하지 않은가.

하늘엔 달이 떠올라 있었다. 그것도 보름달이. 이 별에서도 보기 드문 휘황한 은색이 제법 분위기있다. 파티 장소로 카스피 호숫가를 선정한 건 탁월한 선택이었던 것 같다. 호숫가가 아니었다면 수면에 비치는 밤하늘의 또 다른 아름다움을 볼 수 없었을 테니까.

그나저나 준비가 끝나려면 아직 멀었다. 파티 참가 인원을 약 10만으로 추산하고 벌인 작업이긴 하지만 1만이나 되는 군대를 동원한 것치고는 너무 오래 걸린다.

물고 있던 풀줄기를 뱉어내고 몸을 일으켰다. 너무 누워만 있었더니 허리가 다 아프다.

슬슬 돌아다녀 보기로 했다. 파티라고는 하지만 도시 전체가 참여하는 행사니 축제라 해도 괜찮은 규모다. 돈 버는 데 빠삭한 상인들이 좌판을 열 준비를 하고 있는 모습이 여기저기서 보인다.

"안톤님."

지나가던 나를 누가 불렀다.

"에헤헤."

흩날리는 갈색 머리 여자애다.

"베키잖아? 여기서 뭐 하고 있어?"

"돈벌이요."

그리고 보니 그녀의 뒤에는 보석 세공 강의 때의 제자들, 그러니까 할머니, 할아버지들이 나를 보고 손을 흔들고 있는 모습이 보였다. 그들 가운데에는 큰 리어카 비슷한 수레가 있었는데 그 위에 보석이 가득하다.

"상품 가치가 별로 없어서 폐기될 물건들을 싸게 팔고 있어요."

"그래? 어디 한번 구경이나 해볼까?"

큰 기대는 하지 않고 둘러보았다. 흐음… 이거 그런대로 괜찮은걸. 나는 그것들 중 하나를 집어 들고 유심히 살펴보았다.

"어때요?"

기대가 가득 찬 얼굴을 하고 베키가 묻는다.

"잘 만들었는걸. 흠집이 하나 있는 것만 빼면 완벽해."

"정말이세요?"

"그럼 정말이지. 나보다 나은걸."

당연히 거짓말이다. 나보다 나을 수는 없다. 그렇긴 해도 실력이 많이 는 건 사실이다.

"와아!"

베키가 펄쩍 뛰면서 좋아했다. 그 모습이 깨물어주고 싶을 정도로 귀엽다. 작은 요정 같다고나 할까.

[흐흐흐. 역시.]

'닥치고 있어. 그 이상 말하면 분해해 버릴 테다.'

"이것도 봐주세요, 이것도."

베키가 다른 보석을 내밀었다. 비취다. 에메랄드그린의 아름다운 색조를 가진 반지였는데 특유의 반투명한 은은함이 풍겨 나오는 게 예사 정성으로 만들어진 물건이 아니라는 사실을 한눈에 알아볼 수 있었다. 화려한 장식은 없다. 하지만 기교를 부려서 아름답게 만드는 것보다 기교를 부리지 않고 숨겨진 미를 끌어내는 일이 훨씬 어려운 법이다. 그런 면에서 볼 때 이 반지는 엄청난 가치가 있다.

"이게 상품 가치가 없다고? 정말이니?"

"네, 정말이에요."

믿을 수 없다. 이만하면 어지간한 다이아 반지의 세 배 이상 받을 수 있을 거다.

"내가 보기엔 아닌걸. 이건 아주 비싸게 팔 수 있는 물건이야."

"맘에 드세요?"

베키가 싱글벙글 웃는다.

"그래. 네가 만들었니?"

"제가 아니면 누가 만들겠어요?"

흠… 그렇다면 이건 큰일이다. 자기가 만든 물건의 가치는 장인 스스로 느낄 수 있어야 한다. 스스로의 물건에 대한 자부심은 예술가를 보다 높은 경지로 이끄는 견인차 역할을 하는 것이다. 그런데 모른다고? 아무래도 내가 직접 설명해 주어야겠다.

"이게 왜 상품 가치가 없다고 생각했니? 잘 들어봐. 여기 이 깎아낸 방식을 보면……."

"아무리 그러서도 그건 상품 가치가 없어요. 팔 물건이 아니거든요."

내가 하려는 말을 눈치 챘는지 베키가 말을 막았다.

"팔 물건이 아니야?"

베키가 고개를 끄덕거린다. 그렇다면 다행이고. 그런데… 왜 다리는 비비 꼬고 있는 거야?

"안톤님께 드릴게요."

베키가 내 오른손에서 반지를 받아 들더니 다시 내 왼손에 쥐어주었다.

"고, 고맙구나."

"분명히 드렸어요. 잘 보관하고 계시다가 5년 후에 다시 돌려주서야 해요. 아셨죠?"

"뭐?"

그게 무슨 말이냐고 물으려는데 베키가 달려갔다. 멀리 간 것은 아니고 5미터쯤 떨어진 나무 뒤에 숨어서 내 쪽을 보고 있었다. 거참, 요즘 애들 생각은 통 모르겠다니까. 내가 은행도 아닌데 왜 반지를 나한테 맡긴 건지 원.

[정녕 모르십니까?]

'그래, 넌 아냐?'

[뜻이 있으면 하늘이 알아서 길을 열어주는 법이지요. 흐흐흐.]

지니가 무슨 말을 하는 건지 모르겠다. 녀석의 말은 대부분 영양가가 없으니 무시해도 되겠지. 생각을 다시 베키 쪽으로 돌렸다.

아하, 그렇구나. 역시 나는 천재였다. 베키가 나에게 반지를 맡기고 5년 후에 달라고 한 이유는 간단하다. 아직 손가락이 작아서 반지가 헐렁하기 때문이다. 손에 맞지 않는 반지를 끼고 있으면 분실하기 쉽다. 그래서 반지가 맞게 될 5년간 세상에서 가장 안전한 왕성에 잘 보관해 달라는 의미일 거다. 뭔가 석연치 않은 구석이 있긴 하지만 나는 나의 천재적인 판단을 굳게 믿어 절대 의심치 않는 바이다.

내가 계속 이 자리에 있으면 베키가 계속 나무 뒤에 숨어 있을 것 같아서 피해주기로 했다. 급하면 급하다고 말을 할 것이지. 사람이라면 누구나 참을 수 없는 게 생리 현상인데 부끄러울 게 뭐가 있다고. 뭐, 그럼 이만 갈까.

밤이 깊어가면서 사람들이 점점 더 많이 몰려들었다. 지구에서의 도

심가 같은 분위기다. 오랜만의 북적임이 무척 신선하다.

"어허, 줄을 서시오."

어라? CDH 목소리잖아. 인파를 헤집고 가보니 CDH와 샤미니가 침술 시연회를 하고 있었다.

"안톤 오빠."

샤미니가 나를 알아본 모양이다.

"으악! 아파. 아야야. 아고고. 나 죽네, 나 죽어!"

구경꾼들이 많아서 소리를 지르고 있는 사람까지는 잘 안 보인다. 아마도 바닥에 엎드려서 샤미니에게 침을 맞던 남자 환자가 비명을 지르고 있는 것이겠지.

"끼약! 이걸 어쩌지."

"어허, 태산이 무너져도 무릇 의원 된 자는 결단코 당황해선 아니 되오이다. 침착, 또 침착이오이다."

CDH가 아주 느긋한 걸음으로 남자 옆으로 다가갔다.

"그래, 어디가 아프시오?"

"보면 몰라? 침 박힌 데가 아프지."

"환자는 의원의 물음에 성실히 대답해야 하는 법이외다."

"아파 죽겠는데 그게 되냐!"

아무래도 나와 대화를 나눌 상황이 아닌 것 같아 나는 슬쩍 뒤로 빠져나왔다.

"으악! 으아악!"

비명 소리가 계속 들리긴 하지만 생명에 지장을 끼칠 정도로 하지는 않겠지.

슬슬 에트나들이 올 시간이 됐다. 숙녀들을 기다리게 하는 건 남자로서 할 짓이 아니다. 가볼까나.

밤하늘 위로 올챙이 모양의 빛줄기 하나가 날아간다. 펑 하고 터지면서 화려한 폭발.

"이야, 멋지네."

사람들이 그것을 올려다보면서 탄성을 터뜨렸다.

여러 색깔의 불꽃들이 연달아 올라간다. 휘황한 달빛을 무색케 하는 불빛들. 하늘은 거대한 꽃밭이 되고 사람들의 탄성은 커져만 간다. 아름다움은 보는 사람의 마음을 기쁘게도, 들뜨게도 하는 마력을 가지고 있다는 사실을 새삼 느끼면서 나는 계속 걸음을 옮겼다.

몇십 그루의 나무를 잘라 만든 초거대 모닥불이 활활 타고 있다. 흥겨운 음악이 흐르고 젊은 남녀들이 끌어안고 춤을 춘다.

열심히 엉덩이를 흔드는 저 춤은… 으음, 하나같이 내가 전수한 블루스네.

형식과 격식 따지지 말고 놀라고 했더니 잘들 하고 있는 것 같다. 춤에 관심없는 사람들은 열심히 먹고 마시고 있었다. 간단한 음식과 술은 오늘에 한해 무제한 개방이기 때문에 좋아들 하는 것 같다. 하긴 공짜 싫어하는 사람은 없는 법이니까 당연한가?

그건 그렇고 이 녀석들은 다 어디에 있는 거야.

약속 장소를 정해놓지 않은 게 실수였다. 모닥불 부근에 있을 거란 예상은 보기 좋게 빗나가고 말았다. 물어볼 녀석도 마땅치 않다. 개츠비도 없고, 월도 안 보인다. 병사들은 고된 축제 준비 시간이 얼마나 괴로웠던지 분을 풀려는 듯 술을 퍼마시고 있었고, 개중에는 한술 더 떠서 술에 취해 늑대로 변신해서 달을 보고 짖는 무리도 보였다. '남자는 다 늑대랍니다' 라는 말이 실감난다.

쿵쿵. 이것은?

고기 굽는 고소한 냄새가 코를 파고들었다. 고기를 요리하는 방법에는 여러 가지가 있지만 이 냄새는 틀림없는 바비큐 특유의 것이다. 바비큐는 에트나가 가장 좋아하는 음식 중의 하나다. 저기로구나. 나는 냄새를 찾아 움직였다.

시끌벅적한 분위기에서 약간 떨어진 곳에 여자 네 명이 모여 있는 것이 보였다. 하나같이 화려한 옷을 입고 있다.

유난은 녹색의 프린세스 드레스(Princess Dress)를 입고 있다. 체형에 꼭 맞도록 언더암홀 다트와 허리 다트, 혹은 숄더 다트와 허리 다트를 연결하여 수직의 솔기를 이루는 스타일인데 마네킹 같은 체형의 엘프 족에게 잘 어울린다.

에트나는 부팡 드레스(Bouffant Dress)를 입고 있다. 원형의 길에 개더스커트가 달린 스타일로서 허리를 강조하며 힙 부분을 확대시켜 보이는 형식이다. 가뜩이나 엉덩이도 크면서 왜 저런 옷을 입고 있는지 모르겠다. 뭐, 그래도 예쁘다는 사실엔 변함없지만.

카린은 피너포어 드레스(Ponafore Dress)를 입고 있다. 에이프런 비슷한 드레스로서 소매가 없이 러플로 장식된 앞가슴 부분과 뒤판은 십자 형으로 여미도록 끈이 달려 있으며 주름 스커트로 된 스타일이다. 저것이야말로 메이드 코스튬을 신봉하는 남자들의 로망이다. 뭐, 나는 그런 취향은 전혀, 전~혀 없지만 그래도 약간 가슴이 설렌다. 어디까지나 약간.

마지막으로 카에데는 셔츠웨이스트 드레스(Shirtwaist Dress)를 입고 있다. 칼라와 커프스의 여밈이 와이셔츠 모양으로 스포티한 느낌을 주며, 유행에 관계없이 입을 수 있는 클래식 스타일이다. 카에데의 드레스 입은 모습을 처음 보는 거라 그런지 실제보다 훨씬 눈부시다는 생각이… 음, 그렇군. 이런 효과를 노리고 순정 만화에 나오는 여주인공들이 하나같이 평소에는 두꺼운 안경에 청바지, 푸석푸석한 머리를 하고 있다가 킹카 남성이 나타나면 갑자기 하늘하늘 치마에 머리 풀고 안경을 콘택트렌즈로 바꾸는 거로군. 영악한걸.

"그런데 정말 이러고 있으면 안톤이 오긴 오는 거야?"

카에데가 물었다.

"틀림없다니깐. 안톤님은 바비큐를 무지무지 좋아한다고. 이 냄새를 맡기만 하면 이리로 오게 돼 있어. 내기해도 좋아."

빙글빙글 꼬챙이에 매달린 통돼지를 돌리면서 에트나가 말했다.

저런 거짓말을 하다니. 바비큐를 좋아하는 건 에트나 본인이다. 나는 단지 에트나가 바비큐를 너무 좋아해서 워낙 자주 먹게 되는 바람에 익숙해진 것뿐이다. 뭐, 싫어하는 건 아니지만.

"난 이 냄새 싫은데."

누가 엘프 아니랄까 봐 채식주의자 같은 소릴 하는지 원. 너나 괜한 냄새 피워서 고기 향 죽이지나 말아다오, 유난아.

"이렇게 큰 축제는 처음이에요. 신분에 관계없이 모두가 한데 어울리는 축제를 생각해 내다니 역시 안톤님은 좋은 왕이세요."

오오. 역시 날 알아주는 것은 그대뿐이구려. 고맙소, 카린.

"여자를 밝히는 것만 빼면 완벽할 텐데… 정말 아쉬워요."

잘 나가다가 왜 삼천포로 빠지는 거야. 원망해 줄 테닷!

여자를 밝힌 적은 내 인생에 단 한 번도 없다. 맹세할 수 있다. 만약 내 말이 거짓말이라면 어흠, 내 팔은 좀 그렇고 대신에 CDH의 팔을 작두로 숭덩숭덩 잘라내도 좋다.

"그것 빼고도 그 인간 단점이 얼마나 많은데 그래. 자의식 과잉도 일종의 병이야. 거기다가……."

어이, 카에데. 왜 남의 흥을 늘어놓으려는 거야.

"단점없는 사람이 어디 있어? 그리고 안톤님만한 사람이 또 어디 있다고 그래? 있으면 어디 한번 나와보라 그래!"

잘한다, 에트나. 비비 알알 에이에이 브이브이 오오. 브라보다!

"아아, 그렇구나. 이제야 알겠어."

"알다니 뭘?"

"내가 널 좋아하는 이유. 사랑에 빠진 여자는 아름답기 때문이었어."

"저리 가. 떨어져, 떨어지라구."

으음. 에트나와 카에데의 막간극이 재미있긴 한데 좀 불건전한 건 아닌가 모르겠네. 뭐, 남자가 치근거리는 것도 아니니까 조금만 더 구경해 볼까.

"좋겠다. 에트나님도 카에데님도 다 짝이 있는데 나만 차이고. 우웅."

"잠깐. 유난, 난 카에데의 짝이 아니야."

"뭘 새삼스럽게 부끄러워하고 그래. 이미 우리 사인 공인된 거나 다름없는데."

"공인이라니. 무슨 말을 하는 거야, 카에데. 내가 좋아하는 건 네가 아니라 안톤님이란 말이야."

"알고 있어. 내 걱정은 하지 마. 난 조금도 신경 쓰고 있지 않으니까."

"내가 신경 쓰여, 내가!"

음… 점점 재미있게 돌아가는걸.

"도대체 안톤님은 무슨 생각인지 모르겠어. 난데없이 널 데려와서는 치장해 주라 하고는 바로 축제를 열다니 말야."

"그건… 아마……."

"이유를 알겠어, 카린?"

"이건 제 생각인데요. 안톤님이 카에데님에게 마음이 있어서 그런 게 아닐까요?"

"뭐어? 이런 선머슴 같은 여자에게?"

"오! 가만, 그거 괜찮은데? 호호호! 그런 수가 있었네."

"잠깐. 왜 좋아하는 거야, 카에데?"

"내가 안톤에게 확 시집가 버리면 마찬가지 입장인 너는 평생 나와 떨어질 수 없지 않겠어? 이거 꽤 구미가 당기는걸."

"그런 불순한 생각을 함부로 입 밖에 내지 마!"

"우웅. 나도 안톤님한테나 확 시집가 버릴까."

한테나? 한테나는 뭐냐, 유난!

"유난, 개츠비 재상에게 차인 게 맘에 걸려서 그래?"

카린의 말로 판단해 볼 때 내가 없는 사이에 유난이 개츠비에게 강력 대쉬했다가 크게 차인 일이 있었나 보다. 하긴 개츠비는 일편단심 민들레 타입의 유부남이니까 그렇게 될 줄 알고는 있었다.

"속아서 숲을 나온 지 꽤 지났는데 아직까지 이 고귀한 엘프님의 가치를 몰라주다니 휴먼 족 남자들은 다 눈이 삐었어!"

고함은 왜 질러? 다 그 성격 때문인데.

"고기가 다 타겠어. 에트나, 아무래도 안톤은 안 올 모양이야. 우리

끼리 먹자."

"이상하네. 이럴 리가 없는데."

"조금만 더 기다려 보는 게 어때요?"

"그 녀석 지금까지 안 오는 걸로 봐서 어딘가에서 여자 꼬시느라 우리 일은 홀라당 잊어먹고 있는 게 틀림없어."

카에데 녀석, 남을 중상모략하다니! 으으. 참자, 참아야지. 진정, 진정.

"모르죠. 혹시 이 근방 어딘가에서 우리 말을 엿듣고 있을지도."

유난 녀석 은근히 예리하네. 하긴 시간을 너무 끌긴 했다. 들킬까 봐 오랫동안 쪼그리고 있었더니 허리도 아프고… 슬슬 나가봐야겠다. 그렇다고 바로 나가면 몰매를 맞을 테니 그럴 수는 없고.

나는 낮은 포복으로 재빨리 지역을 이탈했다. 옷을 탈탈 털고 난 후 휘파람을 불면서 작전 지역으로 바로 복귀!

"여기에들 모여 있었구나. 찾아다니느라 힘들어 죽는 줄 알았어."

이 천연덕스러운 연기력. 뇌물을 몽땅 먹고도 '개인을 위해서는 단한 푼도 쓰지 않았습니다'라고 외치는 전설적인 악덕 정치인의—역사책으로만 봤는데 이 정도의 악인이 역사상 실제로 존재했을 가능성은 없다고 본다. 인간의 탈을 쓰고는 도저히 이런 말 못한다. 아마도 허무맹랑하게 과장된 픽션일 것이다—경지에는 한참 못미치지만 어지간한 배우보다는 훨씬 낫다. 내가 자랑스럽다.

"이제 오세요?"

에트나가 반갑게 나를 맞았다. 나는 손을 들어 답례를 하면서 가까이 다가갔다.

"보나마나 아까 내가 말한 대로일 거야."

빠직!

"아까 말한 대로라니? 하하하. 대체 무슨 말을 했는데, 카에데?"

"신경 쓰지 마세요, 안톤님."

"그래, 에트나가 그렇게 말하니까 별일 아니겠지. 하하하."

"안톤님 이마에 핏줄이 서 있는 것 같은데, 어디 아프세요?"

"아냐, 카린. 난 아무렇지도 않아."

이마를 슥슥 문지르면서 자리를 잡았다. 바비큐는 익은 부분을 잘라 먹으면서 계속 구워 나가는 방식의 요리이기 때문에 약간 탄 자리만 벗겨내고 나니 먹는 데에 아무런 지장이 없었다. 특제 소스를 발라 구운 모양이다. 비릿한 냄새 하나 없는 걸 보니.

우리 넷은 주거니 받거니 하면서 고기와 술을 즐겼다. 유난은 고기는 먹을 수 없다면서 익은 콩만 까먹고 있었다.

"뭐야, 유난. 맘껏 먹으라고 하는 축제인데 그런 것만 먹고."

"콩은 몸에 좋은 거예요."

콩 좋은 줄은 나도 안다. 하지만 나중에 유난이 엘프 족 마을로 돌아가서 안톤이라는 왕이 내게 콩만 먹이더라는 둥의 소리를 하면 체면이 말이 아니잖아.

"그런 섭섭한 소리 말고 한잔 받아. 어서."

보다 못해 한잔 권했더니 유난은 마지못해서 잔을 들고 쿵쿵댔다.

술이라고 해서 다 알콜 냄새만 나는 것은 아니다. 내가 특별히 에트나에게 맡긴 술은 리큐르의 한 종류다. 리큐르는 증류주에 약초, 향초, 과일, 종자류 따위의 식물성 물질을 넣어서 향과 색을 얻은 다음 설탕이나 벌꿀을 첨가하여 달콤하게 만든 술로 아름다운 빛깔, 짙은 향기, 달콤한 맛을 가진 여성 취향의 술을 말하는데 내가 권한 것은 그중에서도 초콜릿 맛의 크렘 드 카카오(Creme de Cacao)라는 것이다.

이런 술이니 한 모금 맛본 유난이 갑자기 병째 들이키는 것도 무리는 아니다.

"푸하."

우와~ 재미있다. 술을 마신 유난의 몸에서 연한 초콜릿 냄새가 난다. 엘프를 잘 활용하면 방향제 같은 건 필요없겠는걸.

"어때, 괜찮지? 다른 것도 만들어줄게. 잠시만 기다려."

흥미로운 현상을 발견한 나는 다른 것을 먹여보기로 했다. 뭐가 좋을까. 크렘 드 카카오를 맘에 들어 했으니 이걸 응용한 적당한 칵테일이 좋겠다.

쉐이커에 브랜디 30㎖, 크렘 드 카카오 40㎖, 스위트 크림 70㎖를 넣고 잘 섞은 후 냉각된 글라스에 걸러낸 후 너트 맥을 약간 뿌리면 향긋한 브랜디에 크렘 드 카카오의 초콜릿 맛과 크림의 부드러운 감각이 일품인 칵테일 알렉산더, 여기에 강림 완료!

"먹어봐."

처음의 술 사양하던 엘프는 어디 가고 이제는 주는 대로 넙죽넙죽 받아 마시는지. 후후후, 관찰 시작이다.

"안톤님, 저도 주세요."

"그거 괜찮아 보이는데 나도 한잔 줘봐."

"저도 맛 좀 보게 해주세요."

나머지 여자 셋이 한꺼번에 몰려왔다. 누군 주고 누군 안 주냐는 소리 듣고 싶지 않던 나는 유난을 관찰해야 한다는 본래의 사명을 잠시 제쳐 두고 열심히 쉐이커를 흔들고 또 흔들었다. 착하면 이래서 손해라니깐.

칵테일을 물처럼 마셔대는 손님들의 과도한 주문에 정신이 없다.

"오호~ 이거 괜찮네. 더 줘."

너 벌써 열 잔째다, 카에데. 적당히 안 할래!

"병째 섞어요, 병째!"

에트나, 그런 무식한 방법으로 만들면 칵테일 고유의 제 맛이 안 나온단 말야!

"딱 한 잔만 더 먹어도 될까요?"

'딱 한 잔만 더' 소리 그만 해, 카린. 그 말 듣는 게 벌써 열다섯 번째라고!

"아하하하. 기분 좋다."

유난이 완전히 맛이 갔는지 계속 웃고 있다. 웃을 때마다 엘프 특유의 기다란 귀가 흔들, 머리도 흔들. 그때마다 초콜릿도, 크림 냄새도 아닌 오직 진한 알콜 냄새만이 무럭무럭 솟아난다. 한계 이상으로 마시면 다른 성분은 제쳐 두고 우선 알콜만 배출하는 모양이다.

우우~ 지독한 술 냄새. 엘프는 방향제 대용으론 절대 못 쓰겠다.

얼마나 지났는지 모르겠다. 쉐이커를 흔드는 팔이 아픈 걸로 봐선 꽤 지난 것 같은데.

여기저기 퍼져 있는 네 명의 술꾼의 몰골. 다들 자고 있다. 다른 여자들은 몰라도 카에데는 꽤 오래 버틸 줄 알았는데 의외로 제일 먼저 쓰러졌다. 잔을 든 채로 뒤로 꽈당 하고. 역시 과격하다니깐.

카린의 경우는 난데없이 변신을 하더니만 까마귀 울음소리를 내며 공중을 날면서 한참을 배회하다가 나뭇가지에 걸려 추락했다. 큰 상처가 없어서 천만다행이었다. 앞으로 카린은 절대 술을 못 마시게 해야겠다. 술에 취할 때마다 고공 투신 자살을 일삼으면 그때마다 뒷감당할 자신이 없으니까.

유난은 술을 즐기다 못해 몸에 들이붓고 생난리를 치더니 자기가 자기 몸에 뿌린 술 냄새에 더욱 흠뻑 취해서는 나뭇가지를 붙잡고 한참 동안이나 몸을 흔들며 방방 뛰다가 결국 제풀에 지쳐 주저앉아 자고 있다. 고귀한 엘프 족은 어쩌면 디스코를 잘 추는 습성을 타고났는지도 모르겠다.

에트나는 어느 정도 술이 올라오니까 알아서 드러누웠고, 눕자마자 바로 코를 골았다. 그나마 넷 중에는 가장 일반적인 반응이라고 생각한다. 꺼려하던 카에데를 꼬옥 끌어안고 자는 이유는 모르겠지만.

휴~ 오붓하게 대화나 하면서 약간만 마실 생각이었는데 어느 틈에 주객이 전도되어 버린 상황이다. 네 술꾼에게 칵테일을 제공하느라 한잔도 못 마신 나만 생존해 있다.

음, 이거 즐거운 축제의 한때를 보냈다고 할 수 있으려나 모르겠네. 뭐, 이만하면 추억거리는 되겠지.

내가 잠시 자리를 비운 틈에 그녀들에게 무슨 일이 발생하면 곤란하다. 해서 그녀들의 얼굴에 가벼운 선물을 남기고 소울테이커를 불렀다.

폭죽을 담당한 병사들마저 만취했는지 마구잡이로 난무하는 폭죽 불꽃들 사이로 소울테이커가 소리없이 날아왔다. 모든 일이 끝나면 나중에 다 같이 더 멋진 일을 하도록 하자. 그때까지 잠시 이별이야.

제33장

카탈바흐를 찾아서

카 탈 바 흐 를   찾 아 서

　수리가 끝나 퀘이커 웜과의 싸움의 흔적이 없는 말끔한 모습의 소울
테이커는 곧장 말칸토스로 향하고 있다. 언제나 변함없이 나를 도와주
는 이슈텔과 맘 내키면 가끔 도움을 주기도 하는 동물 한 마리와 함께
다. 그 녀석은 축제 도중에는 안 보이더니만 어떻게 알고 소울테이커
에 미리 타고 있었는지. 뭐, 이제까지 한 대로 녀석에 대해선 신경 끄
고 있을 생각이다.

　말칸토스의 국경을 막 지났다. 그러고 보니 이 근방에 샤미니의 집
이 있었지. 사람 좋은 샤미니의 부모는 샤미니에 대해서 얼마나 걱정
하고 있을까. 샤미니를 집으로 돌려보내고 올 걸 그랬다. 만약 내가…
아니, 쓸데없는 생각은 그만두자. 나는 지금 싸우러 가는 게 아니니까
별일없을 거야. 마음을 가라앉히자.

　그런 의미에서 나는 뉴튼에게 제안을 하나 하기로 했다.

"뉴튼, 가는 동안 우리 재미있는 놀이나 하나 할까?"

뮤뮤?

묘하게 녀석이 인상을 쓰는 것 같은 기분이 드는데. 착각이겠지.

"자, 이거 봐라."

나는 신발을 벗어 뉴튼의 코앞에 대고 흔들었다. 어라? 평소의 뉴튼이라면 이런 움직이는 물체에 적극적인 반응을 보일 텐데 왜 가만히 있지? 으음… 신발까지 벗어 들었는데 그냥 도로 신기도 뭐하다.

"자. 물어와라, 뉴튼."

날아가는 신발. 신발을 향해 돌아가는 뉴튼의 머리. 자, 달려라. 그런데 녀석은 내 기대를 저버리고 가만히 있다.

"왜 안 물어와?"

뮤우욱.

내가 다그치자 뉴튼은 낮게 한번 울더니 왠지 힘주어 걷는 듯한 걸음으로 브릿지에서 나가 버렸다. 요즘 좀 영리해진 줄 알았는데 아닌가 보다. 녀석의 아이큐에 던진 신발 물어오기는 너무 고난이도였나?

소울테이커가 니플하임에 도착한 것은 그로부터 5분 정도 지난 후였다. 미드가르트 신전을 찾는 일은 간단했다. 가장 커 보이는 건물이 미드가르트 신전일 게 당연했으니까.

땅 위에 솟아오른 거대한 신전. 휴패리온에 있는 그것과 비교해도 전혀 꿀리지 않는 규모다. 카탈바흐가 말칸토스로 온 지 얼마나 됐다고 그사이에 이런 신전을 지을 수 있었을까. 하긴 카탈바흐가 지으려고 마음만 먹으면 대단치 않은 일일지도 모르지.

그럼 입구는 어디일까 하고 살펴보는 중에 귀찮은 발퀴레들이 접근하는 모습이 포착되었다. 아직 발퀴레의 수가 10여 명에 불과하지만 곧 엄청나게 몰려오겠지. 그렇게 되면 귀찮아진다. 지크가 나타날 가능성도 다분하고.

장비를 챙긴 나는 투명 망토를 뒤집어쓰고 신전을 향해 뛰어내렸다. 내 이탈과 동시에 소울테이커는 천천히 멀어져 갔다. 내 모습을 볼 수 없는 발퀴레들이 소울테이커의 뒤를 쫓는 모습을 보면서 마법으로 신전을 향해 날아갔다. 뉴튼은 날개를 펄럭거리면서 내 뒤를 따라왔다.

소리없이 신전의 가장 높은 탑에 내려앉은 후 창문을 부수고 안으로 들어갔다. 이제는 어느 정도 노하우도 있어서 경비를 하고 있는 신관 비슷한 무리를 능숙하게 따돌리며 전진했다.

내부를 둘러보니 휴패리온의 카탈바흐 신전과 거의 흡사한 구조였다. 그렇다면 카탈바흐가 있는 곳도 마찬가지일 가능성이 매우 높다.

1층에 도착하니 전에 카탈바흐 신전에 있는 것과 같은 분수가 있었다. 똑같은 디자인에 싫증날 법도 한데 집착하는 걸로 봐서 무척이나 이 디자인이 맘에 들었나 보다. 주위를 살피면서 조심스럽게 접근했다.

뚜벅뚜벅.

돌 위를 걷는 선명한 발소리. 경비원이다. 흠… 카탈바흐 신전에서는 미녀로만 구성된 아폴린이 있었는데 여기의 경비원들은 여자가 아니다. 그렇다고 남자인 것도 아니었다.

고구마 껍질처럼 군데군데 갈라진 거친 갈색 피부, 손가락도 없는 벙어리장갑 같은 손을 가지고 있다. 눈이 있어야 할 자리에는 하얀 구슬 같은 것이 박혀 있을 뿐, 코도 귀도 입도 없는 그 모습은 전에 영주군이 보낸 그 골렘들과 판박이다. 으음, 골렘이니 마취총은 효과가 없을 테고, 그렇다고 여기서 저것들과 싸우면 들킬 것 같은데 어쩐다?

잠시 생각하고 있는데 갑자기 발자국 소리가 들리지 않았다. 골렘이 멈췄다. 내 쪽을 향해서. 이런, 발견된 건가? 골렘은 눈 대신 하얀 구슬을 박아 넣고 있으니 인간과는 다른 방식으로 사물을 인식하는 건지도 모른다. 초음파일 수도 있고 적외선이나 열 감지 방식일 수도 있다. 그렇다면 투명 망토를 두른 내 모습이 보이는 것도 이해가 간다.

우어어어억.

골렘들이 동시에 내 쪽을 향해 달려왔다. 역시 보이는 거로군. 나는 중검을 뽑기 위해 허리춤으로 손을 가져갔다. 그런데… 녀석들은 내 쪽으로 오는가 싶더니 갑자기 오른쪽으로 방향을 바꿨다. 뭐야?

뮤우.

들킨 것은 내가 아니라 뉴튼이었나 보다. 뉴튼은 다다다다 소리를 내면서 달리고 골렘은 쿵쿵거리며 뒤를 쫓는다. 허탈하다. 왜 갑자기 대가리를 내밀어서 이런 꼴을 만든 거냐고!

그간 뉴튼에게 쏟아 부은 사랑과 애정이 너무너무 아깝다. 내가 얼마나 성심성의를 다해 키워줬는데 은혜를 원수로 갚다니 배은망덕도 유분수지.

할 수 없다. 들켰으니 해치우는 수밖에. 일단은 골렘 먼저. 은혜를 모르는 짐승은 나중이다.

손에 마력을 모았다가 강하게 튕겼다. 탄지신공의 비법을 약간 응용한 건데 위력은 그대로지만 여기에 약간의 호밍 기능이 추가됐다는 점이 다르다.

팍! 팍! 팍! 팍!

토투스의 눈만을 노린 일점 공격이 명중하자 골렘들은 순식간에 가루가 되어 사라졌다.

골렘이 부숴졌다는 사실을 아는지 모르는지 변함없이 다다다다 하고 있는 뉴튼은 내버려 두고 분수 앞에 섰다. 일에는 우선순위란 게 있으니까 녀석의 행동에 대한 적법하고 처절한 응징은 일단 보류.

동물 상들의 머리가 보인다. 전에 카탈바흐 신전에서 사용한 패스워드 소, 소, 늑대, 양, 쥐, 양의 순서로 입력 완료. 자, 열려라.

삐이. 삐이.

그런데 이게 웬일인가. 내 기대와는 달리 요란한 경고음과 함께 신전 안이 갑자기 대낮처럼 밝아졌다. 패스워드가 틀렸나 보다. 그새 바꿔놓았나? 한번 정한 패스워드는 끝까지 밀고 나가야지 이 무슨 일관성없는 행동이냐고.

앞뒤 좌우에서 쿵쿵 소리가 나며 골렘 군단이 몰려오는 게 보였다. 엄청 몰려오네. 두렵지는 않지만 저것들을 상대하느라 힘을 다 소모할 생각은 없다. 길이 없으면 만들어야지.

손에 마력을 모았다.

"깨져라!"

야구공만한 크기로 응축된 마나의 기류가 분수 앞 금속판을 향해 날아갔다.

쾅!

마나와 충돌한 판이 순식간에 기화하면서 발생한 뜨거운 기류가 확하고 주변에 퍼진다. 가만히 있다가는 훈제 바비큐 신세. 그건 안 돼지.

재빨리 몸 둘레에 마나로 된 촘촘한 막을 전개하고 간신히 성인 남자 하나가 들어갈 만한 크기로 뻥 뚫린 구멍 속으로 뛰어내렸다.

바닥에 부딪치기 직전 순간적으로 힘을 발현하여 충격을 없앤 후 사뿐히 착지했다. 이제는 마음 가는 대로 힘을 사용할 수 있게 된 나의 위대함을 새삼 인식할 틈도 없이 통로를 내달렸다.

골렘들이 내 뒤를 따라 난입할 거라고는 생각지 않는다. 이 안은 카탈바흐의 주거 공간이니까 감히 들어오진 않을 거다. 이거, 조용히 카탈바흐를 만나려는 생각과는 달리 대소동이 되어버렸는데… 뭐, 어쩔 수 없지. 제멋대로 따라오는 뉴튼은 상관하지 않고 앞만 보고 가기로 했다.

카탈바흐 신전과는 달리 생물 개조를 위한 설비 같은 것은 보이지 않는다. 길도 거의 외길인 데다가 복도의 규모도 비교적 작았다. 덕분에 길 찾기는 한결 수월했다. 앞을 향해 똑바로 움직이기만 하면 되었으니까.

"돌아가십시오."

목소리가 들렸다. 카탈바흐의 부하, 도뷰스다. 오랜만에 만난 그는 여전히 중년이었고, 여전히 나보다 훨씬 늙어 보인다. 당연하겠지만. 그의 옆에는 뉴튼이 왔다 갔다 하고 있다.

"여, 잘 지냈어? 카탈바흐를 만나러 왔는데 말야. 안내 좀 부탁해."

"주인님은 지금 당신을 만나길 원치 않으십니다. 돌아가 주셨으면 합니다만."

표정 하나 바꾸지 않고 도뷰스가 말했다.

"좋은 말로 할 때 그냥 가라는 건가?"

"마음대로 생각하십시오."

그의 의견을 십분 존중해서 내 마음대로 지나가기로 했다. 도뷰스와 나 사이의 거리가 점점 좁혀진다. 도뷰스는 여전히 아무런 말이 없다.

그는 내가 그의 옆을 지나는 순간에도 움직이려 하지 않았다. 조금은 의외였다. 여하간 나는 그를 지나쳐서 계속 앞으로 나갔다. 뒤에서 도뷰스의 음성이 들렸다.

"이러시면 곤란합니다. 저는 당신을 돌려보내라는 명령을 받았습니다."

"일 끝나면 있어달라고 빌어도 그냥 갈 거니까 그 명령은 그때 수행하면 되겠군."

도뷰스로부터 대꾸가 없기에 나는 그가 내가 제시한 평화적 타협안에 수긍했다고 판단했다. 하긴 내 방안은 카탈바흐의 명령에 전혀 위배되지 않으면서도 내 목적도 달성할 수 있는 극히 탁월한 것이니까 합리적 사고관을 가진 인간이라면 받아들이는 게 당연하지.

혹시나 해서 슬쩍 뒤를 돌아보았는데 도뷰스는 여전히 처음 모습 그대로 서 있을 뿐 움직이려는 기색이 없었다. 착한 것. 그럼 잘 있어라.

나는 앞으로 전진, 또 전진했다. 도뷰스와 헤어진 지 10분 정도 지난 것 같다. 중간에 뉴튼이 사라졌다. 어딘가에 있겠지 싶어 신경 쓰지 않았다. 조금 더 가다 보니 어느샌가 나타난 녀석이 다시 내 뒤를 달리고 있다. 신경 쓸 필요가 없어서 편하긴 하군.

가도가도 똑같은 풍경에 조금씩 솟아나는 짜증을 참으면서 이동을 계속하던 나는 의외의 인물을 만났다.

"도뷰스?"

헤어질 때의 모습 그대로 서 있는 중년 남자. 그는 나를 보고 가볍게 웃었다. 그의 뒤에는 뉴튼이 보인다. 뉴튼은 원래 아무 데서나 튀어나오는 녀석이니까 그렇다 쳐도 왜? 왜 도뷰스가 내 앞에 있는 거지?

"돌아가시렵니까?"

"농담하지 마!"

순간 이동 같은 걸로 미리 와 있는 모양이다. 약간 기분이 나빴지만 다시 그의 옆을 지나쳐 한참을 갔다.

그리고…….

또 녀석을 만났다. 으악! 대체 뭐냐고.

이상하다, 이상해. 녀석이 순간 이동으로 나보다 먼저 와 있다고 해서 그가 얻을 것은 아무것도 없다. 아무래도 도뷰스는 제자리에 그대로 있었고 내가 빙빙 돌고 있다고 보는 게 타당할 것 같은데.

"이제 아시겠습니까? 주인님이 원치 않으시면 당신은 그분을 만날 수 없습니다."

나와 달리 도뷰스는 무척 여유로워 보였다.

혼란스럽다. 통로가 원을 그리도록 설계된 것은 아닌 것 같다. 길은 어디까지나 직선이었고 갈림길이나 코너도 없었다. 그렇다면 뫼비우스의 띠 같은 방식일까? 가능성은 있다. 하지만 두려울 게 없는 카탈바흐가 뭐가 무서워서 이런 복잡한 짓을 한단 말인가. 순순히 납득하기에는 뭔가 이상하다.

"뭐, 방법이 없는 것도 아니지."

이번에는 중검으로 길게 표식을 남기면서 걸었다.

끼기긱.

엷은 선이 그어진다. 일단 이렇게 하면 원형인지, 뫼비우스의 띠인지의 여부는 확인할 수 있겠지. 어?

갑자기 손이 허전하다. 중검의 무게가 느껴지지 않는다. 뭐야, 이건.

어느 틈엔가 중검은 내 등 뒤에 매달려 있다. 내가 집어넣은 기억은 없다. 귀신에게 홀린 기분이다. 점점 영문을 모르겠다. 어쨌거나 다른 방법이 없는 나는 다시 중검을 꺼내 표식을 남기면서 걸었다.

이제는 지겨워진 도뷰스를 지나친 나는 내가 만든 흔적을 찾았다.

없다.

아무것도 없다. 한 사이클을 돌았지만 발견할 수 없다. 질질 끌다시피 하면서 연속적인 직선을 그었는데 보이지 않는 걸로 봐서 뫼비우스의 띠 같은 원리의 미로는 아니다. 중간에 중검이 나도 모르는 사이에 검집 안으로 들어가 버리는 설명 불가능한 기이한 현상이 있긴 했지만 말이다.

확인은 끝났다. 이제 어떻게 할까. 당장 도뷰스에게로 가서 한 판 붙어? 그러나 카탈바흐에게 충성을 다하는 그가 죽으면 죽었지 순순히 알려줄 것 같지는 않은데.

이런 저런 궁리를 하면서 걷다 보니 어느새 도뷰스의 앞에 이르렀다.

"이번으로 벌써 네 번째군요. 이제 슬슬 포기할 때도 되었다고 생각합니다만."

"이봐, 도뷰스. 내가 당신에게 도전해서 당신을 일방적으로 흠씬 때려주고 만신창이가 돼서 퍼져 있는 당신 등에 한 발을 척하니 올리고선 '당장 카탈바흐에게로 데려다 주지 않으면 죽어'라고 말한다면 어쩔 거야?"

"그럴 가능성은 전무하지만, 만약 그런 일이 생긴다면 전 그대로 죽어야겠죠."

도뷰스는 인상을 구기면서 말했다. 내가 뭔가 기분 나쁜 소리라도 했나? 그런 기억은 없는데 왜 인상을 쓰지?

여하간 밑져야 본전이라는 생각에 시험 삼아 물어봤지만 대답은 예상대로였다. 이제 남은 방법은 아무것도 없다. 이왕 여기까지 와서 그냥 돌아가기도 뭐하니 기념＋화풀이 삼아 도뷰스나 흠씬 때려주어야겠다.

뉴튼이 도뷰스의 뒤에서 계속 뛰어다닌다. 뭐, 이번에도 신경 쓸 필요는…

아니, 잠깐. 뭔가 걸리는데. 으음.

뉴튼이 매번 따라오다가 사라지는 것을 반복하는 현상과 녀석이 도뷰스를 만날 때마다 너무 똑같은 짓만 하고 있는 게 이상하다.

거기에 표식을 남기는 중에 나도 모르는 사이 검집에 들어가 있는 중검. 분명 그랬는데 보이지 않는 표식.

흐음… 이 현상들로 유추할 수 있는 게 있을 것 같은데…….

불현듯 한 가지 가설이 떠올랐다. 하지만 이 가설은 실현 가능성이 극히 희박하다. 하지만 아무래도 이게 맞는 것 같다.

추리의 기본은 모든 가능성을 고려한 후 이 가능성들을 하나씩 제거해 나가면서 사실을 확인하는 데 있다. 아무리 믿을 수 없어도 최후에 남는 것이 진실이다.

그렇긴 한데… 이 가설만큼은 도저히 못 믿겠다.

검증이다.

즉시 중검을 뽑았다. 검을 바닥에 대고 그으면서 뒷걸음질로 이동했다. 그대로 20미터쯤 가니 순간적으로 이제까지 그어온 선은 사라지고 중검은 검집에, 나는 진행 방향과 반대쪽을 보고 있고, 그 앞에는 뉴튼이 달리고 있다. 역시 내 생각이 맞았군. 그럼 도와줄 사람을 불러와야겠지.

이제까지 온 길을 되돌아갔다. 예상대로 이번에는 반복 현상은 일어나지 않았다. 지금껏 걸어온 시간이 아깝기는 하지만 일보 전진을 위한 반보 후퇴이니 참을 수 있다.

최초로 내가 낙하한 위치에 도착한 나는 위를 향해 몸을 솟구쳤다.

우어어억!

구멍 바로 앞에 있던 골렘 한 마리가 괴성을 질렀다. 벽면에 수직으로 선 자세 그대로 마력을 전개했다. 이번에는 면적을 넓혔다. 분출된 마력이 내 손을 떠나 위로 향한다. 콰앙 하는 소리가 마력의 뒤를 잇는다. 밖에 있는 사람이 보기에는 분화구에서 용암이 분출하는 것처럼 보였을 것이다.

쿵 소리와 함께 구멍이 반경 5미터 정도로 확대되었다. 구멍이 커져서 골렘이 충분히 들어갈 수 있는 크기가 된 것을 확인한 후 밖으로 튀어나왔다.

"잡아라!"

발퀴레들이 보인다. 날개를 퍼덕이는 그들은 손에 검을 들고 일제히 날아온다. 50명 정도 되려나. 골렘은 신전을 가득 메울 정도로 많아 보이고. 이 정도면 충분하겠다.

덤벼드는 것들을 잡히는 대로 구멍을 향해 마구 던졌다. 던지면서 발퀴레들의 날개 뼈를 부러뜨리는 것도 잊지 않았다. 생각보다 쉽게 부러진다. 치킨을 먹을 때 닭날개만 골라 먹었던 덕을 톡톡히 보나 보다. 어디 보자, 이 정도면 되겠지.

"부족하면 또 올게."

말을 마친 나는 다시 구멍 속으로 뛰어들었다. 바닥에 착지하자마자 내가 던진 골렘과 발퀴레들이 덤벼왔다. 슬쩍슬쩍 피하면서 광적인 팬들에게 쫓기는 스타가 된 기분으로 적당한 간격을 유지하면서 도망쳤다. 뒤에서 간간히 마법의 고리가 날아온다. 통로가 좁아서 피하기 힘들다. 손을 뒤로하고 날아오는 마력덩어리들을 방어했다. 손을 타고 충격이 전해온다. 그러나 그 아픔을 느낄 새도 없이 앞으로 나갔다. 이런 식으로 오래는 못 버틴다. 방어에만 너무 오래 치중하고 있다 보면 언젠가는 정통으로 맞을 위험이 있으니까.

슬슬 한계에 달했을 무렵 드디어 도뷰스가 보인다.

"다시 왔어."

그의 옆을 지나쳤다. 이번에도 도뷰스는 나를 막지 않았다. 다만 그는 뒤에 따라오는 나의 팬들에게는 지대한 관심이 있었는지 양팔을 옆으로 벌렸다.

"멈⋯⋯."

퍼억!

나에게 신경 쓰지 않은 것이 그의 실수다. 내게 등을 보이고 있다가 그대로 등짝을 걷어차인 도뷰스가 넘어지자 그 위를 골렘과 날개 부러진 발퀴레들이 사정없이 밟고 달려왔다. 넘어진 뒷머리 모양만으로는 그들의 상관인 도뷰스라는 것을 파악할 수 없었던 모양이다.

그러게 평소에 '이게 내 뒤통수다. 잘 봐둬라' 하고 인식 좀 시켜두지 그랬어, 도뷰스.

중검이 손에서 사라지는 괴현상이 발생하는 지점 직전에 이르러서 뒤를 돌아보았다. 잘들 따라오고 있다. 뛰어오른 나는 따라오는 팬들의 머리 위에 내 발자국 사인을 선사하면서 '괴현상 발생 지점' 너머로 힘껏 걷어찼다. 간간히 손에 사인해 달라는 팬들에게는 기꺼이 그렇게 해주었다. 1/3정도의 인원이 '괴현상 발생 지점'을 통과하자 통로 안에 불빛이 깜박거리면서 파지직 하는 작은 전기음이 들리기 시작했다. 효과가 있다. 이제 얼마 남지 않았다.

"안톤!"

도뷰스가 나를 애타게 불렀다. 좀 더 쉬고 있어도 좋으련만 성실하기도 하셔라.

"기다려, 이제 금방이니까."

참을성없는 도뷰스는 내 말을 무시하고 다가왔다.

"네가 하는 짓이 뭔지 알고나 있는 거냐?"

"팬 사인회지, 뭐긴 뭐겠어."

엉겁결에 한 말에 도뷰스가 성이 났는지 고함을 질렀다.

"날 화나게 한 대가를 치르게 해주마."

더 이상 존댓말을 쓰지 않는 걸로 봐서 화가 나긴 단단히 난 모양이다.

"사인이 필요하면 순서를 기다리라구. 새치기는 곤란해."

'문화 시민의 시작은 줄 서기부터' 라는 말을 아는지 모르는지 도뷰스가 급속 접근한다. 역시 새치기하지 말라는 내 말은 못 들었나 보다. 그와 나의 손이 엉킨다.

"그동안 봐준 것도 모르고, 이 건방진 놈."

"누가 봐달랬냐고."

도뷰스는 강했다. 적어도 사인회를 더 이상 못하게 하기에는 충분했다. 나는 바닥에 내려섰다. 아무리 그가 강하다 해도 그 혼자라면 어떻게든 처리할 자신이 있는데 불행히도 1:1 상황인 것도 아니고 재주를 다 발휘하기엔 이 복도는 너무 좁았다. 벽에 등을 기대고 있어서 뒤로부터 공격이 들어올 걱정은 없으나 그래도 상황이 썩 좋지만은 않았다. 좌우의 골렘과 발퀴레들은 하나가 쓰러질 때마다 계속해서 멤버 체인지를 하면서 덤비고, 도뷰스는 앞면에서 연속적인 공격을 가해왔다. 얽히는 주먹과 주먹, 발과 발. 나는 조금씩 체력이 달리기 시작하는 것을 느끼면서 초초해져만 갔다. 싸우면서 눈치 못 채도록 조금씩 '괴현상 발생 지점'을 향해 이동한 덕분에 이미 적의 반수 정도가 선을 넘었고 곧 내 몸도 그 선을 넘게 될 텐데 생각대로 잘될지 의문스러웠다. 잘 안 되면 단순히 집단 구타당하는 정도로 가볍게 끝날 것 같지는 않다.

걱정하고 고민하는 가운데 내 몸은 '괴현상 발생 지점'을 지났지만 예의 반복 현상은 일어나지 않았다. 이게 다행인지 불행인지는 좀 더 두고 봐야 알 것 같다.

그그그긍!

갑자기 복도 전체가 진동했다.

"큰일났다."

당황한 음성이 도뷰스의 입에서 새어 나왔다. 진동은 점점 더 심해지고 벽을 타고 새어 나오는 굵은 푸른색 스파크가 '괴현상 발생 지점' 안쪽을 휘감았다.

"네놈이 한 짓을 봐라. 어떻게 책임질 셈이냐, 어떻게!"

도뷰스의 팔이 내 목을 조이려는 듯 덮쳐 왔다. '나 죽여주쇼' 하고 있을 수 없던 나는 발퀴레를 손에 잡히는 대로 잡아 휘둘렀다.

퍽! 소리와 함께 도뷰스의 몸이 '괴현상 발생 지점' 안쪽으로 밀렸다.

그때였다, 강하게 빨아들이는 힘이 생겨난 것은.

"으아아악!"

도뷰스가 들어간 것이 신호이기라도 한 듯 위이잉 하는 소리와 함께 공간이 회전했다. 통로가 암석 단면으로 변하고 암석이 실린더로 가득한 엔진 비슷한 기계 속이 되었다가 다시 통로가 된다. 그리고 무수한 영상이 깜박거린다. 거기에는 도뷰스의 영상도, 헤매고 다니는 내 영상도, 나를 따라온 발퀴레와 골렘들의 영상도 있다. 100배속으로 앞으로 감았다, 뒤로 감았다를 빠르게 반복하는 것 같기도 하고 아무 영상이나 마구 트는 비디오를 보는 것 같기도 하다.

갑자기 영상이 사라졌다. '괴현상 발생 지점선' 안쪽은 칠흑 같은 암흑. 선 밖은 그대로 환한 실내. 빛의 일정 공간 안에서의 완전 소멸이다.

일상을 완전히 벗어난 기현상에 몸이 떨려온다. 파삭 하는 소리가 들린다. 달걀이 깨지는 소리 같기도 하고, 콜라 캔이 찌그러지는 소리 같기도 한 기분 나쁜 소리들이 주위를 메운다.

공간이, 공간이 우그러진다. 하나의 선을 경계로 일정 공간이 점점 작아진다. 공간이 수축됨과 더불어 인력은 증대된다. 인력은 바람을 만들고 생겨난 강한 바람은 나를 끌어당긴다. 발이 질질 끌린다. 부러진 중검의 남은 날을 벽에 박았다. 나는 벽에 박은 중검을 잡고 간신히 버티고 있지만 주변의 다른 발퀴레들과 골렘들은 그 힘을 이기지 못하고 선 안쪽으로 사라져 간다. 그때마다 무언가 갈가리 찢어지는 듯한 소리가 들린다. 곁에 있던 무수한 생명체가 비명 한번 제대로 못 지른 채 간단히, 순식간에 사라지는 소리였다.

무섭다. 30미터는 족히 되는 공간이 찌그러지고 압축되는 이 납득할 수 없는 광경이 무섭다. 그리고 유일한 생명줄인 중검을 잡고 있는 내 손에서 점점 힘이 빠지고 있다는 사실이 더욱 참을 수 없는 공포로 내게 다가왔다.

"난장판을 만들어놨군."

매달린 연처럼 흔들리고 있는 내 몸 바로 앞에서 목소리가 들렸다. 그 목소리에서는 걱정의 기색도 질책의 기색도 느낄 수 없었다. 오히려 재미있어하는 것 같다는 생각마저 든다.

간신히 고개를 든 난 그의 이름을 불렀다.

"카탈바흐!"

신이었다.

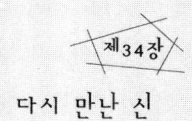

제34장

다시 만난 신

다시 만난 신

문이 닫힌다.

안은 광대하고 차가우며 기묘하고 황량한 소용돌이가 지배하는 공간. 어리고 푸른 별빛과 늙고 붉은 별빛이 넓고 광활한 검은 융단을 배경으로 아름답게 깜박이는 세계.

살아 있다. 빛을 발하는 모든 것들이. 긴 꼬리를 끌고 지나가는 적색 혜성의 무리가.

"마음에 드나?"

카탈바흐가 물었다.

"이것은 우주… 인 건가?"

아무리 그가 신이라 해도 이게 가능한 것일까. 모르겠다. 단 한 번의 손놀림만으로 '괴현상 발생 지점선' 안의 그 엄청난 수축 공간을 자신의 체내로 흡수해 소멸시키는 모습을 보았을 때도 그랬지만 이번 것은 더욱 인정하기 어렵다.

"잘됐으면 그랬겠지."

위아래가 구별되지 않는 공간이기 때문일까. 카탈바흐의 말이 사방에서 울리는 것 같은 착각이 든다.

"그 말은?"

"실패야. 눈요기는 되지만 단지 그뿐이지. 내 능력으로는 여기까지가 한계야, 슬프게도 말이지."

그는 눈요기만으로도 충분히 가치있다고 생각하는 나와는 스케일이 다르다. 욕심이 많아서 만족할 수 없는 거겠지.

"알고 있나. 좀 전의 자네는 하마터면 이 별을 한 줌의 먼지로 만들 뻔했네."

인정하고 싶지 않지만 그의 말은 사실이다. 일찍이 리처드 파인만은 어떤 공간, 어떤 장소이든 공간 $1m^3$에는 세계의 모든 바다를 끓일 수 있는 에너지가 들어 있다고 말한 적이 있다. 그러니 내가 본 무한 수축을 반복하던 그 일그러진 공간에 쌓인 에너지가 최종적으로 엄청난 폭탄이 되어 이 별을 날려 버린다고 해도 그리 놀라운 일은 아닐 것이다.

"위험하게 왜 그런 걸 만든 거야? 방범 장치치고는 너무하잖아!"

그렇다. 벼룩 한 마리 잡으려고—물론 내가 벼룩이란 소린 아니지만—초가삼간 다 태우는 격이다. 이건 전적으로 집주인의 상황 인식에 문제가 있는 거라고!

"그런 목적을 위해서 만든 건 아니야."

"그럼 뭐야? 현재의 인간의 의식만을 육체와 분리해서 특정한 과거 시간으로 되돌리는 그 복도는 대체 왜 만든 건데?"

이 사실을 눈치 채기는 꽤 어려웠다. 만약 매번 만날 때마다 도뷰스가 같은 말을 했다면 빨리 눈치 챌 수 있었겠지만 그와 나눈 대화에는 이상한 구석이 전혀 없었기에 그만 깜박 속고 말았다.

뭔가 이상하다는 사실을 깨달았을 때 내가 맨 처음 떠올린 것은 단순히 '괴현상 발생 지점'에 이르면 몸이 통로의 일정 지점으로 순간 이동 되는 것은 아닐까 하는 것이었다. 하지만 이런 트릭이었다면 중검으로 그은 표식이 바닥에 남아 있었어야 하고, 게다가 이동하는 도중에 중검이 내 등 뒤로 얌전히 돌아와 버린 현상을 설명할 수 없다. 그러니까 믿기는 좀 힘들지만 내가 고른 가장 가설은 나의 현재의 육체와 의식이 무언가의 힘에 의해 강제로 분리되었고, 이렇게 분리된 내 의식이 시간을 거슬러 올라가 과거의 내 육체에 덧씌워진 것이 아닐까 하는 것이다. 그렇게 생각하면 아귀가 잘 들어맞는다. 이거다! 확신이 섰다.

원리를 알고 나니 그것의 파해법을 찾는 것은 그리 어렵지 않았다. 아인슈타인의 특수 상대성 이론은 시간 여행을 부정하지만 일반 상대성 이론은 특정한 형태의 시간 여행은 허용한다. 뭐, 시간을 원으로 휘어지게 하는 엄청난 에너지로 인해 여기에 양자 이론을 적용시키면 아인슈타인 방정식이 박살나긴 하지만 타키온 같은 빛보다 빠른 입자를 이용한다면 질량 장벽을 우회하는 것이 가능해지므로 이론상 불가능하진 않다. 더구나 질량을 가진 육체가 아니라 비교적 가벼운 의식만을 시간 여행시키는 것뿐이라면 일이 한결 쉬워질 테고.

뭔가 복잡해 보이는 방식이지만 요약하자면 시간 여행에는 막대한 에너지가 필요하고 여기에는 분명 한계가 있을 테니 마구마구 타임머신을 돌려서 저장된 에너지를 소진시키거나 과도한 사용을 유도하여 기계 장치를 폭주시키면 된다고 생각했던 것이다. 뭐, 결론적으로 후

자가 되었고 하마터면 화장이 필요없는 시체 신세가 될 뻔하는 위험천
만한 상황이 발생하긴 했지만 안 죽었으니 이만하면 성공인 거겠지.
하지만 발퀴레들과 골렘, 그리고 도뷰스가 죽었다. 이런 결과를 바란
것은 아니었는데, 나는 단지 카탈바흐를 만나고 싶었을 뿐인데 어째서
이렇게까지 되고 말았을까.

　"시간을 조종하고 싶었어."

　"시간을 조종하고 싶었다고? 무엇 때문에 그런 짓을 하려 했던 거
야?"

　인간은 누구나 시간 여행자이긴 하다. 다만 한 방향, 오직 미래를 향
해서만 여행하도록 운명 지어져 있을 뿐이다. 그런데 카탈바흐는 신인
데도 이 법칙에서 벗어날 수 없다니 약간 의외긴 하다. 아쉬울 것 없는
신이 왜 시간을 조종하고 싶어했을까.

　"나를 만든 이의 의도대로 창조하고 일정 시간 돌보다가 드래곤과
하나가 되어 사라진다. 이게 내 운명이지. 이 인과율을 부수고 싶었어.
인과, 즉 원인이 있고 그에 따르는 결과가 나온다. 그리고 인과적 순서
는 시간에 따라 흘러간다. 그렇다면 이 원인과 결과가 일관된 순서를
따르지 않도록 만들면 어떨까 생각했네."

　그렇군. 시간은 흐르기에 과거, 현재, 미래로 나뉜다. 이 흐름을 조
종할 수 있다면 현재에 과거와 미래가 함께 공존할 수 있다는 말도 된
다. 이런 세상이 있다면 분명 운명 따위는 아무런 가치도 없겠지. 나로
서는 도저히 상상할 수 없는 세상이지만 신인 그라면 어떨까 하는 생
각이 든다.

　"그래서 성공했어?"

　"아닐세. 개량하면 인간 정도는 어떻게 해볼 수 있겠지만 나에게는

절대 불가능하다는 사실을 곧 깨닫게 되었지. 부질없는 짓이었어. 어쩌면 시간이라는 것은 처음부터 존재한 것이 아닌지도 몰라. 하지만 물질이 창조됨과 동시에 시간은 만들어지고, 이 시간을 목격한 모든 것들은 시간 속으로 끌려가 결코 헤어날 수 없도록 운명 지어진 게 아닐까 하는 생각이 드네. 나를 포함해서 말일세. 슬프게도 나 역시 시간에 사로잡힌 불쌍한 피조물 중 하나에 불과했나 봐. 그래서 벗어날 수 없었던 거겠지."

카탈바흐의 몸 주위를 별무리가 휘감고 돈다. 마치 그를 위로하기라도 하려는 것처럼. 실제론 그럴 리 없겠지만 왠지 그런 생각이 든다.

"그건 그렇고, 자네는 왜 나를 그토록 만나고 싶어했나?"

카탈바흐가 눈을 감고 말했다. 아, 그러고 보니 깜빡하고 있었다. 하긴 워낙 놀랄 일이 많다 보니 무리도 아니다.

"카에데, 그리고 미로의 숲의 노인은 당신의 분신이지?"

"그렇네만. 뭐 잘못됐나?"

나는 잠시 망설이다가 이곳에 온 목적을 말했다.

"만약 당신이 죽으면 카에데는 어떻게 되는 거지?"

카탈바흐는 잠시 생각을 하더니 입을 열었다.

"모르겠네. 그 애는 나와 전혀 별개이기도 하고 아니기도 해서 나도 뭐라 말하기 곤란하군. 자네, 그녀를 걱정하는 건가? 이거 신기하군, 신기해. 그 애가 나의 분신이라는 사실이 신경 쓰이지도 않나?"

"나는 카에데가 진심으로 나를 걱정해서 도움을 준 거라고 생각하니까 괜찮아."

"그 애는 나의 집단 정신 중 하나에 불과한데도? 알고 있나? 집단 정신체라는 것은 각각이 별개인 것 같지만 종내에는 하나야. 나눠진 개체 하나하나는 모두 자신이 자신의 의지로 뭔가를 한다고 생각하지. 실제로는 그것이 자기도 모르는 사이에 집단을 위한 행동을 하는 것뿐인데도."

"아니, 달라. 카에데는 이미 알고 있었어."

그래. 그녀는 알고 있었다. 그래서 나서서 적극적으로 도와주진 않았던 것이다. 아마도 주저하고 있었다고 생각한다. 얼마나 괴로운 일일까. 자신의 의지를 자신의 의지라고 믿을 수 없다는 것은. 자신의 모든 생각이 자기 것이 아닌지도 모른다고 의심하는 것은.

"농담이 지나치군. 그런 일은 절대 일어날 수… 아니, 어쩌면 가능할지도 모르겠군."

카탈바흐는 뭔가를 골똘히 생각하기 시작했다.

"이거 재미있군. 드래곤만 진화하는 줄 알았는데 나의 분신도 가능하다니 놀라운걸. 이거 정말 재미있군. 연구해 볼 가치가 있겠어."

"잠깐. 카탈바흐, 카에데를 연구 재료로 쓰겠다는 거야? 그런 짓은 그만둬. 내가 허락하지 않을 거야."

"자네가 무슨 권리로 그런 말을 하는 겐가? 그녀는 나고, 내 일부야. 자네가 참견할 일이 아니야."

"아니, 그렇지 않아."

나는 힘주어 고개를 저었다.

"그녀는 더 이상 당신이 아니야. 그녀는 이미 완전히 독립한 하나의 인격체고 스스로도 그렇게 살고 싶어한다구."

"그게 사실이라고 해도 내게는 아무런 의미도 없어. 그리고 내가 하려고 하는 일을 자네가 막을 수 있을 거라 생각하나?"

분명 그의 힘은 강대하다. 나는 절대 그를 이길 수는 없다. 하지만.

"힘으로는 불가능하겠지. 하지만 다른 방법으로 막을 수 있어."

"자네의 배를 생각하는 모양인데 나는 그 배를 두려워하지 않아."

"소울테이커가 아니야."

"그래? 그렇다면 그 방법이라는 것을 들어볼까?"

흥미가 일었는지 카탈바흐의 눈이 빛난다.

"카에데를 건드리면 더 이상 당신의 게임을 하지 않겠어."

"그게 가능할 것 같나? 자네는 체스판 위의 말이야. 말은 게이머의 손에 의해 움직이는 것이지 스스로 움직이는 게 아닐세."

카탈바흐가 손가락을 좌우로 까딱거리면서 말했다. 그는 자신의 힘을 믿고 있다. 그리고 그가 그렇게 믿어도 이상하지 않을 만큼 강하다는 것 또한 사실이다. 그러나 그렇다 해도 이대로 포기할 생각은 없다.

"착각하지 마. 나는 말이 아니야. 보여주겠어, 체스판 위가 아니라 당신의 맞은편에 앉아 있는 또 하나의 게이머란 사실을!"

"자기만족이 지나치군, 안톤."

소리 지르는 나와는 대조적으로 그는 매우 조용한 어조로 말을 이었다.

"좋아, 게임을 시작하지. 나는 카에데를 데리고 내 목적을 위해 내 마음대로 실험하겠다는 수를 던졌네. 방어해 보게."

카탈바흐가 한 손을 내 쪽을 향해 내밀며 말했다.

"그럼 나는 우주로 가겠어."

"무슨 의미인가?"

"그녀를 데려가서 실험해. 나는 드래곤의 본체를 찾아 떠날 테니까."

카탈바흐는 잠시 침묵했다.

"상황은 행동을 이끈다는 말을 아나?"

"아아, 알지. 거기다 예비지식은 그릇된 행동을 하지 않도록 도움을 준다는 말도 알아."

"새끼 드래곤이 단순히 골드의 분신에 불과하다는 사실을 어떻게 알았나?"

카탈바흐의 어조가 사뭇 진지해졌다. 신인 그가 긴장하고 있는 것일까.

"이상하다고 생각했거든, 당신의 힘이 드래곤과 일체화된 로엔 슈팅그레이의 8772보다 훨씬 강하다는 사실이. 물론 당신은 원래 드래곤은 강한데 인간이 결합해서 약해진 거라고 했었지. 그렇다면 여기서 질문 하나, 당신의 운명은 드래곤과 하나가 되는 거지? 그렇다면 드래곤 역시 마찬가지라는 말이 되는데, 어째서 골드는 이 운명을 저버리고 인간인 로엔 슈팅그레이와 합체한 것일까. 당신은 이 부분을 나에게 왜곡해서 들려주었지. 그럴듯하긴 했어. 당신의 말대로 미치광이 신과 그것을 막으려는 영웅의 일대기 같아 꽤나 근사해 나조차도 홀딱 속았었으니까."

"내가 자네에게 거짓말을 했다는 건가? 아닐세. 내가 로엔 슈팅그레이를 몰아붙여서 드래곤과 합체를 유도한 건 정말이라네."

"그러실 테지. 하지만 로엔 슈팅그레이가 정말 인간이야?"

"무슨 말을 하는 겐가? 그는 인간이야."

"사기 치지 마. 그가 인간이라면 드래곤과 하나가 됐을 리 없어. 드래곤과 합체할 수 있는 것은 오직 신뿐이야. 그럼 로엔 슈팅그레이는 어째서 가능했던 걸까? 간단하지. 로엔 슈팅그레이는 인간이 아니라 당신의 분신이어서 합체할 수 있었던 거야! 그가 그 사실을 깨닫고 있었는지,

정말 모르고 있었는지는 나도 몰라. 당신 말대로 당신이 핍박해서 어쩔 수 없이 드래곤과 하나가 된 걸 수도 있겠지. 그래서? 그게 어쨌다는 거지? 알았든 몰랐든 그가 당신의 분신이라는 사실은 변하지 않아!"

"하하하하! 하하하하!"

갑자기 카탈바흐가 너털웃음을 터뜨렸다.

"좋아, 좋아. 아주 좋아. 정말 좋은 수야. 인정하지. 자네는 나와 게임을 할 자격이 있어. 그래, 자네 말대로 로엔 슈팅그레이는 내 분신일세. 하지만 이 사실만 가지고는 드래곤의 본체가 따로 있다는 또 하나의 사실을 끄집어내기에는 부족한 것 같은데?"

"아니, 충분해. 분신이라고는 해도 로엔 슈팅그레이 역시 신이야. 인간이 아닌 거야. 그렇다면 비록 반쪽짜리라고는 해도 신과 결합한 이상 약해질 이유가 드래곤에게는 없어. 원래의 자기 힘+약간 더가 된다고 보는 게 훨씬 그럴듯하잖아? 그런데 약하다면서? 당신이 일부러 져줘야만 했다면서? 왜 그렇게 되었을까? 어쩌면 로엔 슈팅그레이가 분신인 것처럼 드래곤 역시 분신이기 때문인 건 아닐까 하는 생각이 들었어. 만약 그렇다면 로엔 슈팅그레이에게 본체인 당신이 있는 것처럼 드래곤 역시 본체가 따로 있어도 이상할 게 없는 거지. 대답은?"

"모두 정답이야."

너무 순순히 인정하는 모습이 어째 불안하다. 확신은 없었다. 그저 혹시나 하는 마음에서 말해 본 것이다. 그러나 그는 모두 인정했다. 너무나도 쉽게. 그 태도에 원인 모를 불안함이 싹튼다. 하지만 나는 내친 김에 알고 싶은 것을 마저 물어보기로 했다. 나에게 무척 중대한 일이다. 그러나… 만약 이 질문마저 그가 긍정해 버리면 나는… 아니, 그래도 알아야 한다. 확인해야 한다. 자신에 대한 의심을 계속하고 싶진 않았으니까.

"왜 날 지구에 보낸 거지?"

로엔 슈팅그레이는 드래곤과 합체한 D나이트. 드래곤과 합체할 수 있는 것은 신과 그의 분신뿐. 나는 언젠가 드래곤과 합체할 가능성이 있는 D나이트. 그렇다면 나는······.

목소리가 떨려 나온다. 나는 속으로 카탈바흐가 아니라고 말해 주길 바랐다. 무슨 헛소리냐고 말해 주길 바랐다. 그러나······.

"어째서라고 생각하나? 나의 분신 안톤."

머리를 쇠망치로 얻어맞은 것 같은 충격이 몰려온다. 짐작하고 있었지만 하나도 덜 아프지 않다. 예상이 사실로 굳어져 버렸으니까. 생각이 현실이 되어버렸으니까.

"모르겠어."

간신히 이 말만을 했다.

"특별히 가르쳐 주지. 지구의 신은 이미 드래곤과 하나가 되었다고 전에 말했지? 그래, 지구의 신은 사라졌지. 완전히. 내게는 작은 호기심이 있었어. 신이 없는 세상은 어떻게 될까, 창조주를 잃은 세상이 잘 돌아갈 수 있을까 하는 것이었지. 사실 나는 지구가 망했으면 했다네. 그도 그럴 것이 창조주가 없는데도 아무것도 변하지 않는다면 신인 나 역시 이 별에 계속 존재할 필요가 없다는 게 되지 않겠나? 그러나 불행히도 지구는 잘 돌아가더군. 지구의 신이 있을 때와 마찬가지로 서로 싸우면서 말이야. 실망한 나는 한 가지 실험을 더 해보기로 했지. 뭐, 이만하면 알겠나?"

"당신의 분신을 지구에 남기면 어떻게 되나 보고 싶었던 거야? 단지, 단지 그 이유뿐이었던 거야?"

혼란스럽다. 나의 존재가 단순히 카탈바흐라는 신의 장난에 의한 결과물일 뿐이라는 사실이 나를 압박한다.

"마음에 안 드나? 왜지? 혹시 보통 인간이 되고 싶었던 건가? 그렇다면 어리석다고 말해 주지. 태어났으니 마지못해 살다가 때가 되면 그냥 죽는 게 그들이야. 불쌍하게도 말이지. 그들의 무의미한 삶에 가치가 있는가? 없어. 있는 것은 오직 허무뿐이지. 그러나 자네는 달라. 자네는 나에 의해서 선택된 존재야. 바로 나의 분신으로서 사명을 가진 특별한 자야. 그런 자네가 뭐가 아쉬워서 그런 것들을 부러워한단 말인가?"

"나는 인간인 엄마의 품 안에서 인간으로서 성장했어. 인간의 사고방식을 가지고 인간의 사회에서 인간으로 자란 내가 인간이고자 하는 게 왜 잘못이지? 무의미한 삶이라고? 무슨 가치가 있냐고? 누군가에게 평가받기 위해 사는 것도 아닌데 왜 그런 것들을 생각해야 하지? 그런 것들은 몰라. 생각해 본 적도 없어. 내가 아는 것은 단지 즐겁게 살고 싶을 뿐이라는 거야. 짧은 인생을 나를 진정으로 위해주는 사람들과 함께하면서. 그런 말을 하는 당신은 어때? 당신의 존재에 무슨 가치가 있지? 정해진 대로 창조 작업을 끝낸 당신이 아직까지 계속 존재하는 데에 대체 무슨 가치가 있다는 거지?"

"말이 안 통하는군."

딱하다는 듯 카탈바흐가 혀를 찼다.

"자네는 필멸자인 인간의 시선으로 나를 보고 있고, 불멸자인 나는 신인 나의 시선으로 자네를 보고 있어. 나에게는 당연한 것이 자네에게는 부당하고, 자네에게 당연한 것은 나에게는 하찮은 감상으로밖에 안 들리는군 그래. 인간은 종종 말하지. 짧은 인생이기에 오히려 충실하게 살 수 있다고. 하지만 정말 그런가? 인간이 하루살이를 보면서 충실하게 살고 있는 곤충이라고 말하던가? 오히려 하루 만에 죽는 불쌍하고 하찮은 생명이라고 여기기에 그런 이름을 붙인 게 아니던가? 한심하군, 한심해. 인간들 사이에서만 통용되는 그 알량한 기준을 불멸자인 나에게도 들이댈 생각인가? 어리석어. 하루살이가 인간을 이해할 수 없는 것과 마찬가지로 인간은 영원히 나를 이해할 수 없어. 나를 이해할 능력이 없는 인간에게 나의 존재 가치를 물을 자격 따윈 존재하지 않아."

카탈바흐는 실망이 가득 어린 눈으로 나를 쳐다보았다.

"자네에게 실망했네. 나는 자네에게 약간의 기대를 걸고 있었네. 어쩌면 나는 나를 이해해 줄 수 있는 나를 만날 수 있을지도 모른다고 말이야. 하지만 자네는 완전히 어리석은 인간들 중 한 명이 되어버렸군."

"당신이 뭐라 해도 상관없어. 마음대로 기대하고 마음대로 실망하고 마음대로 날 책망하지 마. 나는 나야. 나는 내 식대로 살겠어. 나에게 이래라 저래라 강요하지 마."

"그러지."

너무 쉽게 승낙하는 것 같아서 더욱 불안하다.

"정말이야?"

"그래. 지금의 자네에게는 더 이상 관여하지 않겠네."

'지금의 나에게는' 이라고?

"무슨 의미지?"

"그럴 필요가 없다는 의미지. 자네는 지금부터 다시 나와 하나가 될 테니까."

카탈바흐가 팔을 벌리고 천천히 다가왔다. 뒤로 물러서고 싶었지만 이곳은 우주 공간. 마음먹은 대로 움직일 수가 없다.

"기다려. 내가 사라지면 드래곤 문제는 어떻게 할 거야?"

"걱정해 주지 않아도 돼. 만약의 사태는 항상 대비하고 있으니까."

순간 튜니아에서 본 로엔 슈팅그레이가 떠올랐다.

"그때 만난 슈팅그레이는 클론이 아니었군. 그 역시 당신의 분신 중 하나였던 건가?"

"그런 거지. 또 로엔 슈팅그레이가 아니면 지크란 녀석을 사용해도 되고."

뭐, 이건 또 무슨 말이지… 지크는 분명히,

"그는 지구인이잖아?"

"그건 내가 심어준 기억 때문에 그가 멋대로 착각하고 있는 것뿐이야."

"기억을 심었다고?"

"그래."

카탈바흐가 고개를 끄덕였다.

"착각하나 본데 분신에는 몇 가지 종류가 있어. 내가 내 분신을 만들어낼 수 있다는 것을 깨달은 것은 카에데 때문이었지. 그녀는 내 모든 의식들 중에서도 특별히 자의식이 강했어. 의결에 의한 결정을 좀처럼 받아들이려 하지 않았지. 그녀의 반대로 인해 힘의 구현 연산에 필요한 최소한의 시간이 늘어나는 것을 우려한 나는 그녀를 나의 잠재의식 속 깊이 가라앉히려고 생각했었네. 그런데 그 사실을 눈치 챈 그녀는 내게서 도망쳤어. 몸과 마음, 정신을 스스로의 의지로 현실에 구현해선 말이지. 요컨대 그녀는 나의 분신임과 동시에 내가 아니었던 거야. 여하간 이 일로 인해 나는 나 자신을 쪼갤 수 있다는 사실을 깨닫는 수확이 있었지. 몸의 일부를 사용하는 것이긴 하지만 내 목적을 달성하는 데 효과가 있다면 한 번쯤 인위적으로 시도해 볼 만하지 않을까 하는 생각이 들더군. 그래서 카에데 다음으로 내가 만든 것이 로엔 슈팅그레이, 드래곤의 분신과 나의 분신이 만나면 어떻게 될까 하는 의문을 풀고 나아가서는 드래곤의 힘을 소비시켜 드래곤 본체의 동면 기간을 늘리기 위해서 만든 분신이지. 결과는, 하하하. 자네도 알다시피 아주 만족스러웠다네. 다음 대의 로엔 슈팅그레이의 기억을 적당히 조작하니 합체 주기가 짧아져서 드래곤의 힘을 소모시키는 데 더욱 효과 만점이더군. 쿼이커 웜을 담당한 내 분신은 굳이 그럴 필요가 없었고 자네의 경우 또한 인간으로 화한 나의 성장 가능성을 연구하는 것이기에 굳이 그렇게 하지 않았지만 말일세. 하지만 지크의 경우는 또 다르지."

카탈바흐가 재미있다는 표정으로 나를 주시했다. 이어지는 새로운 사실들에 나는 한숨을 쉬었다.

"그는 나를 압박하기 위해서 만든 분신인가?"

"아니, 그건 아니야. 지상의 인간들을 내 목적에 맞게 통제할 필요가 있어서야. 히틀러라는 인물은 안성맞춤이었지. 그가 원하는 이상향은 신을 대행해 다른 인간들을 지배하며 오직 신에게만 책임을 지우는 만인지상 일인지하의 고대 신화 속의 이상적인 게르만 국이야. 신화의 지상 재현을 위해서라면 무엇이든 할 수 있다는 생각을 가진 인격을 불어넣은 분신은 신인 나를 위해 있는 힘을 다해 일해줄, 충성스런 하인으로 거듭나는 거지."

지크도 불쌍한 존재였구나 하는 생각이 든다. 믿고 있던 것은 모두 거짓이고 단순히 이용만 당했다니.

"성장한다는 말, 나와 드래곤이 함께 성장해 나간다는 그 말도 거짓인가?"

"아니, 그건 정말이야. 내가 예비해 놓은 고난을 겪으면서 자네가 성장한 것은 사실이야. 강해지면 강해질수록 자신이 넘을 수 없는 벽을 만났을 때의 절망이 더욱 큰 법이지."

"강한 절망은 자포자기가 되고 자포자기한 나는 드래곤의 분신에 몸을 던진다는 건가?"

"그래, 맞았어. 지구에서의 실험이 끝난 이상 자네의 존재 가치는 드래곤의 분신과 합체해서 하나가 되는 것 이외엔 없어. 안타깝군. 자네가 이렇게 빨리 오지만 않았더라도 내가 준비한 절망의 고통이 뭔지 알 수 있었을 테고 그렇게 되었다면 자네 역시 드래곤의 분신과 하나가 되는 경험을 쌓을 수 있었을 텐데. 뭐, 어쩔 수 없지. 이렇게 된 이상 자네를 다시 내 안으로 흡수한 후, 기억을 살짝 조작해서 또 한 번의 기회를 주도록 하지."

"웃기지 마!"

나는 고함을 질렀지만 카탈바흐는 신경도 쓰지 않았다.

"아직도 나에게 묻고 싶은 것이 남았나?"

내 바로 앞까지 다가온 카탈바흐가 물었다. 힘으로는 그를 이길 수 없다. 하지만 순순히 그와 하나가 되고 싶지도 않고. 그렇다면 도망치는 방법밖에 없는데 대체 이 공간을 어떻게 빠져나가야 할지 알 수 없었다.

"무, 물론이지."

생각할 시간을 벌기 위한 목적도 있었지만 실제로도 이해할 수 없는 것이 하나 있다. 그것은 카탈바흐가 자신의 분신을 계속 만들어서 드래곤의 분신과 합체시키는 것으로 드래곤 본체의 힘을 소비시킨다면, 드래곤 본체의 힘이 줄어드는 것과 동시에 신인 카탈바흐의 힘 역시 줄어들어야 하지 않을까 하는 의문이었다. 자신을 쪼개서 만든 분신과 역시 쪼개진 드래곤의 분신을 계속 결합시켜 나간다면 최종적으로는 소멸에 이르게 될 것이다. 카탈바흐가 이 사실을 모를 리 없다. 그런데도 이런 일을 계속해 온 그의 진정한 목적은 무엇인지 묻고 싶었다. 그러나 내가 묻기도 전에 카탈바흐의 말이 내 귀를 울린다.

"그거 다행이군. 자네의 모든 의문은 나와 하나가 되는 순간 풀릴걸세. 기뻐해도 좋아, 안톤."

오히려 내가 내 무덤을 판 격이 되어버렸잖아! 젠장!

어쩔 수 없이 나는 그에게 저항하기로 결심했다. 효과는 있을지 모르겠지만 일단 중검을 뽑았다.

"나에게 그런 건 안 통한다는 걸 나보다 자네가 더 잘 알 텐데."

"지렁이도 밟으면 꿈틀한다고!"

물론 내가 지렁이란 말은 아니지만. 여하간 나는 중검에 기를 모으고 힘껏 찔러갔다.

"받아랏!"

"어리석은 짓이야."

그럴지도 모르지. 하지만 회수할 생각은 없다. 나의 검은 카탈바흐의 몸에 닿았다. 그리고… 사라졌다. 녹은 것도 부서진 것도 아니다. 처음부터 존재하지 않았던 것처럼 흔적도 없이 그냥 사라졌다.

나의 손을 카탈바흐가 잡는다. 그의 손이 닿는 순간 몸이 얼어붙은 것처럼 꼼짝도 하지 않는다. 사고가 마비되고 이성이 정지한다.

손이 사라진다. 이어서 팔이, 어깨가, 머리가, 빨려 들어간다. 아픔은 없다. 아무런 느낌도 없다. 아무것도 느낄 수 없다.

나는, 나라는 의식은 그렇게 소멸했다.

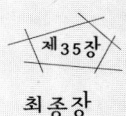

제35장
최종장

최 종 장

눈을 떴다. 착잡하다. 나의 파트너의 생각을 이해할 수가 없다. 그가 나와의 합체를 두려워하고 있었다는 사실도 처음 알았다. 이제까지 그를 기다려 준 일이 후회스럽다. 창조의 역할을 맡은 그가 왜 타락했는지는 모른다. 잠만 자고 있던 나로서는 경과를 알 수 없었다. 하지만 분명한 것은 그가 나를 속여왔다는 것이다. 아니, 어쩌면 호기심이 많은 나의 성향이 그에게 그렇게 하도록 한 것인지도 모른다.

나는 그를 기다렸다, 그의 안에서.

나에게 접근하던 작은 사념들이 흩어지는 것이 보인다. 원래라면 맑고 밝은 빛을 내야 하는 그것들은 칙칙하고 검은색을 하고 있었다. 자기 붕괴를 하고 있는 건가, 카탈바흐? 이렇게 될 때까지 왜 나를 부르지 않는가. 나는 그대를 위해서 존재하는 것이거늘.

휘황한 붉은빛이 다가온다. 작은 사념들을 주위에 가득 공전시키면서 다가온 거대한 붉은빛은 나에게 의사를 전해온다.

"골드, 왜 그대가 내 안에 있는 건가?"

"그대를 위해서야, 파트너."

"안톤에게 붙어 있었나 보군. 어쩔 수 없는 일이지. 내 실수야. 하지만 골드, 나는 여전히 준비가 되지 않았네."

한심하게도 그는 여전히 같은 말만을 되풀이하고 있었다.

"이제는 더 기다릴 수 없어, 카탈바흐. 보게, 자신을 봐. 자기모순에 빠져 스스로를 학대하며 끝없는 붕괴를 거듭하고 있는 자신을 보게. 서글프지 않은가. 일찍이 하나의 별의 모든 생명체를 창조해 낸 자의 모습이 이게 뭔가. 이게 무슨 꼴이란 말인가. 그만 쉬게. 내가 그렇게 해주겠네."

"아니. 나에게는 아직 할 일이 남았어. 부탁이니 조금만 더 시간을 주게, 골드."

"자신이 창조한 것들이 마음에 들지 않아서인가? 그들이 너무 연약하고 무력해서 놔둘 수 없어서인가?"

"알고 있었나? 그들이 불완전한 생명이 된 것은 내가 전지전능하지 못해서야. 그러니까 내가 그렇게 되기만 하면……."

"어리석은 짓이야!"

이 얼마나 한심하고 가여운지…….

"겨우 그런 일을 위해서 나에게 거짓말을 했는가. 겨우 그런 일을 위해서 자신의 몸을 쪼개가면서까지 무의미한 실험을 계속해 왔더란 말인가."

"골드, 그대는 이해할 수 없어. 이것은 신인 나의 사명이야. 창조주인 내가 반드시 해야만 하는 일이야. 내가 자네를 꺼려하는 것은 죽음이 두렵기 때문이 아니라, 나의 남은 사명을 다 이루기 전에 나라는 존재가 소멸하는 것이 두렵기 때문이란 걸 자네는 이해할 수 없을 걸세."

아니, 그가 틀렸다. 나는 그를 충분히 이해하고 있다.

"불쌍하군, 그대는. 창조가 끝났으면 그냥 구경만 하고 있어도 되었을 것을. 그냥 내버려 두고 쉬어도 좋았을 것을……."

"그러면 지금의 나라는 존재는 아무 쓸모도 없는 자가 되지 않는가!"

알아. 자신의 가치를 의심하지 않기 위해서, 자신의 가치가 아직 남아 있다고 스스로를 위안하기 위해서, 하나가 끝나면 새로운 하나가 필요했겠지. 하아. 정해진 수명이 없는 자가 자신을 의심한다는 것은 이 얼마나 끔찍한 일인가. 죽음이 없기에 평안이 없고, 평안해질 수 없기에 영원한 고통의 노예가 된다. 아, 파트너여. 그대가 왜 노예의 길을 걸어야 한단 말인가.

"아무것도 존재하지 않던 황량한 별에 대지를 만들고, 대기를 조성하고, 비를 내려 온갖 식물과 동물들을 이만큼 번성케 했으면 충분하지 않은가? 더 이상 그들에게 자네가 해줄 것은 아무것도 없고, 해줄 수도 없네. 불가능한 일로 자신을 괴롭히는 건 그만두게."

파트너는 잠시 말이 없었다.

"정녕 불가능한가?"

"그래."

그는 이미 내 대답을 알고 있었을 것이라, 내가 대답하기 한참 전부터 깨닫고 있었으리라 생각한다.

"골드, 그래도 나는 해보고 싶어. 나를 놓아주지 않겠는가?"

나는 말없이 고개를 저었다.

"그래? 그럼 어쩔 수 없지. 오게, 골드. 하고자 하는 일을 하게나."

나와 싸워봐야 무의미하다는 것을 그는 안다. 그가 이기든 내가 이기든 우리는 하나가 된다. 우리는 그렇게 정해져 있는 존재들.

그가 마음을 열고 내게 다가온다. 나는 그를 환영한다. 내가 할 수 있는 최대한의 성대함을 담아서.

이것은 정해진 운명.

나와 그가 존재하기 시작한 그 순간부터 늘 함께한 우리의 마지막 인연의 나눔.

모든 것들의 지배자께서 정해주신 DESTINY.

그래서 그는 나에게 다가와, 그렇기에 나는 그에게 다가가 서로의 힘이 되고, 서로의 살이 되고, 서로의 피가 된다.

물줄기가 합쳐져 강이 되고, 강이 만나 바다가 되는 것처럼 서로의 몸을 타고 흘러간 자아 역시 자연스럽게 만나, 보다 거대한 우리의 것이 되어 맥동한다. 빠르게, 더욱더 빠르게.

이것은 끝이 아니다. 시작이다.

나는 그가 되고, 그는 내가 되며, 둘은 하나가, 하나는 영원을 향해 무한한 가속의 시작.

완벽을 향한 영원의…….

*   *   *

쿠당!

"아아야!"

아파라. 머리를 만져 보니 큼지막한 혹이 잡힌다. 고개를 들고 보니 나는 마치 개구리가 '만세' 하는 모양으로 엎어져 있었다. 쪽팔리게. 아니, 이게 문제가 아니라……

여기는 어디지? 작은 방이다. 아무런 장식도 없이 그냥 적색 벽돌을 쌓아 만든 돌방이다. 이런 방에 살면 정신 건강에 무척 해로울 것 같다. 감방하고 뭐가 달라?

그건 그렇고, 나는 왜 여기에 있는 걸까? 나는 곰곰이 생각에 잠겼다.

"카탈바흐!"

벌떡 일어났다. 그래, 나는 그를 만나러 왔었다. 그리고… 어라? 나는 분명히 그에게 흡수되어서 사라졌을 텐데, 왜?

모르겠다. 더 이상의 기억이 없다. 뭔가 다른 음모를 위해 그가 해방시켜 준 것일까? 음. 그러면 충분히 그렇게 하고도 남겠지. 뭐, 일단은 안 죽었으니 다행이다.

복도를 지나 처음 신전에 들어올 때 뚫어놓은 구멍을 통해 밖으로 나왔다. 신전 안은 조용했다. 아무도 없는 건가? 설마 '한 번 도둑이 든 신전은 싫어' 하고 다른 신전으로 이사 간 건 아니겠지?

뭔가 떨떠름하다. 어떻게 된 걸까? 여하간 키프로스로 돌아가야겠다. 괜히 여기 있다가 카탈바흐가 나타나서 '마음이 변했다' 라며 흡수하려 한다면 곤란하니까.

키프로스에 도착했을 때는 아침이었다. 아직 해가 안 떠올랐으니 새벽이라고 해도 무관하다. 그런데 뉴튼이 안 보이네. 뭐, 상관없나? 나는 축제 장소로 이동했다.

음. 이건 무슨 시체 보관소 같다. 술에 취해 아무 데나 퍼져 있는 인간이 왜 이리 많은지. 사방에서 들려오는 코 고는 소리가 오케스트라 연주처럼 귀를 울린다. 듣고 있기 괴롭다.

에트나들과 함께 바비큐를 먹던 곳까지 왔다. 그런데… 아무도 없네. 중간에 한 명이 깨서 다들 안으로 옮겼나 보다. 이거 괜한 걸음을 했잖아.

파삭.

응? 나뭇가지 밟는 소리에 나는 뒤를 돌아보았다.

"들켰다."

뭐야? 유난이잖아?

"어이, 잘 잤어?"

"잘도 모습을 드러내셨군요."

뭔가 화난 모양이다. 귀에서 풍기는 냄새가 그 사실을 나에게 전해 주고 있다. 그런데 엘프에게는 숙취 같은 건 없나 보다. 어제 마신 술의 양에 비해 아주 건강해 보인다. 귀를 통한 알콜의 배출 기능 때문인 모양이다.

"다른 사람들은 어디 갔어?"

"알고 싶으세요?"

팔짱 낀 유난의 손가락이 까닥까닥. 뭔가 아주 불길한 기분이 드는데.

"말하기 싫으면 나중에 들어도……."

"잡았다!"

대화하는 도중 갑자기 뭔가가 내 머리 위로 떨어졌다. 동시에 에트나와 카에데가 나를 사이에 두고 빙빙 돈다. 그녀들은 손에 밧줄 같은 것을 들고 있었다. 순식간에 발등부터 목까지 밧줄을 동여맨 실타래 같은 꼴로 변해 버렸다.

"이, 이거 뭐 하는 짓이야? 갑자기 왜 묶고 그래?"

이때까지만 해도 나는 단순한 장난으로 생각했었다.

"안톤님, 몰라서 물으세요?"

"그래, 에트나. 모르겠는걸."

"이봐, 안톤. 정말 몰라?"

카에데가 어처구니없다는 듯 말했다.

"너무하세요."

나무 뒤에서 나온 카린이 울먹인다. 응? 카린까지……. 내가 대체 무슨 짓을 했지?

분위기로 볼 때 나는 뭔가 큰 잘못을 하긴 한 것 같다. 기억은 나지 않지만 눈치 빠르기로 두 번째라면 서러운 이 몸이 내린 판단이니 틀림없다. 대체 내가 무슨 잘못을 저질렀을까? 음. 아마도 내가 그녀들을 떼어놓고 멋대로 위험한 카탈바흐를 만나러 간 것 때문인 것 같다. 그러면 다들 나를 걱정해서 화가 난 거로구나.

가슴이 뭉클하다. 봐, 카탈바흐. 나에게는 나를 진심으로 생각해 주는 사람들이 있어.

"미안해. 하지만 어쩔 수 없었어."

나는 솔직히 사과했다. 이만하면 알아주겠지… 생각했는데. 왜 카에데가 밧줄 끝을 나뭇가지 너머로 넘기는 거지?

"뭐 하는 거야?"

"조용히 하세요."

밧줄이 당겨진다. 허공에 매달린 내 앞에 서서 에트나가 노려본다. 다른 사람은 몰라도 에트나까지 이럴 줄이야. 아무리 화가 나도 그렇지 이게 무슨 짓이야.

"내가 잘못했어. 하지만 이건 좀 너무하잖아?"

"뭘 잘못했는지 알긴 하세요?"

"물론이지."

가슴을 쫙 펴고 말해 주려 했는데 몸을 친친 동여맨 밧줄의 압박에 그렇게 하지 못했다. 대체 나를 뭘로 보는 거야? 여자의 마음 하나 모르면서 감히 내가 천재 운운할 수 있겠어?

"어쩜 저렇게 뻔뻔할 수가. 안톤님을 잘못 봤어요."

어라, 카린의 말은 조금 이상하다. 아무래도 내 죄상은 뻔뻔하다고 평가받을 성질의 것은 아닌 것 같은데.

"내가 말했잖아, 원래 이런 녀석이라고."

"전 저희 마을에서 사기 칠 때부터 알아봤어요."

카에데와 유난의 말로 볼 때 사태는 명확해졌다. 나는 뭔가 다른 이유로 오해를 받고 있는 것이다. 그런데 내가 이날 이때까지 살아오면서 단 한 번이라도 양심에 찔리는 행동을 한 적이 있었던가? 음. 하나 있군. 아니, 두 개… 으악. 엄청 많잖아. 이 많은 것들 중에 대체 뭐야?

"어떤 벌을 원하세요? 순순히 잘못을 시인했으니까 가능하면 원하는 방식으로 해 드릴게요."

에트나가 내 몸을 슬쩍 밀면서 말했다.

흔들흔들. 내 몸은 천천히 진자 운동을 시작했다.

"잠깐만. 멈춰봐. 대체 내가 무슨 잘못을 저지른 거야?"

"아깐 안다면서요?"

"그랬지. 하지만 그건 이런 대접을 받을 만한 짓은 아니라구."

흔들림이 멈췄다. '휴. 살았다' 하고 생각한 것도 잠시였다. 연약한 나를 사이에 두고 여자 네 명이 여덟 개의 눈으로 매섭게 나를 째려본다.

"끝까지 시치미 뗄 생각인가요?"

"파렴치하기 그지없군."

"죄질이 아주 나빠요."

"당신이 한 짓은 사형감이에요! 사형감!"

으음. 뭔가 아주 고약한 상황인 것 같다. 여하간 이유는 알아야겠지.

"떠들지만 말고 내 죄목이나 말해 봐. 판단은 내가 한다."

내 말이 끝나기가 무섭게 여자 넷의 얼굴이 클로즈업.

"보고도 딴소리 하진 않겠죠?"

"이런 짓을 해놓고도 모른다는 말이 나와?"

"이건 정말 인간으로선 도저히 할 수 없는 파렴치한 짓이에요."

"고귀한 내 얼굴을 돌려줘요. 이게 대체 뭐냐구요!"

아마도 얼굴에 문제가 있는 것 같다. 뭐, 다들 괜찮은 얼굴인데 뭐가 문제야? 아! 내가 남겨놓은 글자 때문인 건가? 하지만 어쩔 수 없었다. 혹시라도 내가 자리를 비운 사이에 누가 주워가기라도 하면 곤란하잖아?

"진정해. 진정들 하라구. 알았어. 내가 얼굴에 새겨놓은 글자 때문에 그렇게 화가 난 거구나? 맞지?"

네 개의 얼굴이 동시에 끄덕끄덕. 정답이군. 역시 내 예상은 틀릴 때가 없다니깐. 하하하.

"그렇다면 이야기는 간단해. 죄인은 무죄. 즉시 방면을 명한다."

명쾌한 나는 즉시 판결을 내렸다.

"어째서 그렇게 되는 거죠?"

"나는 너희들의 안전을 위해서 그렇게 한 거야. 내가 없는 사이에 아무 일도 없으라는, 그러니까 일종의 부적 같은 거라구."

"오호. 우리들 얼굴에 새겨진 '안톤 거'라는 이 흉악한 글귀가 부적이란 말이지?"

카에데가 내 코를 쿡쿡 찔러댔다. 음. 어디가 흉악한지 모르겠다. 나는 왕이다. 따라서 '안톤 거'라고 적어두면 아무도 손댈 수 없게 됨은 당연하다. 모두 그녀들의 안전을 위해 내가 고심해서 한 일인데 어째서 흉악하다 하는 걸까. 글씨라도 못 썼으면 또 모르겠다. 해서를 응용한 추사체로 잘 흘려 썼는데 왜 화를 내는 거냐고. 나라면 동네방네 자랑하고 다닐 텐… 아, 그렇구나.

"미안해. 내 생각이 짧았어."

"죄를 인정받기 힘드네요."

에트나가 한숨을 내쉬었다.

"남들에게 자랑하기 쉽게 큼직하게 적어놓았어야 했는데 유성 사인펜이 아까워서 그만… 부디 좁쌀 같은 나의 경제 관념을 용서해 줘."

나는 정말 마음속 깊은 곳에서 우러나오는 내 혼신의 정열을 다 바쳐 싹싹 빌었다고 생각했는데 어째 분위기가 싸늘하다.

"용서가 안 되는군요."

어째서야, 에트나.

"인간은 미워하되 죄는 미워하지 말랬지, 죽었어!"

어이, 그 속담 앞뒤가 바뀌었어. 카에데.

"너희 중 죄 없는 자가 이자를 돌로 내려치라!"

잠깐, 카린. 그 돌 내려놔.

"전 잠시 제가 고귀한 엘프라는 사실을 잊겠어요."

그럼 네가 엘프지, 드워프냐?

정말 악몽의 순간이었다. 얼마나 아팠는지 말도 못한다. 따라서 이 일에 대해선 더 이상 말하지 않겠다. 여하간 이 일로 인해 한 가지 교훈을 얻었기에 후회는 없다. 나중에 나의 후손들에게 가훈으로 남길 생각이다. 실수는 반복되어선 안 되니까. 자, 그럼 뭐라고 쓸까. 이게 좋겠다.

여자에게 들어가는 돈을 아까워하지 말자.

〈終〉

누군가의 도움을
　　필요로 하고 있는 내 앞에
손을 내밀어준 너

　평상시와 같이 학교에서 집으로 오는 길에 나는 습관적으로 카페 '유니콘'에 들렀다. 날은 이미 어두웠지만 노상 카페인 유니콘은 항상 환한 조명등을 켜두기에 별문제가 되지는 않는다.

　내가 이곳에 자주 오는 이유는 이곳의 케익 때문이 아니다. 뭐, 그렇다고 해서 이곳의 케익이 영 형편없냐 하면 그렇지는 않다. 잘 반죽한 밀가루에 특수한 비법으로 거품을 내서 만든 부드러운 빵에 입김만 닿아도 살살 녹아버리는 생크림, 거기에 유기농으로 재배한 탁구공보다도 더 큼지막한 왕딸기가 하나도 아니고 세 개씩이나 얹혀 있는 데다가 덤으로 가격까지 저렴하면 불평하고 싶어도 도저히 불평할 수가 없다라는 게 일반적인 평가이고 나 역시 그렇게 생각한다.

　그러나 케익처럼 단 음식을 주식으로 삼는 것은 여자들. 나 같은 남자들은 이런 강렬한 단맛에 대한 면역성이 별로 없다. 어쩌다가 한번 먹으면 모를까 매일 먹을 수 있는 남자는 거의 없을 것이다. 더구나 나처럼 여자에 대한 면역성이 없는 사람에게는 이 카페처럼 여자애들의 전용 무대 같은 곳은 부담스럽다. 그녀들의 시선도 그렇고 간간이 들려오는 낯간지러운 여자들만의 대화도 그렇다. 나를 그녀들의 남자친구와 비교하는 대사 정도는 자기들끼리만 들을 수 있도록 소곤소곤 말해 주면 좋을 텐데, 꼭 나더러 들으라는 듯 '저 애 귀엽다' 라든가 '키만 좀 더 크면 내 취향인데' 라든가 하는 둥의 말은 양반이고, 심하면 총각이다 아니다 하는 문제를 가지고 자기들끼리 내기를 하고는 가위바위보로 직접 내게 물어보러 올 희생자까지 고르는 데에는 두 손 두 발 다 들 지경이다.

그런데도 불구하고 여기에 있는 것은 이 카페의 웨이트리스 때문이다. 아, 흔히 있는 사랑 이야기처럼 첫눈에 반했는데 소심해서 고백하지 못하고 그녀의 근처를 배회한다는 식의 이야기는 아니다. 그보다는 좀 더 기분 나쁜 일 때문에 매일 이곳에 오고 있다.

그런데 아무래도 그녀는 평소보다 늦는 모양이다. 드문 일도 아니다. 이번에도 어디선가 그녀에게 나와 같은 이유로 접근하려는 사람이 있는 거겠지. 그것을 떼어내느라 시간이 걸리는 것일 테고. 힐끔 시계를 보니 오후 7시가 약간 넘었다. 주문한 케익은 이미 다 먹어치우고 무제한 리필되는 커피만 홀짝거리고 있었다. 앞 자리를 보니 누군가 놓고 간 신문이 보였다. 기다리기 지루했던 나는 그것을 집어 들었다. 별 내용은 없다. 내년으로 예정된 외우주 탐색선 오리온 호의 발사 자금을 모으기 위해 국민이 가져야 할 마음가짐에 대한 내용들로 빼곡했기 때문이다.

요즘 신문들은 대부분 이런 식이다. 가끔은 다른 내용을 실어줘도 괜찮을 텐데.

신문을 던져 놓는 내 눈에 멀리서 누군가가 걸어오는 것이 보였다. 그녀인가 하고 약간 긴장하며 시선을 집중했다.

"쳇!"

그녀가 아니다. 다가오는 사람은 세 명. 20대 후반에서 30대 초반으로 보이는 남자와 10대 후반에서 20대 초반으로 보이는 여자, 그리고 꽤 예쁘장한 열대여섯 살로 보이는 소녀였다.

그들은 내 맞은편에 자리를 잡고 앉았다. 다들 오래된 디자인의 옷을 입고 있어서인지 눈에 띈다.

"많이 변했네요, 이곳도."

여자가 주위를 둘러보며 말했다. 좀 전에는 눈치 채지 못했는데 이렇게 가까이에서 보니 꽤 미인이라는 것을 알 수 있었다. 이 지역 사람은 아니다. 저 정도 미인이라면 기억에 남지 않을 리 없다.

"그래? 내가 보기엔 그대로인 것 같은데. 그것도 지나칠 정도로."

남자는 별 관심이 없는지 시큰둥하게 대답했다. 그리 잘생긴 남자는 아니지만 왠지 모르게 위엄이 있다고나 할까. 어딘가 모르게 권력 냄새가 나는 사람이다. 일반인은 눈치 채기 어렵겠지만 나는 알 수 있다. 내 직업이 직업이니만큼 틀림없겠지. 차게 식어버린 커피를 마시면서 그들을 계속 관찰했다. 고위직으로 보이는 인간들이 한참 유행이 지난 옷을 입고 이런 삼류 거리를 어슬렁거리는 데에는 뭔가 이유가 있을 것이다. 꼭 알고 싶은 건 아니지만 호기심이 든다. 사실, 지금은 딱히 할 일이 없어 좀 지루하기도 했기에 의미는 없지만 그들을 지켜보기로 한 거지만.

"네가 보기엔 어떠니, 세리오?"

남자가 소녀를 바라보면서 물었다.

"아빠, 전 지구는 처음이잖아요. 변했는지 안 변했는지 제가 어떻게 알겠어요? 생각 좀 하고 물어보세요."

소녀가 아빠라고 하는 걸로 봐서 이 3인방은 가족인 것 같다. 그런데 좀 이상하다. 남자는 30대로 보이니까 15~6세 정도에 결혼했다면 아빠가 될 순 있겠지. 하지만 여자 쪽은 아무리 많이 봐줘도 20대 초반. 소녀와는 모녀 관계로 보인다기보다 언니라고 하는 쪽이 더 자연스럽다. 그게 아니라면 남자는 소녀의 부친이 맞지만 여자는 친척이나 가정교사겠지.

그건 그렇고, 소녀의 생김새는 그녀가 아빠라고 부른 사람과는 상당한 거리가 있어 보였다. 부친은 그저 그런 데 반해 소녀는 꽤 미인이다. 눈이 돌아갈 정도는 아니지만 한 번 보면 자연스럽게 다시 돌아보게 만들 정도의 미모는 가지고 있었다. 아직 앳된 기운이 함초롬이 남아 있는 작은 얼굴은 뭐랄까, 눈처럼 하얀 한 마리의 새끼 강아지를 보는 것 같은 느낌이라고나 할까. 그런 귀여운 분위기를 가지고 있다.

아담한 몸집에 길지는 않지만 무릎 아래로 드러난 미끈한 종아리가 투명할 정도로 맑고 깨끗해 보인다. 이상한 것은 그녀에게서 어딘가 외로워 보인다는 느낌을 받았다는 것이다. 이유는 모르겠다. 뭐, 아무래도 나와는 상관없는 일이니 깊게 생각할 필요는 없겠지.

"세리오, 아빠께 그게 무슨 말버릇이니? 그럼 못써."

여자는 소녀를 나무라는 것 같았지만 동시에 은근히 재미있어하고 있는 눈치다.

"하지만 엄마도 종종 그러시잖아요."

소녀가 입을 삐죽거린다.

"그건 엄마만의 특권이야. 아무리 네가 내 친딸이라 해도 엄마의 고유 권한을 마음대로 침해하는 건 용서 못해."

친딸, 모친? 나는 내 귀를 의심했다. 저 여자가 엄마로 불리려면 대체 몇 살에 애를 낳은 건지 짐작도 안 간다. 아니, 짐작은 가지만 납득할 수 있는 숫자가 아니다.

"그 고유 권한이라는 것은 이미 엄마를 포함해서 네 명이나 가지고 있잖아요. 그러니 한 사람쯤 더 늘어나도 신경 쓸 것 없다고 보는데요."

아무래도 이 셋은 가족이 맞는 것 같다. 겉으로 보이는 각자의 추정 나이로는 불가능할 것 같지만 세상은 넓으니까 조숙한 부모에, 나이보다 더 들어 보이는 딸이 있을 수도 있는 거겠지. 그 조숙의 레벨이 어느 정도인지는 상상도 안 가지만.

"그래서? 너까지 내 라이벌이 되겠다는 거니? 내가 널 어떻게 키웠는데 그런 소릴 할 수 있는 거니?"

화가 났는지 소녀의 모친이 테이블을 내려쳤다. 그리고는 남자 쪽을 바라보았다.

"당신도 뭐라고 좀 해요!"

"무슨 말을 하라는 거야, 에트나?"

"이런 경우에 아버지로서 딸에게 응당 해야 할 말을 하란 말이에욧! 당장!!"

아내의 박력에 밀린 남자는 마지못해 딸을 향해 입을 열었다.

"저기 말야, 세리오. 넌 착각을 하고 있어. 사실 이 아빠는 아무한테도 그런 권한을 준 적이 없단다. 네 엄마를 비롯한 네 명의 행위는 월권이고 정당한 법적 근거라고는 쥐뿔도 없는, 말하자면 일종의 공수표의 남발 같은 것이라고나 할까? 그런 거란다. 요컨대 애초부터 무효인

권리이니만큼 네가 그것을 나눠가져야겠다고 적극적 의지를 표명한다 해서 들어줄 수 있는 성질의 것이 아니라는 거지. 알겠니?"

"무슨 소리를 하는 거예요, 당신!"

폭발한 여자가 남자의 멱살을 잡고 마구 흔들었다. 익숙함이 흠씬 배어 있는 그녀의 연속 동작으로 볼 때 이런 상황이 종종 있는 모양이다. 반항 한번 못하고 흔드는 대로 고개를 흔들리고 있는 저 남자의 결혼 생활은 꽤나 험난할 것 같다. 뭐, 다 자기가 멍청해서 제 무덤 판 거니 동정해 줄 생각은 들지 않지만.

"아아, 그만들 둬요. 지구에 와서까지 유치하게 놀기예요? 부끄러운 줄 아세요."

주문한 쥬스를 마시면서 소녀가 말했다. 내가 보기에도 부모보다 소녀 쪽이 더 어른스러운 것 같다.

"유치하다니! 그게 널 낳아준 부모에게 할 소리니? 세리오, 엄마는 엄마에게 유치하다는 식으로 말하는 딸로 널 키운 기억이 없는데 어떻게… 여봇, 다 당신 탓이에욧!"

남자는 뭔가 말하려는 듯 입술을 움직였지만 워낙 격렬한 머리의 흔들림으로 인해 언어로 만들지는 못하고 있는 것 같았다.

"그만 해요, 엄마. 그러다가 애, 아니, 아빠 잡겠어요."

말은 그렇게 했지만 소녀도 적극적으로 말리지는 않는 눈치다. 말려봤자 통하지 않는다는 것을 경험으로 알고 있기 때문이겠지. 싸우면서 정든다는 말도 있으니 어쩌면 이 가족은 실제로는 꽤 재미있게 살고 있는 것인지도 모른다.

뭐랄까, 약간은 부럽다는 생각을 해본다. 나처럼 필요에 의해 소량 생산된 사람들은 처음부터 부모도 없고 결혼해서 후세를 만드는 것도 허용되지 않는다. 가져 본 적도 없고 앞으로도 평생 가질 수 없는 것에 대한 바람이랄까? 말하자면 아련한 동경 같은 것이다.

동경은 하지만 미련은 아니다. 나는 중대한 목적을 가지고 태어난 인간이고, 그 목적에 맞는 현재 나만이 할 수 있는 일을 충실히 행하고 있으며 무엇보다도 나 스스로가 그것에 만족하고 있으니까.

치익—

[572호. 들리나.]

"큭!"

상부에서의 연락이다. 머리가 지끈거리는 것을 느껴 알약을 꺼내 삼켰다. 내가 지금까지 살아온 날들 중에서 겨우 일주일을 뺀 나머지 기간 동안 죽 한 몸인 나노칩이지만 연락이 올 때마다 녀석이 만들어내는 이 두통만큼은 참기 힘들다. 뇌를 수저로 한 스푼씩 떠 올리는 것 같은 이 고통은 익숙해졌다 해서 제정신으로 버틸 만한 차원의 것이 아니다.

신형 cz657칩은 미세한 마약 성분을 대뇌 피질에 직접 분비해서 통증을 줄이도록 설계되었지만 불행히도 내 뇌에 삽입된 cx98-b형 칩은 실용성만을 강조한 개발 초기의 구형이라서 이런 편리한 기능은 가지고 있지 않다. 덕분에 귀찮지만 통신이 들어올 때마다 정제된 마약 성분을 직접 섭취하는 것으로 고통을 완화시켜야만 하는 것이다.

[572호. 카피.]

몽롱하게 약 기운이 올라오는 것을 느끼면서 머리 속으로 대답했다. 부작용이 있는 정신 감응 통신의 특성상 사소한 일은 아니다. 정신 감응 통신으로 내려오는 명령은 오직 한 가지 종류의 것뿐이다.

[파멜라 엔더슨에 대한 검증 작업이 끝났다.]

파멜라는 지금 이곳 웨이트리스의 이름이다. 검증 결과 내버려 둬도 상관없다고 판단되면 나에게 연락이 올 일은 없다. 연락이 왔다는 것은 이미 그녀에 대한 처분이 결정되었다는 의미이고, 그 처분을 내가 집행해야 한다는 것을 뜻한다.

[기한은?]

[3일. 카운트는 지금부터 개시한다.]

[카피.]

얼굴도 모르는 상급자와의 대화가 끝난 후에도 머리가 지끈거려 알약 하나를 더 삼켰다. 불과 한 달 전까지만 해도 반 개면 충분했는데 요즘 들어 일의 빈도가 늘어나는 것과 더불어 많이 섭취하여 몸이 적응해 버려서인지 이제는 두 알 이상을 먹어야만 간신히 진정할 수 있다. 이 상태로 가면 조만간 마약 중독 증상이 나타날지도 모르겠다. 뭐, 그렇게 될 가능성은 별로 없다. 나와 같은 부류의 종사자들은 대부분 만성 중독이 되기 전에 죽는다. 아니, 전부라고 해야 하겠지. 좀 더 자세히 말한다면 살해당한다라고 표현해야 할 것이다. 비밀 엄수를 위해서다.

나와 같은 사람이 존재한다는 사실이 비밀이어야 하는 이유를 설명하겠다.

절대적으로 유통이 금지된 마약을 구할 수 있고, 그것도 모자라 장기 복용으로 야기되는 중독까지 된 사내, 충분히 뉴스감이 된다.

게다가 매스컴이 적극적으로 파헤치기라도 하면 곤란하다. 마약의 공급원이 연방 관리국이라는 사실을 알게 되면 세상이 발칵 뒤집어질 거라는 것쯤은 쉽게 짐작할 수 있기 때문이다. 인간이라는 존재는 현실은 인정을 하면서도 내적으로는 사소한 도덕률에 집착하는 경향이 있으니까 말이다.

중독 증상이 나타나는 것을 감지하면 관리국이 일감을 늘리는 것은 이런 이유 때문이다. 일감이 늘어나면 중독도 그만큼 심해지고, 그에 비례해서 몸도 둔해지기 마련이다. 둔한 몸으로 암살 따위의 반복 작업을 하고 있으면 역으로 목표에게 살해당할 확률이 높아진다. 살해당하는 것은 상관없지만 시체가 남으면 곤란하다. 관리국이 발뺌하기 힘들어지니까. 따라서 이런 사태가 벌어지기 전에 먼저 관리국에서 손을 써서 제거를 할 것인지 좀 더 두고 봐도 괜찮을지 여부에 대한 세부 데이터를 얻기 위해 일감을 늘리는 것이다. 일종의 연례 행사다.

"윽!"

나도 모르게 떨리는 손을 잡아 진정시켰다. 아무래도 내 몸의 상태는 내 생각보다 좋지 않은 것 같다. 나의 폐기일은 이제 얼마 남지 않았겠지.

뭐, 불만은 없다. 어차피 나와 같은 인간은 사회의 안정을 위해서 소량 생산된 생명체에 불과하며 원래의 목적에 맞게 쓰이는 것일 따름이다. 그렇게 정해진 인생의 길을 걷는 것일 뿐, 그 이상도 그 이하도 아니다.

슬슬 가봐야겠다. 그런데 아까 그 3인 가족이 의아하다는 시선으로 나를 보고 있다. 특히 소녀 쪽은 노골적이다. 나와 시선이 부딪쳐도 피하지 않고 오히려 방긋 웃는다. 뭔가 꺼림칙하다는 생각이 들었지만 신경 쓰지 않기로 했다. 사실 그리 드문 일도 아니다. 내 얼굴에 드러난 통증의 기운을 읽고 도와준답시고 접근하는 사람들은 종종 있었다. 저 소녀 같은 반응은 처음 보는 것이지만 거기에 딱히 특별한 의미가 있을 거라는 생각은 들지 않는다.

그보다는 일이 먼저다. 기한은 3일. 보통 10일을 주는 것에 비하면 매우 짧다. 파멜라라는 여자의 위험 수위가 매우 높거나 외부로 도주하려는 기색을 탐지했기 때문일 것이다. 이런 경우에는 최대한 빨리 계획을 세우고 실행에 옮기는 것이 바람직하겠지. 일단 장비를 챙기기 위해 집으로 가야겠다.

마음이 정해지자 바로 자리를 나섰다. 계산서에 나온 요금을 지불하고 거리로 나섰다. 요 10년간 변한 것은 없다. 새로 건물을 짓거나 하는 일은 현재의 지구 재정 형편상 어렵다. 뭐니 뭐니 해도 현재의 최우선 개발 순위는 우주. 그 외의 것들은 무시되는 게 현실이다. 자체 붕괴의 우려가 없는 이상 건물의 보수 같은 사소한 일은 허용되지 않는다. 수명이 다한 가로등이 그대로 방치되어 거리가 어두운 것도 이런 이유 때문이다.

"응?"

누가 따라오는 것 같은 기분이 들었다. 타고난 능력에 그간의 경험이 더해져서 예리하게 연마된 나의 감각은 이제까지 단 한 번의 실수도 없었다. 누군가 따라온다고 느꼈다면 실제로 그런 것이다. 보폭을 그대로 유지하면서 조심스럽게 신경을 곤두세우고 탐색을 시작했다. 크고 작은 일상의 소음에서 가장된 자연스러움을 찾는 작업이다. 어지간한 수준이 아니라면 이 방법만으로 충분하다.

바쁘게 걷는 여대생의 또각또각 하는 하이힐 소리. 털털한 샐러리맨의 구두 끄는 소리. 의미없는 잡다한 대화들. 이런 것들을 제거해 나가면서 나를 자극한 감각과 일치되는 성질의 주인을 찾아보았으나 발견할 수 없었다.

'제법이군.'

일상에 완벽히 동화되어 있다. 누군지는 모르겠지만 고도의 훈련을 받은 자, 내지는 자신을 숨기는 방식을 잘 알고 있는 자가 분명하다. 프로다.

양복점 쇼윈도를 바라보는 척하면서 유리에 비치는 풍경을 살피길 5분.

딸랑 하고 눈앞의 가게문이 열렸다.

"손님, 들어와서 보고 가시죠."

양복점 주인이다. 불과 5년 전만 해도 로봇이 직접 주문을 받았었다. 하지만 지금은 사람이 한다. 인간은 넘칠 만큼 많고 에너지는 한정되어 있으며, 그나마도 우주 이민 계획에 대부분을 쏟아 붓고 있는 현실이 만든 하나의 흐름이라 할 수 있다. 퇴보라면 퇴보다.

가게로 들어선 나는 한쪽에 전시되어 있는 넥타이를 만지작거리며 거울에 비친 창밖을 세밀히 관찰했다. 목표물이 장시간 한곳에 체류하면 쫓는 사람의 입장에서는 다른 곳으로 샌 건지 아닌지 의심하기 마련이다. 프로라고 해도 예외는 아니다. 바로는 아니더라도 조만간에 얼굴을 들이밀 것이 틀림없다.

"특별히 찾으시는 거라도 있으십니까?"

뒤적거리던 나에게 나 이외의 다른 손님이 없어서인지 다가온 가게 주인이 친절한 음성으로 물었다. 가게에 들어온 지도 벌써 15분. 이만큼이나 시간을 끌었는데도 변화가 없다면 근거리에서의 미행이 아닌 망원경류를 이용한 장거리 관찰일 가능성이 높다. 흥. 뒷문으로 살짝 나가면 그만이지.

더 이상의 탐색을 포기하고 되는대로 넥타이를 하나 집어 들었다. 손에 잡히는 대로 들고 보니 크고 작은 파란 물방울이 가득 그려진 게 유치하기 짝이 없는 디자인이다.

"탁월한 선택이십니다. 그게 요즘 유행하는 최신 모델입죠."

과도한 영업용 스마일을 지으면서 주인이 말했다.

"뒷문이 어디죠?"

"무슨 문제라도 있으십니까?"

주인이 눈을 껌뻑거리며 물어 막 대답하려는데 누군가가 내 손에서 넥타이를 채갔다.

"어머, 이런 걸 골랐어요? 센스없게."

이마를 살짝 찡그린 채로 넥타이를 흔들고 있는 이는 카페에서 보았던 소녀였다. 나는 적잖게 놀랐다. 나 정도 되는 사람이 이런 어린 소녀의 접근을 전혀 눈치 채지 못한 것이다.

"아저씨, 왜 이런 걸 고른 거죠? 특이한 걸 좋아해서? 그게 아니면 돈이 남아돌아서?"

소녀가 따지는 듯한 어조로 물었다.

"내가 내 돈 내고 물건 사겠다는데 남에게 일일이 허락받아야 할 이유는 없겠지."

소녀의 당돌함에 약간 화가 난 나는 퉁명스럽게 대꾸했다.

"흐음, 그건 귀찮아서 아무거나 골랐다는 거군요. 그럼 안 되죠. 그래서는 여자한테 인기 빵점이라구요."

소녀는 내 주위를 한 바퀴 빙 돌면서 고개를 끄덕거렸다.

"뭐 하는 거야?"

"대강 이런 느낌일까?"

내 말은 들은 척도 하지 않고 가게 안을 누비던 소녀는 옷가지를 한 아름 들고 와서는 그중 한 뭉치를 나에게 내밀었다.

"입어봐요."

"너, 대체 무슨 생각을 하고 있는⋯⋯."

"아아~ 거참 말 많네요. 모처럼 예쁜 소녀가 권해주는 거니까 아무 소리 말고 하란 대로 하세요."

"잠, 잠깐⋯⋯."

소녀에게 등을 떠밀려서 얼떨결에 탈의실 안까지 들어와 버렸다. 귀신에게 홀린 기분이다. 저 녀석, 대체 뭐지? 뭐가 어떻게 돌아가는 건지⋯ 에라, 모르겠다. 될 대로 되라지.

옷을 갈아입고 밖으로 나오니 소녀가 보이질 않았다. 멋대로 와서 멋대로 가버렸나 생각하는 순간 내가 옷을 갈아입은 탈의실 옆의 커튼이 열리면서 소녀가 나왔다. 그런데 소녀의 옷이 줄무늬 티에 멜빵이 달린 심플한 청바지로 바뀌어 있었다.

"너, 그 옷은?"

"아, 이거요?"

들고 있던 야구 모자를 척하고 눌러쓰면서 소녀가 싱긋 웃는다. 그리고 과시라도 하려는지 한 바퀴 빙글 돈다. 미끄러지듯 가볍게 움직이는 경쾌한 그녀의 모습에 나는 한동안 눈을 떼지 못했다. 그리고⋯ 떠올려 버렸다. 예전에도 이런 기분이 든 적이 있었다는 것을. 더 이상 이 녀석을 상대하지 말아야겠다. 과거의 괴로운 추억은 하나만으로도 충분히 아팠다. 다시 경험하고 싶지 않다.

"제가 아저씨 옷을 골라줬으니까 이 정도는 사주셔도 괜찮죠?"

소녀가 한쪽 눈을 찡긋하면서 말했다.

"내가 왜 그래야 하지? 그리고 이 옷은 또 뭐야?"

"어라? 맘에 안 들어요?"

"요즘 이런 옷을 누가 입어?"

맘에 들고 말 것도 없다. 사이즈는 맞는다. 하지만 착 달라붙는 타이즈에 화려한 사자가 수놓아진 망토. 볼록한 어깨에 목에는 레이스까지 달려 있는 하얀 셔츠. 르네상스 시대도 아닌데 이게 무슨 꼴인가. 아니, 애초에 이런 디자인의 옷이 이 가게에 존재한다는 사실 자체가 희한한 일이다.

"아저씨가 안 좋아해도 상관없어요. 내가 좋아하니까."

소녀는 뭐가 그리도 좋은지 킥킥 소리 내며 웃었다.

"너, 무척 당돌하구나?"

"아니네요. 개성이 뚜렷한 것뿐이라고요."

진귀한 동물을 대하는 듯한 내 시선이 맘에 들지 않았는지 소녀는 핏 하는 작은 불만 섞인 소리를 냈다. 여하간 더 이상 소녀와 대화를 나눠야 할 이유는 없다. 관계해서도 안 되고. 그녀가 고른 옷을 벗을까 하다가 굳이 갈아입기도 귀찮아서 그대로 셈을 치른 후 가게 주인이 알려준 뒷문을 향해 걸음을 옮겼다.

"잠깐만요. 제 옷값은 어쩌구요?"

"그런 건 알아서 해. 이쪽에서 대신 계산해 줄 필요 따윈 없는 것 같군."

"우와, 구두쇠. 여자에게 들어가는 돈은 아까워하지 마라는 말도 못 들어봤어요?"

무슨 공처가 클럽 규약에서나 나올 것 같은 말을…… 그런 남녀 평등에 어긋나는 시대착오적인 말을 들어봤을 리 만무하다. 설령 들어봤다 해도 신경 쓸 생각 없다.

소녀의 말을 무시하고 문 손잡이를 잡았다. 힐끔 뒤를 바라보니 소녀가 왼쪽 귓불에 착용하고 있던 작은 보석 귀고리를 가게 주인에게 넘기고 있는 것이 보였다. 보석에는 문외한인 내가 봐도 꽤 비싸 보이는 물건이었다. 그런 것을 선뜻 넘겨주고는 소녀는 거스름돈 따윈 필요없다고 손을 내젓곤 내 뒤를 따라온다. 집이 엄청난 부자인 걸까? 모르겠다. 여하간 이상한 애라는 것만은 확실하다. 더 관여하면 나만 피곤해지겠지.

여전히 따라오는 소녀를 무시하면서 골목을 걸었다. 근래에 생긴 야간 통행금지법 때문에 통행인이 없어서 사방이 고요하다.

"어째 이 동네는 영 볼 게 없네요. 쳇, 재미없어."

쫄래쫄래 멋대로 따라오는 소녀만 제외하면 그렇다는 말이지만. 대체 이 소녀가 왜 나를 따라오는지 알 수가 없다. 여하간 귀찮은 것은 질색이다. 나는 발걸음을 빨리했다. 상대는 기껏해야 열대여섯 살 먹은 어린애. 생체 강화가 된 나를 따라올 수 있을 리 없다. 세 곳의 골목을 지나 오르막길을 전력으로 달렸다. 간간이 켜 있는 가로등과 민가를 지나 나의 성에 다다랐다. 성이라고 해봐야 오래된 연립 주택에 불과하지만.

더 이상 귀찮은 발걸음 소리가 들리지 않는 것을 확인하고 걸음을 멈췄다. 어쩌면 소녀는 나를 따라오다가 어디선가 넘어져서 엉엉 울고 있을지도 모른다는 생각이 들었다.

"불쌍하지만 어쩔 수 없지."

어깨를 으쓱하고 망막 대조기 앞에 섰다. 카메라 렌즈가 망막 구조를 확인하는 찰칵 하는 소리가 3회 들린 후 스르륵 열린 자동문을 넘어 안으로 한 발짝 들어섰다.

"흐음… 꽤나 낡은 집이네요. 누추하지만 뭐, 그런대로 참아보도록 할까?"

"뭐, 뭐야?"

믿을 수 없지만 내 바로 옆에서 소리가 들려왔다. 설마 하는 생각을 하면서 고개를 돌렸지만 역시나 거기에 있는 것은 그 이상한 소녀였다. 무슨 마술을 쓴 건지 알 수가 없다. 방금 전까지만 해도 내 주변 5미터 이내에는 아무도 없었는데…….

"왜 놀라고 그래요? 자자, 사양 말고 들어가자구요."

라고 말하면서 앞장서서 걸어가는 소녀였다. 소녀의 움직임에 따라 작은 귀고리 한 쌍이 짤랑 하면서 흔들린다.

"너, 그 귀고리 옷 가게에 넘긴 거 아니었어?"

"아, 이거요?"

배시시 웃으면서 소녀가 귀고리를 만지작거린다.

"그 가게 주인이 사실은 저였거든요. 가게 물건은 당연히 주인 것이 란 거죠."

"하아."

머리가 지끈거린다. 확실한 것은 내 앞에 있는 소녀는 단순한 소녀가 아니라 괴물 이상의 존재다.

"네 정체는 대체 뭐지? 그리고 대관절 나에게 뭘 원하는 거야?"

"저요? 아직 말 안 했던가. 전 세리오 브라이언. 올해 열네 살. 혈액형은 O형. 별자리는 처녀자리. 좋아하는 것은 반짝이는 것, 특이한 것, 재미있어 보이는 것. 싫어하는 것은 곰탕, 파, 당근, 비키니 수영복. 아저씨에게 원하는 것은… 그렇지, 일단은 오늘 묵을 잠자리 정도로 해둘게요."

"잠자리? 네 부모는 어쩌고?"

"제 부모님 걱정은 하지 마세요. 둘 다 나이가 있으니까 제가 일일이 보살펴 주지 않아도 알아서 잘들 할걸요. 가끔은 자립심도 키워야죠."

세리오라는 소녀는 허리에 양손을 얹고 에헴 하는 듯한 자세로 말했다. 어처구니가 없다고나 할까, 황당하다고나 할까.

"돌아가."

손을 휘휘 내저었지만 소녀는 물러서지 않았다.

"뭐예요? 다 큰 처녀를 이 한밤중에 차가운 거리로 내몰겠다는 거예요? 아저씨는 양심도 없어요? 측은지심도 없어요? 인간으로서 최소한의 양심도 없냐구요?"

끄응 하고 신음성이 절로 나온다. 뭐 이런 애가 다 있지?

"그래, 나는 네가 말한 그대로의 인간이다. 거기다가 파렴치하기 짝이 없고 인간 말종인 데다가 피도 눈물도 없는 냉혈한이라는 사실도 알려주지. 네가 거리에서 얼어 죽든지 말든지 내 알 바 아냐. 그러니까 사라져! 꺼져 버리라구!"

나는 내가 할 수 있는 최대한 잔인한 표정을 지으면서 소녀를 위협했다.

"싫은데요."

소녀는 예상보다 훨씬 지독한 강적이었다.

"어쩌다 이렇게 돼버린 거지."

발코니에서 보이는 도시의 정경을 바라보면서 중얼거렸다. 나라는 인간은 내가 판단하던 것보다 훨씬 모질지 못한 것 같다. 하나뿐인 침대를 소녀가 냉큼 차지해 버리도록 내버려 뒀으니 말이다.

주머니를 뒤져 담배를 꺼냈다. 한 개비를 물고 불을 댕기고는 길게 한 모금 빨았다. 연기를 폐에 가두고는 한껏 버텨본다. 니코틴이 혈관을 잠식하고 뇌가 비명을 지를 때에 이르러서야 그것들을 해방시켰다. 자유가 된 하얀 연기가 퍼져 나간다. 재는 재로, 연기는 연기로, 나는 원래의 나로 돌아간다. 정해진 운명대로.

이것은 나만의 의식이다. 이따금 내 안에 불필요한 감정이 일 때면 나는 이렇게 하곤 한다. 니코틴의 힘을 빌려 담배 연기와 함께 몸 밖으로 배출해 버렸다고 자신에게 최면을 거는 의식. 세 개비를 태운 후에야 나는 원래의 나로 돌아올 수 있었다. 그래, 지금은 이런 작은 일에 신경 쓰고 있을 때가 아니다. 나에게는 지금 하지 않으면 안 되는 임무가 있는 것이다.

트렁크를 챙긴 후 전용 서버에 접속하여 목표의 현재 위치를 검색했다. 현대 모든 인간의 유전자에는 독자적인 신호를 발산하는 전뇌인자가 삽입되어 있다. 개개인의 세세한 정보를 모두 얻을 수는 없지만 객체의 현재 위치를 판별하는 데에는 충분하다.

신정치 체계가 완전히 정착되지 못했음에도 불구하고 범죄율이 현격히 줄어든 것은 이런 우수한 관리 시스템이 존재했기에 가능한 일이었다. 개인의 프라이버시 운운하는 것은 바보 같은 소리다. 썩은 사과 하나가 바구니 전체를 오염시킨다. 아깝다고 방치하면 전부 못쓰게 된다. 대를 위한 소의 희생은 너무나도 당연한 것. 그것을 위한 대중 통제는 당연한 선택이다.

프라이버시 침해니, 개인의 자유니, 인권 신장이니, 정부 예산 공개니 하는 식으로 대변되는 잘못된 사상을 퍼뜨려 혼란을 야기하는 무리는 이 태양계엔 필요없다. 그들은 자신이 하는 일이 어떤 해악을 초래

할지도 모르면서 어설픈 정의감에 빠져 헛소리로 대중을 선동하고 있는 무책임한 자들이다. 지금은 인류가 미래를 향해 도약하느냐 이대로 주저앉느냐 하는 중요한 때이니만큼 이런 자들은 철저히 관리되어야만 한다.

한 마디로 인류에 필요한 것은 우수한 지도자와 전체를 제대로 통제할 수 있는 시스템이다. 나는 이 시스템 중의 하위에 속하는 자로서 나의 사명은 불순한 사상을 가진 위험한 무리를 배제하는 것으로 다수의 선량한 시민이 안전한 생활을 영위할 수 있도록 하는 것. 태어나면서부터 그렇게 배웠고, 그렇게 해왔으며 또 그렇다고 굳게 믿고 있다. 이것이 내가 나서 살아 숨 쉬는 의미의 전부다. 그래서 비록 역사에 이름 한 줄 남지 않겠지만 만족하면서 죽어갈 수 있는 것이다. 나의 몸, 앞으로 길어야 반년이 고작인 나의 이 몸은 이미 약에 절 대로 절어 있고 후대 요원들의 신체 개조를 위한 데이터 수집을 위해 수차례의 개조를 받아 망가질 대로 망가졌지만 상관없다. 내가 하는 일이 옳다고 굳게 믿으며 긍지를 가지고 있으니까. 기타의 사소한 일들은 아무래도 좋다. 그렇지 않다면… 만약 그렇지 않다면 나라는 인간은 잠시도 버틸 수 없는 나약해 빠진 녀석일 테니까.

그러니까 이상한 녀석이 내 방에서 자고 있는 오늘 밤도 내 일을 하기 위해 나가야 한다. 3일이라는 기한이 주어졌지만 잘못된 사상을 가진 자를 빨리 배제하면 배제할수록 그만큼 사회에 이익이 되겠지. 틀림없이.

파멜라의 위치에 대한 데이터를 전송받은 후 가방을 들고 베란다의 문을 열고 안으로 들어왔다. 침대 위에서 세상모르고 자는 세리오라는 소녀를 내려다보았다. 이상한 녀석이지만 왠지 밉지는 않다. 아니, 밉지 않다기보다는… 쳇. 더 이상 깊게 생각하는 건 그만두자. 나에겐 어울리지 않는 짓이다. 중요하지도 않고.

밖으로 나가다가 혹시라도 이 녀석이 깨어 따라오기라도 하면 곤란하다는 생각이 들어 걸음을 멈췄다. 만약 이 소녀가 멋대로 따라와서 '배제 작업'을 보기라도 한다면 나는 그녀를 죽이지 않으면 안 된다. 나와 같은 인간이 존재한다는 사실은 철저히 비밀이어야만 하니까.

그러니 이대로 밤새 깨지 않고 잠만 자도록 하는 게 좋겠지.

그런데 어떻게? 내가 가진 도구들은 하나같이 인명 살상용뿐이다. 편안한 수면을 위한 것은 없다. 영원한 수면을 위한 것이라면 물론 가지고 있지만.

잠시 고민하다가 가지고 있던 약을 하나 꺼내어 캡슐을 열고 소녀의 입가에 조금씩 밀어 넣었다. 마약이긴 하지만 한 번뿐이니 중독될 일도 없을 것이고, 수면제 역할은 하지 못하더라도 하룻밤 정도는 움직이지 못하게 하는 효과는 있겠지. 몸에 이롭지는 않겠지만 그래도 내 손에 헛되이 죽는 것보다는 백번 낫다.

소녀의 숨소리가 규칙적으로 잦아드는 것을 확인한 후 가방을 들고 밖으로 나왔다. 목표가 있는 곳은 여기서 그리 멀지 않은 3등급 주택지다. 그리고 내가 갈 곳은 맞은편의 대형 백화점이다. 물론 저격을 위해서다.

강화된 다리 근육을 이용하여 건물과 건물 사이를 뛰어넘었다. 길로가도 되겠지만 혹시라도 누군가의 기억에 남기라도 하면 곤란하기 때문에 주로 이용하는 방법이다. 땅이 좁은 만큼 빽빽하게 세워진 건물들 위를 넘나드는 일은 그리 어렵지 않다. 실수로 떨어져 죽는 것을 두려워하지만 않는다면 말이다. 당연하겠지만 나는 죽는 게 두렵지 않다. 죽음이 두려운 것은 삶에 미련이 있기 때문일 것이다. 그러니 미련이 없는 나에게 죽음이란 단순히 인생의 최종 중단점을 두려워할 이유 따윈 없는 것이나 마찬가지다.

목적지인 백화점 옥상에 도착한 후 가방을 열고 도구를 꺼냈다. 안경을 쓴 후 고리 끝에 나온 가는 선을 목뒤의 피부에 가져갔다. 선에서 나오는 전기적 신호를 감지한 내 체내의 나노머신이 안경의 센서와 반응하여 작동했다. 찌익 하는 소리와 함께 인간의 시신경은 정교한 기계의 그것으로 대체되었다.

건물의 투시도가 입체적으로 그려지고 그 안의 사람을 상징하는 좌표들이 빽빽이 점멸했다. 그 안에서 파멜라의 것과 일치하는 데이터를 찾았다. 3층 305호실에서 그녀의 골격과 99.8% 일치하는 결과물이 검색되었다. 여자들은 종종 화장을 하니까 0.2% 정도의 오차는 허용 범위 안이다. 목표물이 틀림없다. 방 안에는 그녀 이외의 남성의 굵은 체형이 세 명 더 감지된다. 늦은 시간인데도 자지 않고 무언가 대화를 하고 있는 것 같다.

상부에 통신을 보내 상황을 알린 후 파멜라 이외의 다른 인간의 처리에 대한 처리 방식을 지시해 줄 것을 요청했다. 돌아온 답변은 파멜라 이외의 3인은 보류하라는 것이었다.

"그럼 시작해 볼까."

저격용 AKM–7을 손에 들었다. 꺾어진 삽입구에 총알을 두 개 밀어 넣는다. 총알이라고는 해도 손가락처럼 굵은 일반적인 모양의 물건과는 다르다. 네모난 사각형의 이를테면 주사위 같은 형태를 하고 있다. 유선형을 하고 있지 않은 것은 이 주사위 같은 사각형 총알의 전부가 목표를 향해 날아가지 않기 때문이다.

공이가 당겨지면 목표를 향해 발사되는 것은 안에 내장된 선인장 가시만한 크기의 작은 바늘뿐이다. 미소량의 세균으로 코팅된 죽음의 바늘이기 때문에 스치기만 해도 상대를 즉사시킬 수 있으며, 사체를 미세해부하지 않는 이상 사인을 밝히기도 어렵다. 그래서 나와 같은 이들에게 살해된 사람들의 사인란은 원인 모를 급사, 혹은 스트레스성 돌연사 정도의 단어가 차지하게 된다.

요컨대 총알의 핵심은 피를 보면 활성화되는 치명적 세균이 듬뿍 발라진 바늘. 몸통은 단지 이것을 담기 위한 용기일 뿐이다. 덤으로 부주의한 사용자가 세균을 만지고 비명횡사하는 사태를 막기 위해서이기도 하다. 아무래도 미세한 바늘 모양 그대로의 모습을 하고 있어서는 다루기가 쉽지 않으니까 말이다.

철컥 하고 총알을 삼킨 AKM을 원래의 일자로 폈다. 매끈한 질감의 기다란 총신이 목표를 향하고 있을 때면 나는 종종 먹이를 노리는 검정 표범이라도 된 것 같은 기분에 빠지곤 한다. 도시라는 정글 속에 총이라는 이름의 이빨을 사냥감의 목에 박아 넣을 순간을 초조히 기다리는 야수. 그럭저럭 어울릴지도 모르겠다. 아니, 이쪽의 이빨엔 독이 있으니 야수보다는 독사라는 표현이 더 가까울 것 같다.

"응?"

문득 인기척이 느껴졌다. 옥상 출구 건물 뒤편에서다. 나 이외엔 아무도 없다는 것을 확인했는데 어째서?

AKM을 내려놓고 품에서 애용하는 소형 권총인 이글 PG-5를 꺼내 들었다. 발자국을 죽여가면서 조심스럽게 다가갔다. 최대한 벽에 몸을 붙이고 걸음을 옮기다가 재빨리 총을 겨누며 튀어 나갔다.

"착각이었나?"

있는 것은 어두운 텅 빈 공간과 불어오는 밤바람뿐. 누군가가 있었던 흔적을 찾아봤지만 아무것도 발견하지 못했다. 그럼에도 신경 쓰인다. 단순한 착각이라고 여기고 넘어갈 수 없는 뭔가가 있다. 그것이 무엇인지 명확하게 인식할 수는 없지만 그동안 쌓아온 경험으로 볼 때 틀림없다. 세리오라는 소녀 때와는 다르다. 왜냐하면 지금의 나는 킬링머신으로서의 스위치가 들어가 있는 상태다. 그러니까 착각일 리가 없다.

조금 앞으로 움직였다. 귀에 감각을 집중했다. 들리는 것은 긴장한 나의 호흡 소리와 신고 온 운동화에서 나는 가벼운 발소리뿐.

얼마나 그렇게 하고 있었을까. 밤의 기운 속에서 움직임을 감지했다. 아주 미세한 것이었다. 어쩌면 나방이 날아오른 것인지도 모른다. 하지만 나는 주저없이 방아쇠를 당겼다.

슉!

방음 처리된 이글의 가벼운 총성과 함께 대기 속에서 아지랑이 같은 출렁임이 보였다. 희끄무레하긴 해도 틀림없이 뭔가 있다. 뭔진 몰라도.

"놓치지 않는다."

출렁임을 쫓아가면서 다시 한 방을 쏘았다. 그러나 맞지 않았다. 눈으로 직접 확인은 못했지만 프로인 나의 감이 그렇게 말하고 있다. 녀석은 피했다. 그러나 어떻게?

빠르게 움직인다고 해서 내가 못 맞출 리 없다. 타깃이 빠르다는 것은 일견 유리해 보이지만 한편으로는 관성으로 인해 순간적으로 운동 방향을 바꾸기가 그만큼 더 어려워진다는 것을 뜻하기도 한다. 상대의 속도와 방향을 정확히 가늠할 수만 있다면 유동 타깃이나 고정 타깃이

나 마찬가지다. 적어도 나에게는.

그런데 녀석은 피했다. 그 사실이 나를 놀라게 만들었다.

"누구냐?"

녀석이 있을 것으로 추정되는 공간에 총을 겨눈 채로 나지막하게 물었다.

"눈치 채지 못하는 편이 나았을 텐데 안됐군, 스위퍼 572호."

내가 총을 겨누고 있는 사선에서 세 발자국 정도 떨어진 허공에서 굵은 남성의 음성이 들렸다. 거기에는 약간의 비웃음 같은 것이 섞여 있었다. 나는 소리가 난 방향으로 총구를 살짝 이동시켰다.

"그건 시각 위장복인가?"

"그래, 용케도 알고 있군. 너 같은 과거의 유물은 만져 보지도 못했겠지만. 쿡쿡쿡."

시각 위장복. 녀석의 말대로 만져 본 적은 없지만 어릴 적에 나를 훈련시키던 교관에게서 들은 적이 있다. 사진 스크린처럼 작용하는, 초소형 구슬로 코팅된 역반사 물질 소재의 옷에 카메라가 잡은 영상이 투사됨으로써 착용자가 시야에서 사라지는 것과 같은 효과를 내는 것이라고 했었다. 분명 간단한 이론이긴 하지만 실용화를 하기 위해서 30년은 걸릴 거라고 했었는데… 벌써 구현된 것이 믿기진 않지만 저것을 완성시키는 데 필요한 자금은 개인이 감당할 만한 성질의 것이 아닐 것이다. 그렇다면 이 녀석은 설마……

"너도 나와 같은 스위퍼인 건가?"

"웃기는군."

기분 나쁘다는 듯한 음성이 들리는 것과 동시에 빈 공간에 세로로 된 긴 선이 생기는가 싶더니 좌우로 갈라졌다. 선이 사라짐과 동시에 남색의 착 달라붙는 소재를 입은 약간은 허약해 보이는 체구에 엷은 얼굴 선을 가진 남자의 모습이 드러났다.

"너 같은 녀석과 이 몸을 동급이라고 생각하다니 착각도 무척 고급으로 하는군 그래."

"그럼 뭐지?"

녀석은 천천히 내 앞으로 걸어왔다.

"역시 구형답게 형편없는 몸을 하고 있군. 근육의 발달 정도가 겉으로 드러나다니, 이래서야 상대에게 조심하세요 하고 일러주는 꼴이잖나. 쯧쯧쯧. 뭐, 그것도 오늘로 마지막이야. 넌 곧 사라질 테니까."

그의 말에 나는 그가 나를 처리하러 온 자임을 깨달았다. 이런 날이 올 것을 예상하지 못했던 것도 아니고 나름대로 때가 되면 순순히 죽어줄 각오도 가지고 있었다. 하지만 너무 빠르다. 비록 내 몸의 일부가 삐걱대고 있긴 하지만 임무를 수행하는 게 무리일 정도로 심각하게 망가진 것은 아니다.

"사람 잘못 본 거 아닌가? 나는 아직 일할 수 있어."

"아니, 네가 맞아. 초기 스위퍼 모델 CBW-007형 중 아직 폐기되지 않은 모델은 네가 유일하니까 틀리고 싶어도 틀릴 수가 없지. 삶에 미련이 남았나? 하긴 다들 그러더군, 일할 수 있다고. 더 살고 싶다고. 뭐, 사실이긴 해. 572호, 자네만 해도 상부에선 아직 사용 가능 기간이 2년은 더 남았다고 판단하고 있으니까."

"그렇다면 어째서?"

"어째서냐고?"

어이없다는 듯 사내는 비웃음을 흘렸다.

"비용 대 효용성의 문제지. 너 하나에 들어가는 자금이면 나와 같은 신형 셋을 유지할 수 있어. 연방이 바보가 아닌 다음에야 당연하지 않겠나?"

"셋이라고? 그건 무리야."

나는 고개를 저었다. 나 하나를 대체하는 것만으로 셋이라니, 아무리 신기술이 적용되었다고 해도 너무 파격적이다. 아무리 생각해 봐도 그 정도의 절감은 불가능에 가깝다.

"아니, 가능해. 스위퍼 하나만 대체되는 게 아니라 관련된 시스템 전체가 바뀌는 거니까 말이지."

"시스템?"

"간단한 이야기야. 그동안의 작업은 위험한 사상을 가진 자를 발굴하고 그 정도를 판단하여 분류하고 최종적으로 제거할지를 결정하는 아주 번거로운 짓거리였어. 그런 거창한 짓을 하려다 보니 투입되는 인원과 장비, 소요되는 시간과 자금이 장난이 아니게 됐을뿐더러 조직이 비대화해짐에 따라 외부에 노출될 확률이 동반 상승했던 게 사실이야. 이런 단점을 보완하기 위해서 이제까지의 복잡한 배제 작업의 절차를 간소화하는 방향으로 시스템이 바뀐다는 거지. 이해하겠나?"

"그 말은 개개인의 스위퍼에게 수사권부터 생살여탈권까지의 전권이 주어진다는 의미인 건가?"

"뭐, 좀 더 복잡하긴 하지만 대충 그런 식이라고 봐도 돼. 크게 다른 것도 아니니까. 그건 그렇고, 너도 참 재수가 없군. 마지막 임무를 마치는 순간 고통없이 죽여줄 생각이었는데 나를 눈치 채는 바람에 자신의 죽음의 순간을 만끽해야 하다니 말야."

녀석은 키득거리면서 말했다.

"죽는 건 두렵지 않아. 언젠가 이렇게 될 거라는 걸 알고 있었으니까 새삼스러운 일도 아니고. 하려면 어서 해."

내 말에 녀석의 얼굴엔 약간이지만 놀랍다는 기색이 떠올랐다.

"특이한 녀석이군. 내가 죽인 구형이 열두 명인데 하나같이 살려달라고 애걸복걸하거나 역으로 내게 덤벼드는 놈들뿐이었는데 말이지."

"참, 내가 죽으면 파멜라의 배제는 네가 하는 건가?"

문득 궁금해진 내가 물었다. 쓸데없는 질문이다. 내게 남겨진 미련이란 고작 이 정도뿐인가 하고 약간은 한심한 생각이 든다.

"그렇겠지. 정확히는 파멜라와 주변 3인조의 배제겠지만."

나는 순간 내 귀를 의심했다. 분명히 나에게 내려진 명령에서 배제 대상은 파멜라뿐이었다. 그런데 녀석은 전부를 배제하겠다고 하다니⋯⋯.

"명령을 잘못 이해한 것 같은데. 파멜라만이겠지."

녀석은 고개를 가로저었다.

"제대로 이해하지 못한 건 너야. 시대를 똑바로 봐. 최소한의 희생으로 최대의 효과를 추구하는 너의 시대는 갔어. 지금의 시대는 최소한의 비용으로 최대의 효과를 추구하는 나의 시대야. 착각하지 말라구."

녀석이 한 말의 의미를 깨달은 순간 나는 망치로 머리를 맞은 것 같은 충격에 휩싸였다. 말이 나오질 않는다. 녀석의 말은 지금까지 나의 행위를 정당화시키던 모든 것들을 일순간에 단순한 쓰레기 더미로 바꿔놓는 것이었다. 내가 믿은 건 이런 게 아니었어. 분명 다수를 위해 소수가 희생되는 게 당연하다고 믿고 있었는데 녀석의 말대로라면 조금이라도 혐의가 있어 보이는 사람은 무차별로 죽인다는 말이 아닌가. 정확하게는 모르겠지만 내가 믿던 건 이런 게⋯ 이런 게⋯ 절대 아니었어, 아니었다고!

"거짓말이지? 지금 거짓말을 하고 있는 거지?"

내 안에서 뭔가가 부글부글 끓어올랐다. 이런 격한 감정이 든 적은 거의 없었다. 그동안 내가 해온 일들은 감정이 개입될 여지가 별로 없는 것들뿐이었으니까. 아니, 감정이라는 것 자체를 애써 무시하려고 노력했었으니까. 그런데, 그런데……

"흥, 맘에 안 드나? 확실히 말해 두지. 전부 사실이다!"

나는 그의 목을 잡고 거칠게 벽으로 밀어붙였다.

"약간이라도 혐의가 가는 자들 전부를 배제시키겠다고? 그러다 무고한 사람이 희생돼도 좋다는 거냐, 넌!"

"그릇된 사상은 전염병과 같은 것. 바로 드러나지 않더라도 잠복해 있을 가능성은 충분하지. 그런 병균들이 세상에 발붙이지 못하도록 애초부터 씨를 내릴 여지를 남겨두지 않겠다는 건데, 그게 잘못인가? 우습군 그래. 이래서 구형은……"

"구형이 어쨌는데? 대체 그게 어쨌는데! 지금까지 나는 내가 하는 일이 최소한의 필요악이라고 믿었다. 손을 더럽히는 자가 있어야 세상이 바르게 돌아간다고 믿었다. 주어진 임무를 완수한 날 밤이면 늘 악몽을 꿨다. 내가 죽인 자들이 나와 나에게 살인자라고 외치는 꿈을! 네가 알아! 한밤중에 악몽에 시달리다가 더러운 기분으로 잠을 깰 때마다 거울 속의 나를 보면서 수천 번 수만 번 내가 한 일이 옳았다고, 나는 절대 틀리지 않았다고, 적어도 무고한 사람은 죽이지 않았으니 괜찮다고 자신에게 외치는 비참한 기분을 아느냐고!"

"어리석은 놈!"

다음 순간 녀석은 내 팔을 잡고 아주 간단히 땅바닥에 패대기쳤다.

완력이라면 자신있는 나였지만 그의 압도적인 힘 앞에는 무력하기만 했다.

"크윽!"

등에 전해져 오는 통증에 절로 신음성이 터져 나왔다. 녀석은 그런 내 가슴 위에 오른발을 올리고는 한심하다는 듯 내 얼굴에 침을 뱉었다.

"미친 자식. 하나를 죽이든, 열을 죽이든, 백을 죽이든, 천을 죽이든 살인은 살인이다. 무고한 사람은 죽인 적이 없어? 웃기고 자빠졌네. 사람을 죽이는 데 일일이 이유나 가져다 붙이면서 자신을 속이니까 그래, 그게 그렇게 자랑스럽디? 속이 후련하디? 혼자만 착한 척 위선이나 떠는 주제에 어디서 큰소리야, 큰소리는!"

그가 주먹을 휘둘러 내 뺨을 후려갈겼다. 뺨에서 불이 나는 것 같은 통증이 연속해서 네 차례 일어난 후 내 몸은 그의 손에 의해 멱살이 잡힌 채 일으켜지나 싶더니 배에 킥을 얻어맞고는 곧바로 바닥을 굴렀다.

녀석이 뚜벅뚜벅 걸어왔다. 배를 움켜쥐고 신음하던 나는 떨어뜨린 권총을 향해 몸을 날렸으나 총에 손이 닿는 순간 녀석의 왼발이 손을 사정없이 짓밟았다.

"큭!"

손가락이 떨어져 나가는 것 같은 고통에 신음이 절로 나왔다.

"뭐야? 얌전히 죽어주겠다던 놈은 대체 어디 갔어? 응? 어디 갔냐고 묻잖아!"

가차없이 날아온 녀석의 오른발 킥이 옆구리에 꽂혔다. 제대로 얻어 맞아 호흡마저 곤란할 지경이다. 목구멍에서 뭔가가 넘어오려는 것을 간신히 참으면서 나는 후들후들 떨리는 다리를 간신히 추스르면서 일어섰다.

"아직도 짖고 싶은 말이 남았나?"

녀석이 차가운 눈으로 나를 보면서 말했다.

"짖고 싶으면 더 짖어봐. 저승 가면 그러지도 못할 테니 후회하지 말고."

나는 아무 말도 할 수 없었다. 분하지만 그가 한 말은 내 안의 위선 하나하나를 밖으로 토해내게 만들어 버렸으니까. 그 토사물이 얼마나 지저분한 것인지 내 스스로가 통렬하게 실감하도록 해버렸으니까. 그래, 인정한다. 나는 지저분한 인간이다. 위선덩어리고, 나 자신이 틀리지 않았다고 스스로에게 끊임없이 최면을 걸었던 쓰레기다. 그 명백한 사실이 시리도록 아프다. 찢어진 작은 자부심. 박살나 버린 스스로에 대한 믿음. 괴롭다. 괴로워서 미칠 것 같다. 뭐가 남았지? 이제 나에게 남은 게 대체 뭐지? 앞으론 무엇을 믿으며, 무엇을 위해 살아야 하지? 모르겠다. 더 이상 아무것도 모르겠다.

"할 말이 없나 보군."

아, 그렇군. 무엇을 믿으며, 무엇을 위해 살아야 할지는 걱정할 필요가 없구나. 나는 곧 죽을 테니까. 저 녀석의 손에……

맥이 풀려 버린 나는 초점 잃은 눈으로 힘없이 그를 바라보았다. 내가 원하던 형태의 죽음은 아니지만 괜찮겠지. 내가 원했던 것은 후회 없는 죽음이었지만 이젠 나에게는 그럴 자격 따윈 애초에 없었다는 사실을 깨달았으니 더 이상의 미련은 없다. 힘껏, 아주 힘껏 스스로를 원망하고 저주하면서 살해당하는 것만이 지금의 내가 할 수 있는 모든 것이다.

"하, 하, 하하, 하하하!"

어이없어서 웃음이 나온다. 주위를 돌아볼 줄 모르고 오직 하나만을 맹목적으로 바라본 바보 같은 나를 향해서. 거짓으로 뭉쳐진 나를 향해서.

"뭐야, 벌써 포기하는 건가? 근성이 없군, 너란 녀석은. 실망인걸."

화낼 힘도 없다. 아니, 나처럼 어리석은 녀석에겐 그럴 자격 따윈 애초에 존재하지조차 않았던 게 아닐까.

"아, 맞아! 넌 무고한 사람이 죽는 게 싫다고 그랬지. 그렇다면 멋진 장면을 보여주지."

"너, 설마?"

그는 씩 웃으면서 가볍게 고개를 끄덕였다.

"아마 네가 생각하는 게 맞을 거야."

"그, 그만둬."

이 녀석은 악인이다. 뼛속까지 악인이다. 나처럼 어설픈 악인이 아닌 진짜 악한 인간이다.

나는 후들거리는 다리로 그의 앞을 막아섰다.

"왜지? 나를 죽이고 싶으면 그냥 죽이면 되잖아? 어째서 이렇게까지 날 몰아붙이는 거야?"

"역겨우니까. 같은 살인자 주제에 혼자만 고상한 척하는 네 녀석을 보고 있자니 구역질이 올라온다. 이 정도면 충분한가?"

"넘치도록 충분해. 고맙다."

말을 듣질 않는 몸을 간신히 움직여 자세를 잡았다.

"무슨 의미지?"

내 감사의 말이 의외였는지 그가 물었다.

"지금 네가 하려는 짓을 막다가 죽으면 조금은 맘 편하게 죽을 수 있을 것 같거든."

"넌 절대 나를 이길 수 없어. 그런데도 반항하겠다고? 무의미하다는 것을 알면서도 그렇게 하겠다고?"

"알아. 결과적으로는 널 막을 수 없겠지. 하지만 그래도 최선을 다해 보겠어."

"왜? 무엇을 위해서 그렇게 하겠다는 거지? 저 건물 안에 있는 너와는 일면식도 없는 사람들을 위해서인가?"

나는 고개를 저었다.

"아니, 어디까지나 나를 위해서다. 다른 사람은 상관없어. 내가 하고 싶어서 하는 거다. 그렇게 하면 조금은 내 마음이 편해질 것이기 때문에 그렇게 하겠다. 아니, 하고야 말겠다."

"좋아, 드디어 깨달았구나. 남을 위해서 산다, 남을 위해서 뭔가를 한다는 것은 모두 거짓이야. 인간은 어디까지나 이기적인 동물. 자신을 자랑스럽다고 생각하기 위해서 스스로의 만족을 추구하기 위해서 남을 돕거나 위하는 행동을 하는 것뿐. 결과적으로 이런 의도를 가지고 행한 행동이 나에게도 상대에게도 득이 된다면 그것이 베스트고, 설령 그렇게 되지 않더라도 어쩔 수 없는 거라고 간단하게 생각해 버리면 돼. 굳이 자신에게 거짓을 되뇌일 필요 따윈 처음부터 없었던 거야. 좋았어. 이거 간만에 불타오르는걸. 자자, 덤벼라. 악당의 파워를 보여주마. 흐흐흐."

어째서인지 그는 무척이나 기뻐하는 것 같았다. 눈앞이 흐릿해서 잘못 본 거겠지. 그가 내 말에 기뻐해야 할 이유가 전혀 없지 않은가.

"조심해. 나는 꽤 강하거들랑. 솔직히 말해서 우주 제일이라고 해도 전혀 손색이 없어. 생긴 것도 우주 제일. 무공도 우주 제일. 인품이면

인품, 지식이면 지식, 두뇌면 두뇌. 뭐 하나 빠지는 게 있어야 말이지. 물론 내 자랑하는 건 아니지만. 하하하. 자자, 지금부터 진짜로 할 테니까 부디 죽지 말라고. 네가 죽으면 딸애에게 혼나거들랑."

나는 약간 어리둥절했다. 죽지 말라고? 무슨 소릴 하는 거지, 이 사람은? 그리고 갑자기 말투가 확 바뀌었잖아. 대체 어떻게 된 거야?

영문을 알 순 없었지만 그래도 나는 그에게 달려들었다. 근접 거리에 서자마자 주먹을 날렸다. 그러나 어찌 된 영문인지 다음 순간 내 몸은 그대로 한 바퀴 돌아 바닥에 패대기쳐졌다.

"초보적인 유도 기술, 엎어치기야. 부디 낙법 정도는 제대로 해달라구. 까딱하면 목뼈 부러지겠다. 하긴 뭐, 그렇게 돼도 완치시킬 자신은 있지만 귀찮으니까 말이지. 내 태평한 게으름 세상이 계속되기 위해 부디 노력해 달라구."

뭔가 점점 분위기가 이상하다. 그 후로도 세 번 더 바닥에 떨어졌지만 그때마다 그가 취한 기술은 일격필살이 아닌, 아프기는 하지만 생명에는 전혀 지장이 없는 것들뿐이었다. 마지막에 그가 건 새우꺾기 역시 고통이 심하기는 했지만 상대를 죽이기 위한 기술은 아니다. 여하간 그래서 깨달았다. 이 녀석은 나를 상대로 장난을 치고 있는 것이다.

"뭐야, 한창 재미있는데 왜 안 움직여?"

내가 더 이상 덤벼들지 않자 그가 투덜거렸다.

"재미라고? 대체 무슨 꿍꿍이야? 왜 전력을 다하지 않는 거지?"

내 외침에 그는 잠시 멈칫하더니 곧 진지한 얼굴로 대답했다.

"미안하게 됐다. 모욕으로 느꼈다면 사과하지. 그런 의미로 다음번 공격에는 전력을 다해서 일격에 저세상으로… 아얏!"

말을 다 하기도 전에 쾅! 소리와 함께 진지하게 말하던 그는 바닥으로 침몰했다. 그가 쓰러지고 난 뒤에는 세리오가 철제 의자를 들고 서 있었다.

　"아빠, 너무하잖아요! 적당히 하라고 그렇게 신신당부를 했는데 정말 죽일 작정이에요?"

　뭐, 뭐가 어떻게 돌아가는 거지? 세리오는 분명히 마약을 먹어서 일어날 수 없을 텐데. 그리고 아빠라고? 아냐, 카페에서 본 얼굴과 명백히 다르다. 머리 색이야 가발을 썼다고 하면 되겠지만 키와 체형이 전혀 다르다. 이건 대체……

　"세, 세리오. 아빠를 상대로 의자를 이용해야 할 상황이 생기면 반드시 나무 의자를 사용해 달라는 간절한 내 소망을 벌써 잊어버린 거니?"

　무척 아팠는지—철제 의자로 맞으면 당연히 아프긴 하겠지만—뒤통수를 문지르면서 사내가 일어섰다. 그리고는 내 쪽을 향해 겸연쩍은 미소를 지었다.

　"이거 미안하게 됐어. 내 사과하지, 사과. 그리고 덤으로 배 복숭아 바나나 딸기 토마토 수~박. 하하하. 웃기지?"

　"……."

　"썰렁한 짓 좀 하지 마요, 창피하게."

　정말 창피했던지 세리오가 그의 뺨을 사정없이 잡아당겼다.

　"우우, 어째서 기적적으로 낳은 딸이라고 하나 있는 게 착한 나는 하나도 안 닮고 사나운 지 엄마만 쏙 빼닮았는지. 에휴."

　사내는 볼을 슬슬 문지르면서 불만스럽게 말했다.

　"대체 어떻게 된 거죠? 당신이 이 아이의 아빠라고요? 분명히 카페에서 본 이 아이의 아빠는 당신이 아니었는데."

"거야 인피면구, 가면이지. 나는야 정의를 지키는 가면라이더."

그는 왼팔을 겨드랑이에 대고 오른손을 어깨 위로 높이 들어 올리는 뭔가 낯간지러운 포즈를 취하면서 알 수 없는 소리를 했다. 그리고는 얼굴에 손을 대더니 얇은 박피 같은 것을 떼어냈다. 그 아래에 드러난 것은 카페에서 본 그저 그렇게 생긴 사내의 상판이었다.

"그러나 나의 진정한 정체는 천재 미소년이라네. 음하하하."

그가 커다랗게 너털웃음을 지었다. 세리오가 그런 그의 얼굴과 절반 정도 휘어진 채 바닥에 뒹굴고 있는 철제 의자를 번갈아 바라보았다. 한 대 더 내려쳐도 의자가 완전히 부서질지 어떨지 가늠하는 눈치다.

"하, 하지만 체형이 달라. 분명히 당신은 좀 더 키가 작았던 걸로 기억하는데요."

"거야 축근공이지. 뼈마디 사이의 길이를 내공으로 조정해서 일시적으로 키와 체형까지도 바꿀 수 있어. 이건 비밀인데 말야, 사실 이 무공은 쓸데가 없을 것 같아서 한동안 제껴두었던 건데 말이지 이게 웬걸. 일단 이 무공으로 한번 톡톡히 재미를 본 후에는 왜 진작 이걸 배우지 않았을까 후회를 엄청했었다고. 참. 세리오, 네 엄마는 어디 갔니?"

그는 갑자기 생각났다는 듯 세리오를 향해 고개를 돌리더니 그녀에게 난데없는 질문을 던졌다.

"쇼핑 가셨어요. 위조지폐를 맘껏 써보는 게 소원이었다나요."

세리오는 한심하다는 듯 말했으나 그녀의 아빠는 전혀 신경 쓰지 않는 듯 응응 하고 고개를 끄덕거렸다.

"하긴, 돈 쓰는 것도 낙 중의 하나이긴 하지. 휴패리온에서는 곤란하지만 여기서야 뭐 상관없겠지. 그건 그렇고, 자자. 애 엄마가 지금 없어서가 아니라, 어흠, 어디까지나 우리 사이니까 무슨 재미인지 말해 주지. 자네도 궁금하지? 그렇지?"

우리 사이가 뭘 뜻하는지는 알 수 없었지만 나는 점점 미궁 속으로 빨려 들어가는 것 같은 착각 속에서 무심결에 고개를 끄덕이고 말았다.

"저기, 아빠."

"잠시만 기다려다오, 딸아. 지금 사나이들이 중요한 대화를 나누고 있단다."

사내는 어흠 하고 헛기침을 한 후 나를 향해 말을 이었다.

"이 무공을 극한까지 연마하면 최대 갓난아이 체형으로까지 몸을 바꿀 수 있어. 뭐, 여기까지는 필요없지만 여하간 그래. 자, 그럼 자네도 알다시피 어린아이의 특권이란 무엇인가. 그건 바로 당당하게 여탕에 출입할 수 있다는 거지. 어때, 놀랍지? 부럽지? 후후후. 그럴 거야. 이 것이야말로 남자라면 누구나 꿈꾸는 진정한 로망이 아니겠나? 하하하."

"오호~ 그러시군요. 그런데 휴패리온에서는 옷을 입고 안 입고를 신경 쓰는 사람이 별로 없는데 왜 굳이 아이로까지 체형을 바꿔서 훔쳐 본 건가요?"

"우씨, 그걸 꼭 말로 해야 알아? 엿보기의 풍미는 훔쳐보는 데 있기 때문이… 아니라. 윽! 에트나, 언제 돌아왔어? 딸과 짜고 함정 수사를 벌인 거야?"

"이상한 소리 하지 말아요. 전 알려 드리려고 했었는데 나중에 말하라고 한 건 아빠잖아요."

억울하다는 듯 세리오가 말했다. 도끼눈을 뜬 여자는 말없이 딸을 향해 손을 내밀었다. 그 손 위에 기다렸다는 것처럼 딸이 내민 철제 의

자가 냉큼 올라오자마자 그것은 그녀 남편의 머리를 향해 날았다. 사내의 실력이라면 문제없이 피할 줄 알았는데 웬걸, 그대로 정통으로 얻어맞았다. 아마도 일부러 그렇게 해준 것 같다. 무공이 우주 제일 어쩌고 하더니 맷집도 마찬가지여서인가? 아니면 성적 취미가 특이해서…

아니, 잠깐. 이상한 가족의 페이스에 말려서 중요한 것을 잊고 있었다.

"지금까지 한 말은 모두 거짓말이었나?"

나의 말에 부부가 내 쪽을 바라보았다.

"신형 스위퍼니, 시스템이니, 방침이니 하는 것들은 모두 거짓말이었냐고 묻고 있는 거야! 당신, 당신은 스위퍼 따위가 아니야. 그렇지?"

여자가 뭔가 말하기에 앞서 사내가 머리에 난 혹을 문지르면서 입을 열었다.

"맞아. 하지만 내가 한 말 모두가 거짓인 건 아니야. 실제로 연방은 앞으로 내가 너에게 말한 대로의 방식으로 주민 통제를 할 작정이었어."

"당신이 그걸 어떻게 알아?"

"심심해서 연방 내 기밀문서를 해킹해 봤으니까 알지. 원한다면 직접 보여줄 수도 있어."

"거짓말."

내 입 밖으로 나온 말은 내 귀에도 거의 들리지 않을 정도로 작았다. 민간인에게 간단히 해킹을 허용할 정도로 연방은 물러 터지지 않다. 그럴 리가 없다. 하지만 이 사내가 언급한 배제 작업에 대한 내용들은 모두 사실이다. 믿고 있던 것과 믿을 수밖에 없던 것 사이에서 나는 혼란해하고 있었다.

사내는 내 앞으로 다가오더니 진지한 얼굴로 말했다.

"복잡하게 생각할 것 없어. 내가 한 연극은 앞으로 몇 년 내에 너에게 다가올 현실 중의 하나일 뿐이야. 어쩌면 다른 방향으로 전개될 수도 있겠지. 하지만 크게 다르지는 않을 거야."

"다른 식으로 말해 줄 수도 있었잖아! 왜 그런 연극을 한 거야?"

"다른 식이라고? 물론 그럴 수도 있었겠지. 하지만 빵집에서 서로 마주 앉아서 케익을 자르고 커피를 홀짝이면서 이런 이야기를 나눴다면 네가 순순히 '네, 정말 그렇네요' 라고 할 수 있었을까? 나는 설득해야 할 상대에게 현실을 직시하기 가장 편안한 무대를 마련해 주었을 뿐이야."

분명히 그의 말이 맞다. 그렇지만, 그렇지만…….

"실제론 거짓이더라도, 정말로는 잘못된 것이었어도 나는 지금까지 내가 살아온 방식이 옳다고 믿었어. 그래서 뒤를 돌아보지 않고 나아갈 수 있었어. 왜 나한테 현실을 보여준 거야? 모르겠잖아. 앞으로 어떻게 살아야 할지, 무엇을 믿으며 살아가야 할지 전혀 모르게 돼버렸잖아!"

"뭐야, 누가 이런 식으로 살아라 하고 말해 주지 않으면 불안하다는 거냐? 너 바보냐? 네 인생은 네 것이야. 자신의 길은 자기가 정하는 게 당연하잖아. 나에게 물어서 어쩌겠다는 거야?"

"……."

당신의 말이 옳다고 해도 나는 자신이 자신의 사는 법을 정하는 그런 삶 몰라. 지금까지의 나와는 관계없는 것이었으니까 생각해 본 적도 없어.

"그만 해요, 아빠."

그녀는 내 쪽으로 다가와 손을 내밀었다.

"정 모르겠으면 우리와 함께 가요."

"어디로?"

"지구가 아닌 다른 곳이에요. 아주 좋은 곳이죠."

소녀는 그렇게 말했다.

어째서 나는 그때 그녀가 내민 손을 잡았던 것일까. 그녀에 대해서, 그녀의 가족에 대해서 아무것도 모르면서 왜 거부하지 않았던 것일까.

지구를 떠나 중세풍의 동화를 재현해 놓은 것 같은 휴패리온이라는 나라에 온 후에도 나는 그 해답을 찾고 있다.

사내의 이름이 안톤이라는 것과 안톤이라는 사내가 이 나라의 왕이라는 것은 의외였지만… 세리오가 말한 대로 좋은 곳이라고 생각한다. 평화롭고 한가한 곳이다. 하늘은 맑고 포장되지 않은 대지에선 살아 있는 흙 냄새가 난다. 사람들은 친절하고 구김살이 없다.

안톤이 왕이 되기 전에는 사는 게 지금보다 훨씬 못했다고 한다. 언젠가 술집에서 이 말을 들은 나는 이 나라가 잘살게 된 것은 뛰어난 왕을 둔 덕분이겠네요 하고 물었던 적이 있다. 우수한 지도자가 이끌어야 나라가 잘 돌아간다는 것은 그때까지의 내 상식이었기 때문이다. 그러나 돌아온 답변은 의외였다.

"웃기지 마. 이만큼 살게 된 건 그 선풍기 마크2 왕 덕도 조금은 있겠지만 모두가 열심히 노력했기 때문이야. 왜 그 공을 몽땅 왕에게 넘겨야 한다는 거야?"

선풍기 마크2라는 것은 왕비가 투덜거리면서 한 말이 퍼져 나가 별명으로 굳어진 것이라고 한다. 선풍기라는 말로 봐서 바람을 많이 핀다는 의미인 것 같은데 어째서 마크2가 붙는지에 대해서는 아는 사람이 없었다.

여하간 안톤이라는 사람은 어떤 의미로 특이한 사람이다. 지구에서도 경제 부흥 정책에 성공한 지도자는 많았다. 그들 대부분은 엄청난 독재에 고문과 비인륜적인 행위를 일삼았지만 눈부신 경제 발전을 이뤘다는 것만으로 면죄부를 받고 국민들에게 '모두 당신 덕입니다' 라고 칭송받았다. 그러나 국민들 스스로에게 '이런 모든 것들을 이룬 것은 우리 자신들이다' 라는 자부심을 갖게 만든 지도자에 대해선 들어본 적이 없다.

하긴 왕비에게 의자로 두들겨 맞는 왕이 있다는 말도 들어본 적이 없는 건 마찬가지군.

"여기 있었어요?"

한가하게 들판에 누워서 이 생각 저 생각을 하고 있을 때 세리오가 다가왔다. 안톤에게 들은 말에 의하면 그의 가족이 지구에 온 것은 뭔가를 찾기 위해서였다고 한다. 내가 상부와 교신하던 통신 주파수가 지금 내 귀에 달린 번역 귀고리가 사용하는 영역과 혼선이 생겨서 우연히 그 내용을 딸이 듣게 되었고, 딸의 성화에 못 이겨 나에 대해 조사해 보게 되었다고 그가 말했다.

세리오가 내 옆에 자리를 잡고 앉았다.

"내 말대로 좋은 곳이죠?"

"그래."

내 입에서 멋대가리없는 답변이 나온 것을 마지막으로 나와 그녀는 잠시 동안 말이 없었다. 한참 어린 여자 아이와 대화를 나눠본 경험이 별로 없는 나는 무슨 말을 해야 할지 몰라서였고, 세리오 역시 뭔가를 생각하는지 침묵을 지켰기 때문이다.

"친구가 되어주지 않을래요?"

세리오가 내 얼굴을 주시하면서 말을 꺼냈다.

"전 친구가 별로 없어요. 아빠는 왕치고 다른 사람들과 허물없이 지내긴 하지만 제 경우는 약간 다르거든요."

"어떻게 다른데?"

"뭐, 일단은 저도 공주 같은 거니까 말이죠. 또래 아이들로부터 특별 대접을 받아요. 아무래도 이 나라엔 옛날 왕의 권위에 대한 인식이 아직 남아 있어서요. 아, 저, 그러니까 오해는 하지 마세요. 제가 하고 싶은 말은 뭐냐면요. 부모님이 아닌 다른 사람이, 나를 평범하게 대해줄 그런 존재가 필요하다는 거예요."

말 상대나 되어달라는 거구나. 뭐, 그렇다면 거절할 이유는 없다.

"좋아. 그런데 묻고 싶은 게 있어. 왜 하필 나로 정한 거지?"

"글쎄요, 왜일까요? 저도 잘 모르겠네요. 어쩌면 제가 누군가를 필요로 하고 있던 차에 마침 당신을 보았고, 이 정도면 괜찮지 않을까 하고 생각했기 때문이 아닐까 싶어요."

세리오는 어째서인지 약간 상기된 얼굴을 하고는 자리에서 일어섰다.

"어이, 그래선 대답이 되지 않아."

그러나 내 말을 들었는지 못 들었는지 세리오는 멀리 사라졌다.

"이상한 녀석."

누워서 중얼거리던 나는 문득 한 가지 생각이 떠올라 벌떡 일어섰다.

"그런 거였구나."

깨달았다, 그녀가 남긴 말을 힌트로 해서 내가 잘 알지도 못하는 세리오의 손을 주저없이 잡았던 이유. 그것은 어쩔 줄 모르고 있는 내 앞에 그녀가 있었기 때문이다. 혼란에 빠져 있을 때 내 앞에 손이 내밀어졌기 때문이다. 그 자리에 다른 누군가가 그 자리에서 마찬가지 행동을 했더라도 나는 그 손을 잡았을 것이다.

"인간이란 약한 거구나."

딱히 그녀가 맘에 들어서라던가 하는 이유가 아니다. 단지 나라는 존재가 내가 자신을 평가해 온 것보다 연약한 인간에 불과했기 때문이다. 그것뿐이다.

그런데도… 어째서일까. 손을 내밀어준 것이 그녀라서 다행이라는 생각이 드는 것은. 나보다 한참 어린 여자애에게 풋사랑 따위를 느끼는 것도 아닐 텐데.

도로 자리에 드러누웠다. 푸른 하늘엔 뭉게구름이 하얗게 떠다니고 있었다. 멍하니 하늘을 쳐다보면서 생각에 잠겼다. 나는 살인을 위해 태어났고, 살인을 하며 살아왔다. 어쩌면 나 같은 인간이 생을 계속 이어가서는 안 되는 것인지도 모른다. 아니, 틀림없이 그럴 것이다.

하지만 그래도 조금 더 살아봐야겠다.

왜냐하면 언젠가 세리오가 내 도움이 필요할 때가 오면 그 자리에 서 있다가 이번에는 내 쪽에서 손을 내밀어주고 싶다는 생각이 들어버렸으니까. 어디까지나 우연히, 아주 우연히 말이다.

"뭐, 그런 날이 오진 않겠지. 뭐니 뭐니 해도 녀석은 공주님이고 말이지."

바로 오늘이다. 덤으로 얻은 것이나 다름없는 내 값싼 목숨을 너를 위해 남김없이 태워 버릴 미래의 그날, 절대 오지 않을 것으로 여겼으나 도둑처럼 와버릴 그날, 그때에 이르러 나는 지금의 순간을 떠올리게 될 것이다. 그리고 왜냐고 울먹이며 묻는 너에게 나는 웃으면서 이렇게 말하겠지.

'우연히 여기에 있었거든. 안녕, 나의 공주님.'

[인터루드]

안톤과 에트나는 그의 딸과 지구에서 데려온 572호라는 사내가 나누는 대화 나누는 모습을 감시 모니터를 통해 지켜보고 있었다.

"잘된 것 같네요."

에트나의 말에 안톤은 고개를 끄덕였다. 그는 자신의 딸에게 절대적으로 의지할 수 있고 믿을 수 있는 그런 존재를 만들어주고 싶었다. 어릴 적 자신에게 있어 에트나가 그랬던 것처럼. 그동안은 잘되지 않았다. 세리오가 평범하지 않았기 때문이다. 단순히 왕의 딸이어서가 아니라 풍기는 인간의 기운 자체가 다른 것이다. 아무도 직접 말하지는 않았지만 세리오가 풍기는 이질감은 다른 이에게서 생체적인 거부감을 들게 만들기에는 충분한 것이었다. 말로 설명할 수 없는 성질의 것이었고, 또 부모인 안톤과 에트나는 느낄 수 없는 기운이었기에 해결책 또한 없었다. 그래서 세리오는 그동안 부모 이외의 사람들과 정을 쌓은 적이 없다.

그러던 중에 우연히 지구에서 한 사내를 만났다. 그는 워낙 둔감해서 세리오에게서 풍기는 이질감을 느끼지 못하는 사람이었다. 부모 이외의 다른 사람과 보통 소녀처럼 대화를 나눈 것은 아마도 세리오에게 있어 처음 경험한 일이었을 것이다.

"그래, 딸을 빼앗긴 아빠가 된 것 같은 기분이 드는 것만 빼면 말이지."

안톤은 중얼거렸다. 그와 에트나 사이에서 원래는 태어날 수 없는 딸이 태어났다. 그 사실을 단순한 기적이라고 치부해 버릴 순 없었다. 왜냐하면 그것이 불가능하다는 걸 그 자신이 너무나 잘 알고 있었기 때문이다.

"이대로 세리오에게 아무 일도 없었으면 좋겠는데요."

"나도 그랬으면 좋겠어."

카탈바흐가 왜 자취를 감추었는지 그는 알지 못했다. 어쩌면 자신이 모르는 사이에 드래곤과 일체가 되어 사라진 것은 아닐까 하고 생각도 해보았다. 그러나 그렇게 간단하게 두통거리가 사라져 버렸다고 믿기에는 그는 너무나도 철저한 현실주의자였다.

무엇보다도 맘에 걸리는 것은 카탈바흐의 계획은 그 자체로 완벽하다고 미로의 숲에서 들은 말이 머리 속에서 떠나지 않는다는 것이다.

"우리 너무 지나치게 생각하고 있는 게 아닐까?"

에트나의 말에 안톤은 동의할 수 없었다. 갑자기 사라진 카탈바흐. 아이를 가질 수 없는 에트나에게서 태어난 세리오. 그리고 세리오의 힘. 일반인도 느낄 수 있는 특이한 기운. 이런 것들 사이엔 뭔가 연관이 있음이 틀림없다.

"나도 그랬으면 좋겠지만. 휴."

"당신의 피를 물려받았기 때문에 그런 건지도 모르고 또 세리오가 좀 더 크면 괜찮아질지도 모르잖아요."

안톤은 다시 고개를 흔들었다.

"나는 카에데에게 배운 후에야 쓸 수 있게 된 거야. 하지만 세리오는 날 때부터 가능했지. 아무래도 그건 아니야."

모니터 전원을 끈 후 안톤은 일어섰다.

"걱정하지 마. 앞으로 무슨 일이 있더라도 내가 어떻게든 할 테니까. 누가 뭐라고 해도, 앞으로 어떤 일이 있다고 해도 세리오는 너와 나 둘의 소중한 아이니까."

안톤은 사랑하는 아내의 어깨를 끌어안고 부드럽게 말했다.

피터팬이라는 동화가 있다. 그 안에서 피터팬은 후크라는 외팔의 선장과 대립한다. 그들은 서로를 미워하며 끊임없는 투쟁을 벌인다. 어째서일까?

안톤은 이렇게 생각한다. 어쩌면 피터팬과 후크는 동일 인물이 아닐까 하고.

언제까지나 순수한 그대로 남아 있고 싶은 욕망은 누구에게나 있다. 그러나 그것은 현실적으로 불가능하다. 인간은 끊임없는 소비를 통해 살아가는 동물이므로.

그래서 영원한 소년으로 남고 싶은 욕망에 어른이 되는 것을 거부한 피터팬과 그의 친구들이 현실적인 필요, 의식주의 충족을 위해 선택한 길이 해적인 것은 아닐까.

후크 선장은 피터팬의 미래의 모습. 과거의 자신과 현재의 자신이 네버랜드라는 특별한 공간에서 조우하게 되었을 때 피터팬은 추하게 변해 버린 자신의 미래를, 후크는 어리석은 과거의 자신의 모습에 혐오감을 느꼈으리라. 그래서 둘은 끊임없이 반목하고 서로가 서로를 죽이고 싶도록 미워한 것은 어쩌면 당연한 일이겠지.

안톤은 지금의 자신을 소년 피터팬과 마찬가지라고 생각한다. 자신이 원하는 대로, 자신이 옳다고 믿는 방식으로 자유롭게 사는 것이 가능하다. 지금의 이 생활이 더없이 만족스럽다. 이대로 영원히 꿈과 이상을 잃지 않는 피터팬으로 남아 있고 싶다는 것이 그의 솔직한 심정이다. 그러나 동시에 그는 미래에 대해서 각오하고 있다. 만약 자신이 염려하는 대로 언젠가 세리오에게 무슨 일이 생긴다면, 그래서 지금 삶의 방식을 버려야 할 필요가 있다면 얼마든지 후크 선장이 되어주겠다고.

딸을 위해서도, 에트나를 위해서도 아니다. 어디까지나 자신을 위해서다. 자신의 가족이 불행해진다면 더 이상의 행복한 자신은 존재할수 없을 테니까.

안톤은 그렇게 생각하고 있었다.